हलयोग

मार्कण्डेय की असंकलित कहानियाँ

मार्कण्डेय

जन्म : २ मई १९३०, बराई गाँव, जिला-जौनपुर

शिक्षा : ककहरा, गाँव में, आगे की पढ़ाई प्रतापगढ़, विश्वविद्यालयीन शिक्षा इलाहाबाद।

उन दिनों प्रतापगढ़ में चलने वाले किसान आन्दोलन से प्रभावित। अवध के तालुकेदारियों में होने वाले किसानों के भयावह शोषण ने दिलोदिमाग में गहरा असर डाला। भूमिहीनों व किसानों के शोषण और दुर्दशा के विभिन्न आयामों पर अनेक कहानियाँ लिखीं।

प्रमुख कहानी संग्रह–'पान-फूल', 'महुए का पेड़', 'हंसा जाई अकेला', 'भूदान', 'माही', 'सहज और शुभ', 'बीच के लोग' और 'हलयोग'।

कहानियों के अलावा **दो उपन्यास**–'सेमल के फूल, 'अग्निबीज'।

एकांकी संग्रह–'पत्थर और परछाइयाँ।

काव्य-संग्रह–'सपने तुम्हारे थे', 'यह पृथ्वी तुम्हें देता हूँ'।

आलोचना : 'कहानी की बात', 'नई कहानी की उपलब्धियाँ'।

साहित्य संवाद–'कल्पना' में चक्रधर नाम से लिखा गया 'साहित्यधारा' स्तम्भ–'चक्रधर की साहित्यधारा' नामक पुस्तक।

निधन : १८ मार्च, २०१०

आवरण : देवप्रकाश चौधरी

मार्कण्डेय

हलयोग

मार्कण्डेय की असंकलित कहानियाँ

लोकभारती पेपरबैक्स

पहला पेपरबैक संस्करण : 2012

लोकभारती पेपरबैक : उत्कृष्ट साहित्य के लोकप्रिय संस्करण

लोकभारती प्रकाशन
पहली मंजिल, दरबारी बिल्डिंग, महात्मा गाँधी मार्ग
इलाहाबाद-211 001

वेबसाइट : www.lokbhartiprakashan.com
ईमेल : info@lokbhartiprakashan.com

शाखाएँ : 1-बी, नेताजी सुभाष मार्ग, दरियागंज नई दिल्ली-110 002
अशोक राजपथ, साइंस कॉलेज के सामने पटना-800 006 (बिहार)

आवरण चित्र : लोकभारती स्टूडियो

इण्डियन प्रेस प्रा.लिमिटेड
इलाहाबाद-211002
द्वारा मुद्रित

मूल्य : ₹ 95

HALYOG
by Markandey

ISBN : 978-81-8031-704-0

अनुक्रम

संग्रह के बारे में

मार्कण्डेय का कहानी-संग्रह हलयोग अन्ततः व्यवहार रूप में परिणत होकर आपके हाथ में है। पिछले चौदह-पन्द्रह वर्षों से इसकी योजना बनती-बिगड़ती रही। कारण, कुछ मार्कण्डेयजी का स्वास्थ्य, कुछ एकाध और कहानी लिख लेने की चाहत, बाकी धूल-धक्कड़ के ढेर से कुछ पीछे के संग्रहों में नहीं आ पायी कहानियों को ढूँढ़ निकालने की चुनौती। ख़ैर, जो भी हो यह सब अब गुज़री बात हुई अब जो ख़ास बात है, वह है इस संग्रह में जा रही कहानियों का इतिहासगत पहलू जिसके बिना कुछ कहानियाँ अधूरी, सन्दर्भहीन या बेतरतीब लग सकती हैं।

इस संग्रह में कुल बीस कहानियाँ हैं। जिसमें शीर्षक कहानी हलयोग, बरकत, निबन्ध सौरभ, हल लिये मजूर, गड़ा हुआ धन, माँ जी का मोती, अब वह हमेशा के लिए हमारी है, अलग-अलग पत्रिकाओं में छप चुकी हैं। घी के दीये कहानी कथा एवं लोकवार्ता के अन्तर्गत अख़बार में छपी है। ग़रीबों की बस्ती, रक्तदान, खोया स्वर्ग, प्रोफ़ेसर एवं बीते दिन कहानियाँ मार्कण्डेय की बिलकुल प्रारम्भिक कहानियाँ हैं। १९४८ ई० से 1953 के बीच में लिखी गयी ये कहानियाँ कहानी लिखने का प्रयास हैं लेकिन महत्त्वपूर्ण इसलिए हैं कि इसमें मार्कण्डेय की चेतना-प्रक्रिया की हलचलों का पता चलता है। ग़रीबों की बस्ती में जहाँ विभाजन के बाद हुए दंगों की पृष्ठभूमि है तो रक्तदान में तेलंगाना के किसान संघर्ष की। इन कहानियों के बारे में इससे अधिक सूचना की कुछ और बात नहीं।

अब बचती है भविष्य वाचन, ब्रह्मदोष, बोझ भर राख, फादर पाल और बवण्डर कहानियाँ जो दरअसल मार्कण्डेय के द्वारा बहुत पहले से प्रस्तावित उपन्यास 'लोढ़ा चक्र' का हिस्सा हैं। इस उपन्यास की रूपरेखा उनके दिमाग़ में १९५० के दशक में ही बनी थी जिस क्रम में उन्होंने भविष्यवाचन, ब्रह्मदोष, बोझ भर राख १९५६ में लिखीं जो विकल्प और कल्पना में छपीं। इन तीनों कहानियों को मार्कण्डेय ने पण्डित काका की तीन चरित कथाएँ नाम से ड्राफ्ट किया था। पुनः इस उपन्यास का विज्ञापन नया साहित्य प्रकाशन की ओर से 'आईने में अँधेरा' नाम से हुआ है। बाद

में इसमें फादर पाल कहानी जुड़ी और इस उपन्यास का नाम लोढ़ा चक्र की जगह 'अँधेरे के रंग' नाम से ड्राफ्ट किया जिसमें वे लिखते हैं कि—"यह पुस्तक मेरे वर्तमान चिन्तन के प्रतिनिधित्व के निमित्त नहीं लिखी गयी वरन् मेरे अपने सृजनशील जीवन की पृष्ठभूमि है—यह एक ऋण है जिसे उतारना था, एक ऐसी जिम्मेवारी है जिसे पूरा करना ज़रूरी कम-से-कम मेरे लिये था जितना कोई इमारत बनाते हुए नींव को ठीक से भरना होता है।" फिर वे इसी ड्राफ्ट में लिखते हैं, "विभिन्न वर्गों के विभिन्न चरित्रों की सृष्टि जो सत्य को खोल सके" फिर वे लिखते हैं कुछ बिन्दु देकर "कुछ लेखक कहता है, कुछ इस कहानी का साक्षी उसे बताता है, कुछ जार्ज सिंह की डायरी से मिलता है लेकिन सभी कहानी के क्रम को आगे बढ़ाते हैं। अँधेरे के रंग—स्वतन्त्रता के आस-पास के अ-प्रतिनिधि लोकजीवन की कथा।" इसमें आये दलित चरित्रों के बारे में वे लिखते हैं, "अनवरत गुलामी के कारण व्यापक निष्क्रियता, भाग्यवादिता, जीवन के बारे में कोई चिन्तन नही।"

लेकिन इसी बीच जबकि यह उपन्यास कहानी-दर-कहानी आगे बढ़ रहा था। १९६७ का नक्सलबाड़ी विद्रोह होता है। बाद में चलकर इसके व्यापक प्रभाव में मार्कण्डेय कहानी लिखते हैं 'उसी ओर' नाम से लेकिन बाद में उस कहानी और पूरे उपन्यास को वे 'बवण्डर' नाम से ड्राफ्ट करते हैं और कथा-क्षेत्र आज़ादी के पहले की निष्क्रियता, भाग्यवादिता और जीवन के बारे में किसी चिन्तन के न होने से लेकर नक्सलबाड़ी के बाद की सक्रियता, कर्मवादिता और जीवन के बारे में स्पष्ट चिन्तन तक फैल जाता है। इस उपन्यास में गाँव के साथ ही शहर की कथा भी चलती है हालाँकि इस रूप में सिर्फ़ फादर पाल ही वे लिख पाये जिसे वे नयना की मुक्ति की कहानी कहते हैं जिसमें 'जे' नाम का चरित्र है जो अपने सवालों की तलाश में आज़ादी के लिए चलने वाले क्रान्तिकारी भूमिगत किसान आन्दोलन से जुड़ जाता है खैर... उपन्यास भी अधूरा रहा कहानी भी अधूरी रही।

मार्कण्डेय अपनी अन्तिम कहानी ख़ुशहाल ठाकुर के चरित्र पर केन्द्रित करके लिख रहे थे जो गाँव के बड़े काश्तकार और व्यवसायी हैं। पहली पत्नी मर जाती है, दूसरी शादी करते हैं और इससे नाराज़ उनका बेटा कुमार उनसे सम्बन्ध-विच्छेद कर कलकत्ते में रुक जाता है, वहीं शादी करता है और कलकत्ता के ख़ुशहाल ठाकुर के पूरे व्यवसाय पर नियन्त्रण कर लेता है। ख़ुशहाल के घर में काम करनेवाली किसुनी धीरे-धीरे उनकी ज़रूरत बन जाती है। बनारस में भी ख़ुशहाल का व्यवसाय है सूदी का। किसुनी को लेकर वे वहाँ कुछ दिन रहते हैं। वापस आने पर किसुनी गर्भ से होती है। ठाकुर इसे छिपाने की कोशिश करता है लेकिन यह बात जाहिर हो जाती है और इसे लेकर दलितों में आक्रोश फैल जाता है। हालाँकि यह कहानी भी अधूरी ही रही। संग्रह की अन्तिम कहानी के रूप में प्रस्तुत 'चार दिन' शीर्षक कहानी के

विषय में यहाँ विशेष उल्लेख करना आवश्यक है। यह कहानी रचना-शिल्प के प्रयोग पक्ष के लिहाज से रेखांकित करने योग्य है। इसकी शुरुआत मार्कण्डेय ने सोमवार को की। अगले दिन यानी मंगलवार को इसे आगे बढ़ाने का जिम्मा साथी कथाकार ओमप्रकाश श्रीवास्तव को। बुध को मार्कण्डेय फिर। और गुरुवार को कहानी पूरी हुई—ओमप्रकाश श्रीवास्तव के हाथों।

कुल मिलाकर यह संग्रह भी बदलते समय, जीवन और उसके भीतर के प्रतिरोधी स्वर के बीच मार्कण्डेय की ख़ास पहचान लिये हुए है। अब बिना किसी भूमिका के मार्कण्डेय की ये कहानियाँ प्रस्तुत हैं जिन्हें अपने पाठकों से बोलना-बतियाना है।

२ मई, २०१२ —दुर्गाप्रसाद

द्वारा मीनाराय
२६७, पुराना कटरा, इलाहाबाद

हंलयोग

हलयोग

बाबा कई बार जौनपुर गये। डिस्ट्रिक्ट बोर्ड के चेयरमैन को समझाया-बुझाया। महात्मा गाँधी का नाम लिया। हरिजन उद्धार की दोहाई दी। कहा कि बड़ा जस मिलेगा। भूखे रह-रहकर उसने मिडिल पास किया है। पिछले साल आप ही के हाथ से तमगा पाया है। चेयरमैन मान गये थे और गाँव के स्कूल में ही चौथी को नियुक्त कर दिया था। उन दिनों ब्राह्मण अध्यापकों को पण्डितजी, ठाकुरों को बाबू साहब और इतर जातियों को मुन्शीजी कहे जाने का चलन था। सो पाँचू भगत का छोटा भाई चौथिया सहसा मुन्शी चौथीराम बन गया था।

उस समय किसी चमार का अध्यापक बन जाना एक अनहोनी बात थी। ब्राह्मण-ठाकुरों का हल चलाना, मरे हुए ढोर-डाँगर गाँव से उठाना, पूरे परिवार समेत मालिक के घर काम करना ही उनकी नियति थी। मरनी-करनी से लेकर ब्याह-शादी तक उन्हें अपने मालिक की दया पर जीना था। यह ज़रूर था कि शादी पर एक चाँदी का गहना तथा कोरी धोती और उसे रँगने के लिए एक गाँठ हल्दी और मरनी के बाद कफ़न का कपड़ा और चिता की लकड़ी देने से इनकार करने पर मालिकों की जग हँसाई होती थी। दिनभर की मज़दूरी के लिए सेरभर कदान्न और दोपहर में एक लोटा चोटे का रस देने की प्रथा थी, जिसके लिए पीने का बर्तन उन्हें साथ लाना पड़ता था। रस उसमें ऊपर से डाल दिया जाता था। बर्तन छू जाने पर अकसर हंगामा खड़ा होता था और उसे छुतिहा कहकर घर से अलग कर दिया जाता था।

कुल मतलब यह कि इस पत्थर की लीक हुई मानसिकता पर चौथीराम के अध्यापक होने ने मर्मान्तक आघात पहुँचाया था। अपनी नंगई और कठहुज्जती के लिए मशहूर रघुवर पण्डित का कहना था कि, 'लुटिया ही डूब गयी गाँव के ब्राह्मन-ठाकुरों की। कोप होगा। महामारी और नाती-पनाती संकर बरन हो जायेंगे। इसी को कलिकाल कहते हैं। अब चमार वेद बाँचेंगे और बच्चों का विद्यारम्भ करेंगे।'

'और नहीं तो क्या तुम अच्छर ज्ञान कराओगे—काला अच्छर भँइस बराबर। यह तो समय की बात है—जो पढ़ेगा-लिखेगा, वही पण्डित। चौथिया अब चमार कहाँ रहा। बड़े-बड़े टीकाधारियों के लड़के उसको परनाम करते हैं, उसका पाँव छूते हैं।'

'पण्डित गाली-गलौज़ शुरू करें इसके पहले ही बाबा ने सोमारू को अपनी ओर मुखातिब कर लिया। 'क्यों मुँह लगते हो इस क्रोधी के। ज़रा स्कूल जाकर पण्डित और चौथी से बोल देना, कल बच्चा का दूसरी जमात में नाम लिखाना है। मैं ख़ुद लेकर आऊँगा।'

'मूलचन्द तो भँगेड़ी है, भइया। तीसरी जमात को पोथी से नकल देकर सारा दिन भाँग की पिनक में धुत रहता है। तेजना नोनियाँ का लड़का पढ़ने थोड़े ही जाता है। सुबह से बस भाँग धोना और घोटना। पण्डित कहता है, यह अच्छर क्या है—गुरू की सेवा ही वह सच्चा अच्छर है, जिसे सीख लेने पर मनुष्य आँख मूँदकर भवसागर पार कर लेता है। चौथीराम से जाकर बोल दूँगा। बड़ी मेहनत करता है। एक-एक बच्चे पर ध्यान रखता है।'

दूसरे दिन पूजा-पाठ के बाद पाँच क़दम पूरब की ओर चलकर और सूर्य भगवान् को प्रणाम कर जब मैं, जो आज इस कहानी का वाचक हूँ; बाबा की अँगुली पकड़े स्कूल पहुँचा तब सुबह की धूप दूर-दूर तक पसरकर धरती की नमी सोख चुकी थी। स्कूल के बच्चे चैन से ज़मीन पर बैठे थे और अपनी पटरियों को जाँघों में फँसाकर खड़िया मिट्टी से कुछ लिख रहे थे। ज़्यादातर के बदन पर चीथड़े ही लटक रहे थे। किसी-किसी ने तो अपनी माताओं की फटी धोतियों की गाँती बाँध रखी थी और उनकी नाक से गाढ़ा बलगम बुलाक की तरह झूल रहा था। बीच-बीच में वे नाक सुड़क लेते या एक बाँह को नाक पर लगाकर इस तरह खींचते कि बलगम कलाइयों तक चुपड़ जाता। उन पर मक्खियाँ बैठ रही थीं और तख़्तियों पर लिखते हुए, वे बार-बार उन्हें उड़ा रहे थे। बग़ल में दूसरी जमात के लड़के पहाड़ा याद कर रहे थे।

पास की गहरी बाउली में सात-आठ बच्चों को हाथ-मुँह धुलाकर मुन्शीजी लौटे थे। बाबा का पाँव छूकर बोले, 'मैं कब से आपकी राह देख रहा था।' साथ आये बच्चों की ओर देखते हुए कहने लगे, 'बाउली में पानी बहुत नीचे है। इनके फिसलकर गिर जाने का डर है। यह रोज़ ही करना पड़ता है।'

बाबा ने उस ओर ध्यान नहीं दिया। उनके लिए ख़ून में समाया यह सब परम सहज था। इसलिए मुझे मुन्शीजी को सौंपते हुए बोले—'ज़्यादा उलट-फेर ठीक नहीं। धीरे चलो। ऐसा न हो कि उढ़ककर गिर पड़ो।'

मुन्शीजी ने बाबा का संकेत समझकर कहा था, 'फिर तो सब जस-का-तस बना रहेगा, ठाकुर बाबा!'

'उसे तो बना ही रहना है। महात्मा अंग्रेज़ को हटाने के लिए लड़ रहे हैं, समाज को तोड़ने के लिए नहीं, वे भी वर्णाश्रम को मानते हैं।' बाबा ने थोड़ी रुखाई से कहा था।

'मैंने ऐसा कुछ नहीं किया बाबा। जो बवण्डर उठा है, वह बस इसलिए कि एक फटा-पुराना टाट मुझे बच्चों के लिए मिला था। उस पर चार बच्चे भी नहीं अट पाते थे। रोज़ लड़ाई होती थी। वह भी आप सबके बच्चों में। उन्होंने अधनंगे बच्चों की ओर इशारा कर कहा, 'इन अभागों को भूँय के सिवा दूसरा आसन कहाँ नसीब। लेकिन क्या अच्छा लगता है कि ऊँच-नीच यहीं से शुरू हो जाय। ये तो अन्न का एक टुकड़ा मुँह में डाले बिना ही स्कूल चले आते हैं।'

बाबा को यह सब सुनना कुछ विचित्र लग रहा था, जैसे कोई उल्टा वेद बाँच रहा हो। अभी थोड़ी ही देर पहले उन्होंने बादाम की गिरी का हलवा खाने के बाद दूध पीने में आनाकानी करते मुझे घर पर देखा था। शायद स्थितियों के इस अन्तराल के सेतु को वे धरती का हमवार हिस्सा ही माने बैठे थे, इसलिए मुन्शीजी की बातें सुनते हुए उन्हें कुछ भी ऐसा नहीं लगा जिस पर कान देने की ज़रूरत हो।

'तुमने टाट की उस पट्टी को हटाकर बड़े महाराज के पौत्र को ज़मीन पर बिठाया, यह अच्छा नहीं हुआ, नाहक बखेड़ा मोल लेने से क्या फायदा?' कहते हुए बाबा वहाँ से लौट गये।

दूसरे दिन टाट की दो बड़ी-बड़ी पट्टियाँ स्कूल पहुँच गयी थीं। बाबा गयादीन महाराज से मिले थे। यह अनुदान दोनों की ओर से भेजा गया था। बाबा ने शाम को अपनी मण्डली को बताया कि महाराज आपे से बाहर हैं। गुस्से में गालियाँ बक रहे थे, चौथीराम को। कह रहे थे मैं इसे गाँव की पाठशाला में रहने नहीं दूँगा। स्कूल को चमरौटी बना रहा है। सारे बच्चों को बटोरकर स्कूल ले जाता है। इस तरह तो सारा कामधाम ही बन्द हो जायगा। भला जानवरों का क्या होगा। उन्हें चराने और गोबर-पानी के लिए आदमी कहाँ से आयेंगे। सुना लड़कों की नाक का पोटा धोता है। उन्होंने बाबा के ऊपर आरोप लगाया कि 'उन्होंने यह संकट खड़ा किया है।' भला यह अनर्थ देखिये कि, हे प्रभो आनन्ददाता के साथ लड़कों से देशगान गवाता है। चरखा संघ से चरखा लाकर चमरौटी में बाँट रहा है। चमाइनों को सूत कातना सिखा रहा है। तुम कहते हो तो एक टाट भिजवा देता हूँ। साले ने बचई को भी ज़मीन पर बिठा दिया है।

बाबा ने बताया कि महानन्द सोखा और जोखू जन्तरी भी वहीं बैठे थे। लगता है, महाराज कुछ करके ही मानेंगे।

सबसे पहले कहर टूटी पाँचू पर जो महाराज का बनिहार था। उन्हीं की जगह में बसा था। उन्हीं की रोटी पर जीता था। किसी तरह पेट काटकर उसने अपने छोटे भाई चौथी को मिडिल तक पढ़ाया था। पाँच बरस की उमिर में ही गोद में उठाकर

उसकी शादी कर दी थी। पर अभागे की बीबी ताउन में चल बसी। महाराज के घर गोबर-पानी के लिए, उनके जानवरों को चरा लाने के लिए, चौथी को कितनी बार समझाया पर वह घर छोड़कर भाग जाता। कई-कई दिन बाद घर लौटता और स्कूल में जा बैठता। चमरौटी में लोग कहते, उसके ऊपर 'कारन' है। देवता जब सिर घुमा देते हैं, तब घर छोड़ देता है। पाँचू ने बहुत झाड़-फूँक करायी। महानन्द सोखा को भी दिखाया पर कोई लाभ नहीं हुआ। ब्याह-शादी की जब-जब बात की जाती, चौथी चीखने-चिल्लाने लगता। घर छोड़कर भाग जाने की धमकी देता। इसलिए पाँचू ने उससे बोलना ही छोड़ दिया था।

मेरे ऊपर तो जैसे सिर मुँड़ाते ही ओले पड़े थे। मैं उन बातों को सुनने के लिए सदा बेचैन रहता जो मुन्शीजी के बारे में होतीं, क्योंकि वे हमें बहुत प्यार करते थे। बड़ी-बड़ी बातों को वे इस तरह आसान बनाकर समझाते थे कि वे एक-एक बच्चे की समझ में आ जातीं। कहते, भय आदमी का दुश्मन है। जो बात तुम्हें ठीक लगे, उसे कहो ही नहीं, करो भी। वे पढ़ाने के साथ पुरानी लगी हुई बातों की चर्चा करके हँसते और समझाते कि भला अन्धविश्वासों में जीने से क्या मिलेगा। इससे आदमी का मन कमज़ोर होता है और वह जीवन में आगे नहीं बढ़ पाता। वे यह सारा कुछ इस तरह कहते कि उनकी बातें मन में घुमड़ती रहतीं। उनके सफेद, चमकते हुए छोटे-छोटे दाँत और साँवली नुकीली नासिका मुझे बहुत अच्छी लगती। स्कूल बन्द होने पर बारी-बारी से किसी एक बच्चे को पास बुलाकर वे कुछ कहते जैसे मुझे पहले ही दिन उन्होंने कहा, 'विवेक, घर पहुँचकर सीधे खाना खाने न बैठा करो। बस्ता रखकर हाथ-मुँह धोकर ही कुछ खाना चाहिए।' यकीन नहीं होगा आपको कि आज तक यह मामूली-सी बात मेरे कानों में ठीक वैसी ही बसी है, जैसे और जिस तरह वह उस दिन कही गयी थी।

लेकिन यह सब ज़्यादा देर नहीं चल पाया। एक दिन हम लोग जब स्कूल पहुँचे तब हमारा टाट वहाँ बिछा था, जहाँ स्कूल के प्रधान अध्यापक पं० मूलचन्द बैठते थे। उनके भाँग घोटू शिष्य ने बताया कि अब से हमको पण्डितजी पढ़ायेंगे। हम लोग लाचार होकर अपने टाट पर जा बैठे। नयी बात उस दिन यह हुई कि पण्डितजी दस बजे ही पधार गये। उनकी खटिया हमारे टाट के पास बिछ गयी। तेजन रोज़ की तरह बेहया की छड़ी काटकर खटिया पर रख गया। बारी-बारी से लड़कों को बुलाकर गिनती सुनी जाने लगी। हर ग़लती पर एक छड़ी की सजा लड़कों को मिलने लगी। इसी बीच एक चमार लड़के के हाथ पर छड़ी इस तरह लग गयी कि उसके नाखून से ख़ून बहने लगा। वह लड़का अपनी अँगुली पकड़े, रोता हुआ मुन्शीजी के पास भागा। उन्होंने उसकी उँगली साफ़ की और अपनी धोती के सिरे से एक चिट फाड़कर पट्टी बाँध दी। पण्डितजी आपे से बाहर हो गये। उन्होंने मुन्शी को बुलाकर लड़कों

के सामने ही बहुत डाँटा, 'तुम लड़कों को बिगाड़ते हो। जानते हो तुम्हारा तबादला जिले के दूसरे छोर पर हो रहा है। अब अपना बोरिया-बिस्तर बाँध लो। परवाना आने ही वाला है।'

मुन्शीजी चुपचाप वहाँ से लौट गये। उस दिन वे बच्चों को कुछ नहीं पढ़ा सके। वे व्यस्त और अनमने से इधर-उधर टहलते रहे। वह बड़ा कठोर दिन था। सूरज की मासूम किरणें गर्म सुई की तरह चुभने लगी थीं। सारे बच्चों के मन बेचैन हो उठे थे और उनमें एक ख़ामोश चीख घुमड़ रही थी।

घर पहुँचने पर जो सुनने को मिला वह और भी डरावना था। पाँचू ने अपने छोटे भाई चौथी को घर से निकाल दिया है। महाराज ने उसे हलवाही से हटा देने और अपनी ज़मीन से दूर कहीं और घर बनाकर ही चौथी के साथ रहने को कह दिया है।

अब क्या होगा, मैं बार-बार यहीं तक सोच पा रहा था, इसलिए अपने ही में उभ-चुभ हो रहा था। बाबा अकेले होते तो उन्हें पकड़कर पूछता—क्या मुन्शीजी अब हमें कभी नहीं पढ़ा सकेंगे। क्या वे कहीं और चले जायँगे, क्या उन्हें गाँव छोड़ देना पड़ेगा। मैं उनसे जानना चाह रहा था कि यह सब क्या हो रहा है। लेकिन उनकी मण्डली से उन्हें छुट्टी मिले तब न! मैं घूम-फिर रात देर तक उनके पास बना रहा और लोगों की बातें सुनता रहा।

उस पर महाब्रह्म की सवारी है। बचपन में उसने बरम बाबा के चबूतरे पर पेशाब कर दिया था। महानन्द सोखा कभी भी लचर बात नहीं बोलता। सब लोगों ने देखा ही है कि सुकुल के घर में सारे बरतन-भाँड़े किस तरह उड़ने लगते थे। उनके शरीर का रक्त ही सोख लिया था बरम ने। उनका लड़का हाथ-पाँव पटक रहा था। मुँह से फेचकुर निकल रहा था। जीभ बाहर निकल आयी थी। महानन्द ताल ठोंककर छाती पर चढ़ बैठे। मसान की खोपड़ी लाकर घर में रख दी और हुकुम कर दिया कि बस इसी में रहना। बाहर निकला तो जलाकर भस्म कर दूँगा। तब से सारा परिवार पाँव धोता है, महानन्द का।

सोमारू बाबा को तरह-तरह से मना रहे थे कि महानन्द से अरज करें तो चौथी की जान को भी राहत मिले। आज स्कूल के उसी खँडहर में पड़ा है। पाँचू खाना लेकर गया था। उससे मार-पीट करने को तैयार हो गया। पाँचू बता रहा था कि वह बहुत रोया, हाथ-पाँव जोड़ा, यह भी कहा कि मैं तुम्हें लेकर कहीं और चला चलूँगा, गाँव छोड़ दूँगा। तू घर चल लेकिन उसने एक न सुनी।

वह एक पहाड़ के समान काली और विशाल रात थी। देर तक न जाने कितनी बातें मन में घुमड़ रही थीं। मुन्शीजी कैसे होंगे, उस अँधेरे खँडहर में। आजी ने शाम को ही मना किया था कि आगे न पड़ना उस चौथिया के। उस पर बरम बाबा की सवारी

है। लेकिन माँ तो कहती थीं कि डरने की कोई बात नहीं है। बस सिर पर कपड़ा रख लेना। ऊँची जातिवालों को नहीं पकड़ते बरम-भूत।

सुबह मैं जल्दी ही स्कूल पहुँच गया। कम ही लड़के आये थे तब तक। मुन्शीजी अपनी कक्षा के सामने सिर झुकाये काठ की कुर्सी पर बैठे थे। मुझे देखते ही बोले—बाबा कैसे हैं विवेक?

मैं कुछ नहीं बोला। न जाने क्यों मेरा मन रो पड़ने को हो रहा था। शायद उन्होंने ताड़ लिया; 'मैं कहीं जाऊँगा नहीं विवेक। घर आकर तुम्हें पढ़ाऊँगा। जाकर बैठो अपनी कक्षा में।'

मैं अपनी कक्षा में चला गया लेकिन देखता हूँ कि आज उनके सामने कोई लड़का नहीं बैठा। सब दूर-दूर चकित-से खड़े थे या फुसफुसाकर आपस में बातें कर रहे थे।

महाराज के पौत्र श्रीकान्त ने बताया, बरम बाबा ने पकड़ लिया है मुन्शीजी को। देखते नहीं उनकी आँखें कैसी लाल-लाल हो गयी हैं। मुझे लग रहा था जैसे मुन्शीजी के चारों ओर कँटीले तारों का घेरे के ऊपर घेरा खिंचता जा रहा था। क्या यह बातें झूठ हैं, जो लोग कह रहे हैं या उन्हें सचमुच ही बरम बाबा ने पकड़ लिया है—मेरे मन में एक संशय का कीड़ा रेंगने लगा।

उस दिन दोपहर के बाद एक और घटना घटी। स्कूलों के इन्स्पेक्टर हाफ पैण्ट पहने, सिर पर हैट लगाये, साइकिल चलाते हुए स्कूल पर आ धमके। पण्डितजी ने मुन्शीजी की कुर्सी मँगाकर उन्हें बैठाया। आवभगत के लिए गुड़-पानी की व्यवस्था हो ही रही थी कि उन्होंने मुन्शीजी को बुलाकर एक काग़ज़ थमाया। यह तबादले का परवाना नहीं था। फिलहाल तीन शिकायतों की उनसे सफ़ाई तलब की गयी थी।

—उन्होंने बड़े घरों के बच्चों का चबैना एक जगह इकट्ठा कर, कक्षा के सारे बच्चों में बराबर बाँटा।

—उन्होंने सवर्णों की बाल्टी से हरिजन बच्चों को पानी पीने की आज्ञा दी। जबकि छोटी जातियों के लड़के अब तक बाउली का पानी पीते थे।

—उन्होंने स्कूल का टाट हटवाकर सारे बच्चों को ज़मीन पर बैठाया।

मुन्शीजी ने परवाने को फाड़कर वहीं फेंक दिया और वहाँ से चले गये।

अब तक गाँव के घर-घर में यह बात फैल चुकी थी कि चौथिया के ऊपर बरम बाबा का प्रकोप हो चुका है। लोग उनसे रास्ता बचाने लगे। जो लोग उन्हें बुलाकर दरवाज़े पर बिठाते थे, वे दूर से उन्हें देखते ही रास्ता काट जाते।

उस रात मुन्शीजी की ओझाई की बात सुनकर मैं बेहाल हो गया। एक अजब-सी अनहोनी का आभास, जिसका कोई ओर-छोर मेरे बालमन को नहीं मिल पा रहा

था; मुझे तरह-तरह से सताने लगा। बाबा के पास उनके गणों की बैठकी जमी हुई थी। सोमारू हड़बड़ाये हुए आये और कहने लगे, चौथी का तो कहीं पता ही नहीं लग पा रहा है। महानन्द ढोल-मँजीरा लिये पाँचू के दरवाज़े पर जमे हैं। हवन-सामग्री भी आ गयी है। जोखू जन्तरी अपने दुर्लभ हथियारों के साथ वहाँ पहले से है। लोहे की छोटी-छोटी तीलियाँ, लाल मिर्च की धुकनी, कान में दोनों ओर लगाकर दबानेवाली काँटेदार टिप्पियाँ मतलब यह कि असाध्य ब्रह्म बाधा के निवारण के लिए जितने भी अमोघ अस्त्र जन्तरी के पास थे उसने आज सब निकाल लिये हैं।

'हो न हो स्कूल के खँडहर में बैठा हो। ऐसे में कुछ ठीक नहीं रहता। प्रेत-लीला में फँसे लोग पलभर में कहाँ-से-कहाँ पहुँच जाते हैं। शम्भूलाल की बीबी को नहीं देखा। यह गयी, वह गयी कहते लोग दौड़ते ही रह गये और वनसत्ती उसे उड़ा ले गयी। मैंने पँचुवा से कहा था कि उस पर निगाह रखना।'

बाबा के इस कथन ने मेरे चारों ओर अँधेरे की एक दीवार खींच दी, जिसमें प्रकाश की एक किरण की भी आशा नहीं रही। मैं सारी रात माँ की छाती से चिपका पड़ा रहा।

बहुत सबेरे से जो लोगों ने बताया वह इस प्रकार था—

—बड़ी खोज के बाद लोगों को चौथी गोमती के तट पर मिले। उन पर ब्रह्म का ऐसा तेज़ था कि सात-आठ लोगों से वे घण्टे भर तक अकेले कुश्ती लड़ते रहे। लोग उनके ताप के सामने टिक ही नहीं पा रहे थे। हाथ-पाँव जोड़कर किसी तरह मनाया गया और बड़ी पूजा-आरजा के बाद दोनों हाथ पीठ पर चढ़ाकर बाँधे गये और उन्हें घर लाया गया। रातभर सारी चमरौटी पाँचू का घर घेरे बरम बाबा को मनाती बैठी रही और अन्दर महानन्द के ढोलची और जोखू जन्तरी चौथी को बकरवाने के लिए पचरा गाते और बीच-बीच में बोल-बोल की आवाज़ देकर ब्रह्म के मुँह पर झापड़ों की वर्षा करते रहे। पर ब्रह्म का ऐसा प्रकोप कि वह टस-से-मस होने को तैयार नहीं। जन्तरी के सारे अस्त्र नाकाम हो गये। अन्त में बोरसी भर आग में लाल मिर्च की धुकनी देकर महानन्द सोखा कोठरी से बाहर निकल आये। घण्टे भर बाद कोठरी खोली गयी। पता चला कि चौथी गहरी नींद में सो गये हैं। बोरसी हटाकर महानन्द ने विजय के उल्लास में ज़ोर से बरम बाबा की जय बोली और यह कहते हुए चले गये कि अब दया करना ग़रीब पर, ज़िन्दगी भर अरदास करेगा।

'चलो अच्छा हुआ, बेचारे की जान बची, अब पूजा-पाठ करता रहेगा तो देवता की सवारी नहीं होगी। अकसर यही होता है। मामूली टुच्चे भूत-प्रेत गाहे-बेगाहे तंग करते रहते हैं, लेकिन बरम तो एक बार आशीर्वाद दे गया तो जानो गया।' बाबा उठकर

दिशा-फरागत के लिए चले गये और मैं उनकी चारपायी पर लेटे-लेटे वहीं सो गया। दिन चढ़े आजी ने जगाने के लिए मेरे माथे पर हाथ रखा। यह देखकर वह घबरा गयीं कि मुझे तेज़ बुखार है। फिर उठा-पुठाकर कब घर में लाया गया और दस-बारह दिनों तक क्या-क्या हुआ यह मुझे नहीं मालूम। होश आने पर मुझे बताया गया कि बेहोशी में मैं मुन्शीजी, मुन्शीजी की रट लगाये था, और कभी-कभी उनके पास जाने के लिए बिस्तर में उठ बैठता था। ब्रह्म की हवा लग जाने का सन्देह सबके मन में था। लेकिन महानन्द सोखा ने कहा, 'तेज़ बुखार के कारण ऐसा हो रहा है। वैसे चण्डी पाठ करा देने में कल्याण-ही-कल्याण है।' दूर-दूर के राजवैद्यों के अथक प्रयत्नों के बाद तेरहवें दिन मुझे होश आया। कठिन मियादी बुखार था।

मैं लोगों से मुन्शीजी के बारे में जानना चाहता था। लेकिन इस प्रसंग में एक सधा हुआ मौन उन सभी चेहरों पर तैनात था जो मेरे कमरे में आते-जाते थे। दो-तीन दिन के बाद, जब बुखार एकदम उतर गया तब भी अगले दस-पन्द्रह दिन तक मुझे बिस्तर से उठाने की मनाही थी।

इसी बीच बड़े महाराज का पौत्र और मेरा सहपाठी श्रीकान्त, जिसे ज़मीन पर बिठा देने के कारण मुन्शीजी पर यह ब्रह्मकोप हुआ था, विपत्तियों के पहाड़ टूट पड़े थे, दोपहर को मुझे देखने आया। घर के लोग दोपहर के भोजन के बाद आराम कर रहे थे। एकान्त पाकर मैंने उससे मुन्शीजी के बारे में पूछा।

कुछ न पूछो विवेक, तुम्हारी बीमारी के दौरान जो-जो भयंकर काण्ड हुए उनका बयान करना बहुत मुश्किल है। उस रात की ओझाई के बाद होश में आते ही मुन्शीजी बेतहाशा दौड़ने-भागने लगे। जिसे पकड़ लेते छोड़ते ही नहीं। बस यही कहते, मेरे पास एक सच्चाई है, उसे सुन लीजिये। इसे आपको दूसरा कोई नहीं बता सकता—धर्म ग्रन्थ, वेद, पुरान कोई भी नहीं...सुनिये, सुनिये... और हर आदमी उन्हें देखते ही भागता। वे उसे दौड़ा लेते। कई बार उन्होंने औरतों को पकड़ लिया। महाजन की सुखिया बाहर से लौट रही थी, उसे धर लिया। बेचारी ज़ोर से चिल्लायी। गाँववालों ने उसे किसी तरह बचाया। सारे गाँव में उपद्रव मचा दिया मुन्शी ने। जैसे कोई बिगवा कहीं से आ गया हो। कई बार उन्हें रस्सियों से बाँधा गया, घर में बन्द किया गया पर छूटते ही भाग खड़े होते और उन्हें पकड़ने में घण्टों लग जाते। औरतें घर में घुस जातीं, बच्चे कमरे में बन्द कर दिये जाते। सारे गाँव में कुहराम मच जाता।

मैं श्रीकान्त के मुँह की तरफ़ एकटक देख रहा था। जैसे ही उसने बोलना बन्द किया, मैंने पूछा...फिर...क्या लोगों ने मुन्शीजी को मार डाला?'

'मारने पर तो और भी संकट खड़ा होता। पुलिस दारोगा के चक्कर में सारा गाँव ही फँस जाता, लेकिन और क्या कुछ नहीं किया लोगों ने।'

'फिर क्या हुआ?'

'महानन्द सोखा ने पूजा-पाठ करके हलयोग का विधान बताया। गाँव को ब्रह्मकोप से बचाने के लिए अब दूसरा मार्ग शेष नहीं रह गया था।'

'यह हलयोग क्या है, श्रीकान्त।' मैंने आश्चर्य से पूछा।

'पहले मुझे भी समझ में नहीं आया था।' श्रीकान्त ने कहा, 'लेकिन उसे होते हुए देखा तब पूरा समझ सका। इसे हल या काठ में डालना भी कहते हैं। मेरे बाबा ने एक मँझोला पेड़ ही कटवा दिया और उसका क़रीब दस फीट लम्बा तना गाँव के बढ़इयों द्वारा चौकोर गढ़ दिया गया। उसकी एक सतह पर बीचोंबीच आदमी के पैर के बराबर चौकोर गहरा गढ़ा बनाने के लिए बीच की लकड़ी काटकर निकाल ली गयी, जिसमें आदमी का पूरा पैर समा जाय और उस एक पैर के ऊपर दोनों ओर से एक ऐसा छेद बना दिया गया, जिसमें लकड़ी का एक मज़बूत पच्चर ठोकने से एक पैर किसी भी हालत में बाहर निकल नहीं सकता। दूसरा पैर और दोनों हाथ खुले रहने पर भी आदमी किसी तरह टस-से-मस नहीं हो सकता। फिर उसी लकड़ी के कुन्दे पर उसे सब-कुछ करना है—टट्टी, पेशाब, खाना, बैठना, सोना। मतलब कि अब उसको इन ज़रूरी कामों के लिए वहाँ से हटने की स्थिति ख़तम हो जाती है। वहीं कटोरे में उसका खाना रख दिया जाता है। लोटे में पीने का पानी। यही हलयोग मुन्शीजी पर कर दिया गया है।'

'और लकड़ी का यह कुन्दा रखा कहाँ है?' मेरे पूछने पर श्रीकान्त ने बताया—'चग़रौटी के ठीक उत्तरवाले उस नीम के पेड़ के नीचे।'

मेरा सिर चकराने लगा था। आँखें बन्द हुई जा रही थीं। श्रीकान्त ने सम्हालकर मुझे लिटा दिया और बोला, मुन्शीजी को जबरदस्ती उठाकर हल में डाला गया। जब पाँवों के ऊपर पच्चर ठोके जा रहे थे तब उनके निःसहाय विलाप का स्वर सुनकर गाँव की सारी स्त्रियाँ और बच्चे बिलखने लगे थे। मैं कानों में उँगली डालकर वहाँ से भाग गया था। तब से उधर झाँकने की हिम्मत नहीं हुई। लोग बताते हैं कि वहाँ खड़ा होना मुश्किल है। बदबू के मारे नाक फटने लगती है। पाँव में घाव हो जाने के कारण मक्खियाँ छोपे रहती हैं। अब मुन्शीजी को पहचाना भी नहीं जा सकता। सारा शरीर लट गया है। दाढ़ी-मूँछ के बाल बढ़ गये हैं। आवाज़ तो लोग कहते हैं, आज कई दिनों से किसी ने सुनी ही नहीं।

मैंने हाथ बढ़ाकर श्रीकान्त के मुँह पर रख दिया और हम दोनों बड़ी देर तक एक दूसरे का हाथ थामे एक अथाह सन्नाटे में डूब गये। फिर श्रीकान्त उठकर कब चला

गया, मुझे नहीं मालूम।

कहते हैं इतना सब हो जाने के बाद लोग मुन्शीजी से वह सब सुनना चाहते थे, जिसे बताने के लिए उन्होंने लोगों को दौड़ा-दौड़ाकर रोकना चाहा था। आख़िर वह कौन-सी सच्चाई थी जो सिर्फ़ उनके पास थी और जिसे बताने के लिए इस तरह व्याकुल थे?

कहीं वह यही तो नहीं, जो हलयोग की लकड़ी के उस विशाल कुन्दे पर लेटी पड़ी, एक ऐसा वज्राक्षर बन गयी थी, जिसे सुना तो नहीं, सदेह देखा ज़रूर जा सकता था।

•

भविष्य वाचन

'बचौना मूल नक्षत्र में पड़ा है ठाकुर, और ग्रह-जोग भी समझो वही है'—गामा पण्डित ने अपने सामने खुले हुए पत्तरे पर नरकुल की कलम रख, गहरी चिन्ता में गिरगिट की तरह गरदन हिलाते हुए कहा और परसाद सिंह की ओर ऐसे देखा, जैसे बुढ़ापे में उनको पुत्र क्या पैदा हुआ, तीनों त्रिलोक के सर्वनाश का कारण पैदा हो गया।

पण्डित के दाढ़ी बढ़े ऊबड़-खाबड़, बेसुर-ताल के चेहरे में गोल-गोल बिज्जू-सरीखी आँखें जैसे बाहर को निकली पड़ रही थीं, लेकिन परसाद के ऊपर इसका कुछ भी असर न हुआ, 'का हुआ सुकुल, मूल-सूल तो उसके लगता है, जिसके दस-बीस छोटो-पेटो हों। घर-गिरहस्थी जगह-ज़मीन हो। यहाँ तो करमनाशा में नहाये बैठे हैं। ससुरू जैसे जनमे हैं, वैसे रो-धोकर जी लेंगे। तुम जाकर अपने बैलों को सानी-पानी दो। बेर बिसाय रही है।' और वे कन्धे के गमछे से अपना पैर झाड़ते हुए ऐसे उठ खड़े हुए, जैसे किसी दिन गाँव के किसी रास्ते पर बैठे-बैठे उठ खड़े हुए हों।

पण्डित परसाद सिंह का मुँह देख रहा था और परसाद सिंह कभी बाहर की दहलीज़ में देख रहे थे, कभी घर के अन्दर के आँगन में। हर क्षण कोई औरत अपने खोइछे में अनाज लिये आती, पल-भर को ठमकती और घूँघट को ज़रा आगे खींचकर घर में चली जाती और इस तरह दुलरा के फटे बाँस के-से पोपले कण्ठ स्वर में रेंके जानेवाले सोहर को एक नया स्वर मिल जाता—राम के गोड़वा घुँघुरुवा बहुत निक लगै हो—ऽ परसाद को लगता, यह सब हो क्या रहा है! क्या ज़रूरत है बुढ़ापे में इस दुन्दुभी की? अरे हुआ तो हो गया, अब कहाँ से सोठउरा-अछवानी के पैसे ले आवें, कहाँ से इन ब्राह्मनियों का दान-दक्षिणा करें।

गामा पण्डित से नहीं रहा गया। ब्राह्मण का क्रोध आसमान की ओर बढ़ चला। पुत्रलाभ के इस शुभ अवसर पर उसकी आवभगत तो होनी ही चाहिए थी। दान-दक्षिणा का इन्तजाम... कम-से-कम यजमान का विनीत-भाव तो उसे मिलना ही चाहिए था, जिससे उसके आचार्यत्व को प्रतिष्ठा मिलती और यह है कि मुझसे सीधे

मुँह बात भी नहीं करता। अब तक तो मैंने दो झउआ खाद खेत पहुँचायी होती—गामा महाराज उठ खड़े हुए। पत्तरा बग़ल में दबाते हुए उन्होंने बढ़कर ठाकुर का कन्धा हिलाया और जैसे ख़ून का घूँट पीते हुए अपने को दबाकर क्रोध से आँखें मिचमिचाते हुए कहा, 'कुछ दान-दच्छिना भी होगी या ऐसे ही बुला लिया था?'

'दान-दच्छिना?'

'और नहीं तो क्या तुम्हारे चाकर हैं...एक सेर सीधा, घी, तरकारी और कम-से-कम सवा पाँच रुपया।'

परसाद के लिए पण्डित का क्रोध ठीक वैसे ही था, जैसे किसी हाथी के ऊपर भुनगा रेंग गया हो और पण्डित का क्रोध ही क्यों, दुनिया की बड़ी-से-बड़ी बात को वे ऐसे ही ग्रहण करते थे। मसलन कोई किसी के जवान बेटे के मरने की बात कहे और दुःख की एक तीव्र वेदना का पर्दा उनकी आँखों के सामने उठा देना चाहे तो, वे बस इतना कहेंगे, 'यह दुनिया है भइया!' और एक नहीं दस जवान बेटों के मरने, फिर उनके माँ-बाप के उन्हें भूल जाने की बात कहकर वे उसे ऐसा टाल जायँगे, जैसे यह तो होता ही रहता है। कौन खोपड़ी खपावे इसमें। इसलिए जब शादी नहीं हुई और माँ-बाप से लेकर नातेदार-रिश्तेदार चिल्ल-पों मचाने लगे, तो भी उनकी यही हालत थी और जब शादी तय हो गयी तो भी वह इसी तरह चौक पर बैठ गये और फिर आज सन्तानलाभ पर भी उनके चेहरे पर कोई ऐसी रेखा नहीं, जिसे कुतूहल की रेखा कहें अथवा प्रसन्नता की।

पण्डित अब भी चुपचाप खड़ा था और गाँव की औरतों का ममरखी के लिए खोइछे में अनाज लेकर आना-जाना, बच्चों का शोर मचाना और औरतों का फटे बाँस के स्वर में सोहर गाना बढ़ता जा रहा था। परसाद जैसे कुछ सोच रहा हो। कभी-कभी वह हाथ की अँगुलियों पर कुछ गिनता, फिर छत पर धरन की ओर देखता, जैसे वह कुछ सोच नहीं पा रहा है। कुछ भी नहीं, और वह सोच भी कैसे पाये, कुछ तो उसके हाथ में है ही नहीं। चलें एक चिलम तमाखू चढ़ाकर पियें—वह बाहर निकलने को हुआ कि गामा पण्डित गरज पड़ा, 'ब्राह्मण का इस तरह अनादर करने से कुल पर वज्रपात हो जायगा, परसाद! पुत्र कलंक बन जायगा उसके लिए।' और वह डग बढ़ाता बाहर निकल ही रहा था कि गदोरी पर खइनी लिये हुए कुनाई पण्डित घर के ठीक दरवाज़े पर मिल गये। गामा का सारा क्रोध जैसे आँच का सहारा पाकर एकाएक उबल पड़ा हो।

'कलंक जनमा है उसके घर, कलंक!'

कुनाई पण्डित को जैसे गोली लग गयी हो। 'गामा-ऽ-ऽ'—उन्होंने कुछ कड़ाई से कहा, 'काहे बौखला गये हो? परसाद ने कुछ दिया नहीं क्या?' कुनाई पण्डित

की आवाज़ में अजीब-सी भयमिश्रित ख़ुशी का बेसुरा आभास था।

'वह मुझे क्या देगा, बाम्हन का सन्तोष ही धन है, मुदा सन्तान पाने पर भी मन में उसके उजास न छिटकी तो जानो नरक ही लिखा है, उसे जिनगी में।'

जाने कैसे कह गया गामा कुनाई पण्डित के आगे इतना सब। शायद, क्रोध के कारण रोक न पाया हो अपने को। अपमान की आग को बुझा न पाया हो। ब्राह्मण के आगे ब्राह्मण का अपमान दिखाना चाहा हो। पर थी यह एक विस्मय ही की बात, इसलिए एकाएक परिस्थिति का ध्यान कर मटर-सी गोल-गोल आँखें मुलमुलाता हुआ वह चुपचाप खड़ा हो गया। फिर धीरे से बोला, 'बड़े मनहूस के गले आपने हीरा का टुकड़ा बाँध दिया, भइया! नहीं तो ससुरे को हरदी न लगती जनम-भर। कौन पूछता इस घोड़मुँहे को—'

कुनाई पण्डित को गहरी ठेस लगी—घोड़मुँहे—मैं भी तो ऐसा ही घोड़मुँहा हूँ। तपसी इसीलिए तो नहीं टिकी मेरे घर—इसीलिए। रात के उस सनसनाते विप्लवी अँधेरे में उसने मेरे मुँह के ऊपर थूक दिया था—मेरे मुँह के ऊपर—मेरे? पण्डित के चेहरे की रेखाएँ विकृत हो गयीं। उसकी आँखें फर-फर उड़ने लगीं और ...साँवरी-फिर परसाद, फिर साँवरी का चेहरा उसके आगे घूमने लगा।

सिर्फ़ सात ही महीने पहले की तो बात है, जब सुहेली ने आकर कहा था,...तो साँवरी को कहीं बूड़-धँस मरने के अलावा कोई उपाय नहीं रहा महाराज! उसके पाँव भारी हो गये हैं। यह क्या किया तुमने। उसे किसी तरह—'सुहेली फफक-फफक रोने लगी थी और कुनाई के मन में परसाद नाच गया था—'पण्डित सोचता रह गया था। परसाद शादी कर लेगा...

सामने खड़ा गामा थर-थर काँप रहा था—'कोई ग़लती हो गयी का भइया!'

'नहीं-नहीं, कोई बात नही।'

'नहीं भइया, यह क्या...यह क्या'—गामा रुपयों की ओर देखता भी जा रहा था और मना भी करता जा रहा था।

'कहता हूँ, ले और जा—' कुनाई ने कड़ाई से कहा और जब गामा पण्डित थोड़ी दूर चला गया तो पीछे से आवाज़ दी। गामा रुक गया तो बोले, 'एक कुण्डली बनाकर दे जाना, अच्छी तरह, भला!'

'बहुत अच्छा भइया, बहुत अच्छा।' और गामा पग बढ़ाता हुआ चला गया।

दिन की इस टहाटह उजास में कुनाई के जीवन के भयावह अन्धकार का अन्तराल, चोट से तिलमिलाये सर्प की तरह फूत्कार कर उठा—पुत्र पैदा हुआ, परसाद के घर बधावा बज रहा है और उस नालायक का कहीं पता नहीं। पतुरिया की नाच की ख़बर हो तो रात दो मील भागता चला जायगा, गन्ही की पाल्टी की गवनिहारी

लवण्डियों का ढोल-मँजीरा ढोयेगा और जब घर में लड़के का जनम हुआ तो पता नहीं कहाँ जाकर मर गया। पण्डित सोच ही रहे थे कि पीछे से किसी औरत की बड़ी महीन आवाज़ उनके कानों में पड़ी, 'काका, दुवार छेककर काहे खड़े हो। कुछ दान-दच्छिना नहीं मिला क्या हो!'

कुनाई बड़बड़ाकर रास्ते से हट गये। जसमत्ती माथे का कपड़ा थोड़ा और आगे खींच, अपनी कमर पर दुहरा बल देते हुए निकली तो आधे घूँघट के नीचे से उसके मुँह की मुसकान के कारण दाँतों में पान की लाली झलक गयी। कुनाई पण्डित जेठ लगते थे न। इसलिए बिना बोले, भीतर चली गयी।

जसमत्ती का यही मीठा व्योहार गाँव-भर से है। जिस राह चलेगी, मिठास बिखेरती चलेगी। जहाँ बोलेगी अमृत ढरका देगी, जिस ओर देखेगी धरती को हरा कर देगी। छोटी-सी भरी-पुरी देहवाली इस नारी के लिए कुनाई पण्डित के मन में सचमुच जेठ का भाव है और उस भाव की अदायगी के लिए वे उत्सुक भी सदा रहते हैं। पर परसाद है कि जसमत्ती के नज़दीक किसी की दाल गल ही नहीं पाती। वह उसके तपेदिक से बीमार पति को लेकर दवा कराता फिरेगा। घर से लुके-छिपे अनाज-पानी पहुँचाता रहेगा और इस जसमत्ती के नन्हें-नन्हें कामों में उसका अप्रत्यक्ष हाथ इतनी दूर बढ़ा रहता है कि वह उस घोड़मुँहे को छोड़कर किसी ओर निगाह ही नहीं उठाती।

जसमत्ती घर के अन्दर चली गयी और पण्डित उसकी गुलाबी रंग में भींगी एड़ियों के उठने-गिरने से बनती टेढ़ी-मेढ़ी लकीर को देखता रहा। तभी परसाद ने पीछे से आवाज़ दी, 'तुम्हारे पास भी पोथी-पत्तरा है कि बस करियवा अच्छर भँइँस बराबर, सुन्ना-जैसन पँड़वा...'

'तुम तो ससुर जैसे सातों कलम पास हो।' पण्डित ने मज़ाक को गम्भीरता के साँचे में भरकर निकाला। परसाद आकर पण्डित के पास रुक गया। फिर कन्धे पर हाथ रखकर बोला, 'कुछ बात बिसेस नहीं है मुला'—वह कुछ कहते-कहते रुक गया—'कुछ नहीं-कुछ नहीं...'

पण्डित जैसे सूखे पत्ते की तरह हवा के तेज़ झोंके में लड़खड़ाकर रुकते-रुकते उड़ गया हो—कहीं कोई सन्देह तो नहीं है इसके मन में!

दोनों वहाँ से लौट पड़े और दरवाज़े पर लगे ओसारेनुमा मड़हे में बैठ गये। फागुन की धूप सबेरे ही कुछ अनमनी-सी हो चली थी और सामने सिवान की हरी-भरी सतह को अन्न की गरिमा ने विनीता कुलवधू की तरह संकोचशील बना दिया था—प्रसविनी फलवती, वसुधा, माता, जमनी...घर में सोहर की कड़ी उठ रही थी—पियवा के घरबों बन्हकिया खजुरिया हम खाइब, खजुरिया हम खाइब हो...

परसाद अपनी चिलम भरने लगा था और पण्डित अपनी टेंट से सुर्ती के टुकड़े निकालकर कुपुट रहा था, तब तक सिवान से बन्धू अलाव का एक बोझ सिर पर लिये आ धमका और हँसिया ज़मीन पर फेंकते हुए बोझ उतारने ही जा रहा था कि कुनाई पण्डित ने कहा, 'पागल हो गया है का बन्धुआ, अभी तो इसकी भूसी भी नहीं छूटेगी।'

'का चिबोला करते हो भइया! अरे अउस-झउस के किसी तरह उपवास बचाना है कि भूसी-टूड़ी देखना है? हम घर ही सीधे जा रहे थे, सुना परसाद भइया के—' वह खीस निपोरकर हँसने लगा—हैं परसाद भइया पाठा, मान गये भाई। नौ महीना भी पूरा नहीं हुआ और खेत जोत-बोकर अन्न भी उपजा लिया! अब तुम भी बियाह कर लो...'

बन्धू अपनी बात पूरी भी नहीं कर पाया था कि कुनाई महाराज गालियाँ देते उठ खड़े हुए। बन्धु पहले ही से तैयार बैठा था, उछलकर मड़हे से बाहर हो रहा और हो-हो करके ज़ोर से हँसता रहा।

'अरे अब हो चुकी इसकी शादी, जब तपसी भउजी कंचन-जैसी मेहरा धरमशास्त्र सब-कुछ जाननेवाली इसको लात मारकर चली गयीं तो बस टिक चुकी कोई दूसरी।'

परसाद अपनी हँसी दबाते हुए बोला।

ऐसा नहीं कि यह बात उसके मुँह से पहली बार निकली हो, पर सन्दर्भ ने उसे आज विष में बुझाया हुआ बाण बना दिया था। कुनाई पण्डित के कलेजे में इधर-से-उधर छेद होता चला गया। उसके पास घर-द्वारा है, खेत-बारी है, इज्जत-बात है, चार जन मानते-जानते हैं, पर क्या उसके घर एक भोला, नन्हा बच्चा—कहते हैं, गति नहीं होती संतानै बिना, लेकिन यह सोहर।... यह सँवरिया परसाद की है? यह बच्चा?—च-च...यह क्या सोचने लगा वह। उसका ध्यान उसकी हाथ की सुर्ती पर चला गया, जो अँगूठे की निरन्तर रगड़ से गर्द हो गयी थी और वह उसमें चूना भी मिलाना भूल गया था। उसने अपनी टेंट में से सुर्ती की चुनौटी निकाली और ज़रा-सा चूना लेकर मिला ही रहा था कि गामा पण्डित पोथी-पत्तरा दबाये हाज़िर हुआ। परसाद वहीं बग़ल में बैठा था पर गामा जैसे उसे देख ही न रहा हो, चुपचाप कुनाई पण्डित के पास चला गया। पत्तरे में से एक काग़ज़ निकालकर कुनाई महराज के आगे फैला दिया। काग़ज़ के उस मैले-कुचैले टुकड़े पर यह चक्र बना हुआ था।

गामा काफ़ी देर तक उस पर अँगुलियाँ चलाता रहा, फिर अँगुलियों को आँख के पास ले जाकर कुछ गिनता और परसाद की ओर कनखियों से देखकर बुदबुदाता रहा। फिर जैसे साहस और गुस्से को बटोरते हुए अपनी गोल आँखों को नेवले की तरह माथे में घुसाकर, भविष्य बाँचने लगा—

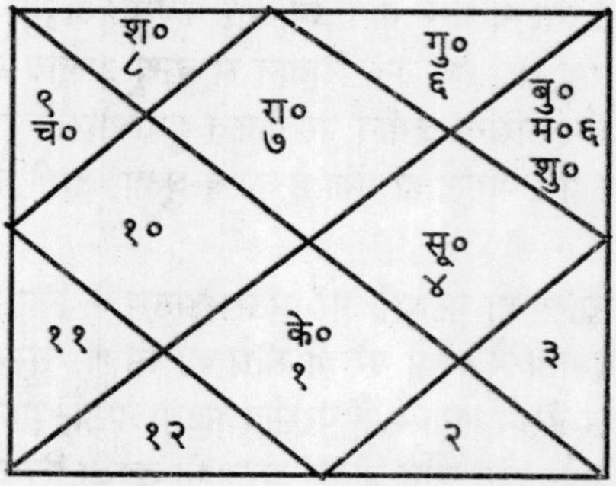

—धन स्थान में तथा केन्द्र के चार गृह में क्रूर ग्रह और पाप ग्रह बैठे हुए हैं, इससे यह जीवन-भर दरिद्र रहेगा।

—केन्द्र में न शुक्र हैं, न बुध हैं, न बृहस्पति ही हैं—इसलिए इसका जन्म लेना ही बेकार है। यह जिनगी-भर कोई ख़ास काम नहीं कर सकेगा।

—सुख के स्थान पर शनी झाँक रहा है, इससे इसे कभी भी सुख नहीं मिलेगा।

ब्रह्मदोष

भूसा-दाना घर में आ गया है। काम-धन्धे के नाम पर, बस ईख, और अगर किसी के पास है तो, तर तरकारी या जेठऊ ककड़ी को कभी-कभार पानी देना पड़ता है। रही लू-लपट की बात, तो वह उनको लगे जो छाँह में रहने के आदी हों।

भीख माँगनेवालों की कतार—

"एक मुट्ठी चिटुकी हो माईऽऽ...ऽऽ

क्या मजाल जो कोई लौट जाय दरवाज़े से।

मदारियों की डिम्-डिम्... डिम्-डिम्, बन्दर नचानेवालों की डिग्-डिग्-डिग्-डिग और आल्हा गानेवालों की ढोलकों की गमक— "बना रहे राज सरकार का।" बस यही जसन है चारों ओर।

लोढ़ा सिंह, रस-दाना करके, कुनाई पण्डित से एक चिटकी खइनी माँगने गया तो वहाँ एक दूसरा ही तमाशा खड़ा हो गया।

पण्डित अपनी झिलँगा चारपायी पर बैठा, आसमान को गालियाँ दे रहा था।

"अभी कौन उमिर बीत गयी जो ससुरे कहते हैं, 'हाथ में कंगन नहीं बँधेगा।' दुई बीस अउर पनरह— बस इतना ही न! मरद तो साठे पर पाठा होता है।"

लोढ़ा को देखते ही जैसे आग पर घी पड़ गया हो।

"ससुर, लड़कों को लहकाकर, अपने पीछे-पीछे चले हो!"

और वहीं पड़े बाँस के एक पेड़े को उठाकर, पण्डित लोढ़ा सिंह की ओर लपका। लेने के देने पड़े, बेचारा लोढ़ा सिर पर पाँव रखकर भागा। कहाँ की खइनी, कहाँ का चूना। गाँव के लोगों ने पण्डित को ललकारा।

"साला बड़ा पाजी है। सारी बदमाशी की जड़ यही है। आज इसकी टाँग तोड़ दो, पण्डित।"

लोढ़ा पहले भागने और सफ़ाई देने, दोनों काम साथ-साथ करता रहा।

"हम नहीं थे पण्डित काका। हम तो जानते भी नहीं कि वे कौन-कौन-से लड़के थे।"

लेकिन जब उसकी धोती का फेंटा छूटकर ज़मीन पर घिसटने लगा और तमाशबीनों के साथ गाँव की चमरपिल्लियाँ भी शामिल हो गयीं तो उसका साहस छूट गया। उसे लगा जैसे पण्डित के सोंटे का हूरा भस्मासुर का हाथ हो और उसकी पीठ शिव महाराज का सिर। भयत्रस्त लोढ़ा ने आव देखा न ताव एक बार ज़ोर से चिल्लाया, "पण्डित काका, बियाह..."

पण्डित कटकटाकर दौड़ा। लोढ़ा पहले धीरे-धीरे चला। जब पण्डित एकदम पीछे आ गया तो वह एकाएक ज़मीन पर बैठ गया और पण्डित उसकी पीठ से उढ़ककर उसके आगे— चारों खाने चित। हाथ का डण्डा एक ओर जा गिरा और पण्डित दूसरी ओर। लोढ़ा झटपट उठा और पण्डित का डण्डा लेकर चम्पत हुआ और दस बीघे दूर जाकर साँस ली। तमाशबीन हँसते-हँसते लोट-पोट हो गये और कुत्ते वहीं रुक पण्डित को सूँघने लगे।

—छी पण्डित, तुम सारस्वत बाम्हन हो, तुम्हें सूँघे कुत्ते! कर दो न कोप। भस्म हो जाय यह छोकरा! तभी एक कुत्ते ने तीन पाँव पर खड़े होकर एक पाँव उठाया। दर्शक मण्डली चिल्लायी, "अरे हाँ...हाँ, उठ जाओ पण्डित, नहीं तो..."

पण्डित ने हाथ-पाँव चलाया। कुत्ते दूर हुए और उठकर मिट्टी झाड़ते हुए, मज़े में लोढ़ा का पुश्त-दर-पुश्त बखानते हुए जनेऊ पर हाथ लगाया और उसे तड़ से तोड़कर अलग कर दिया।

"ब्राह्मन नहीं, चमार होऊँ जो आज से बाल बनवाऊँ। ब्रह्मदोख से जलाकर छार कर दूँगा सारे कुल को, क्या समझा है?" और पण्डित काका तन-मन तन-मन घर की तरफ़ चल पड़े। लोटा-डोर ली और गुस्से का पिटरौल अन्धाधुन्ध जलाते हुए, घिवपोखर का रास्ता लिया।

जेठ-बैशाख की चानीतोड़ धूप में पानी के किनारे से घोंघे और सीप बटोरकर घर लौटे। सब में छेद किया। माला बनायी। फिर उसे पहनकर विकराल रूप धारण किया और ब्रह्मव्रत ठानकर मारण का जाप करने लगे।

सारे गाँव में सनसनी फैल गयी। जिसे देखो वही ब्रह्मदोष की कहानियों का एक पिटारा खोले बैठा है।

—मथुरिया इसी ब्रह्मदोख में बिलाय गया। इतनी धन-दौलत, इतनी कमाई-धमाई पर बंश-बरखा के नाम पर बाँड़ा मटकू भी ख़ून का कुल्ला करके, काल का कवर हो गया।

— दिन दुपहरे ढेला बरसने लगता है। घर की एक-एक चीज़—बरन जैसे फिरिहिरी की तरह नाचने लगती है। बठइनियाँ की आँख ही छीन ली बरम बाबा ने।

—और पाँड़े बाबा ? लोढ़ा का कलेजा काँपने लगा।

— लोग कहते हैं, राम-जानकी की मूरत ही हड़प ली थी गाँव के किसी चोर ने। जब बहुत रोने-कलपने पर भी लोगों ने वापस नहीं की तो भट्ठे में गिरकर दोनों ने प्राण दे दिये। गाँव में ब्रह्मआग लगी। एक घर में बुझाओ तो दूसरे नहीं, दसवें में—कभी इस कोने कभी उस कोने।

लोढ़ा के सामने पाण्डे बाबा एक मोटे पीपल के तने सरीखे प्रश्नचिह्न के रूप में आ डटे। किया क्या जाय? बाबू सुनेंगे तो हड्डी-पसली भुरकनी कर देंगे। इसी समय सहसा बिजली की तरह उसके दिमाग़ में मटकू नाच गया। उसी ने कितनी बार उसकी गरदन फन्दों से छुड़ायी है। उसी से सलाह लेना चाहिए।

लोढ़ा उठकर चला ही था कि बाबू जगन्नाथ सहाय, मेम्बर डिस्ट्रिक्ट बोर्ड सामने से आते हुए दिखायी दिये। दो और किसान पीछे-पीछे। लगता था नातेदार हैं कहीं के। मटकू उन्हीं को कुछ इस लोक की, कुछ उस लोक की सुनाता चला आ रहा है। लोढ़ा को देखते ही बोला—

"इन्हें एक अच्छा उदन्ता चाहिए लोढ़ा कक्का! ससुराल के मनई हैं, सोचा नथुआवाला मुण्डा दिखा दें।"

"ऐसा उदन्त बछरू देखा भी न होगा इन लोगों ने। मुदा कुछ मरकहा है, अगर सम्हाल पायें तो क्या कहना है।" लोढ़ा की बाँछें खिल गयीं और उसने शरारत-भरी मुसकान का जो संकेत किया वह मटकू के चेहरे की एक—बैठी हुई आँख की निर्जीव बरौनियों पर थिरककर विलीन हो गया। लोढ़ा भी इस बैल खोजनेवाली मण्डली में शामिल हो गया।

गाँव के टेढ़े-मेढ़े, ऊबड़-खाबड़ रास्ते पर गन्दी नालियों और ईंट की ठोकरें बचाते हुए, कभी इस कोली से घुसकर उसमें, तो कभी उसमें से इसमें लोग बढ़ रहे थे। रह-रहकर मौन का एक सूनापन छा जाता और केवल पैरों की आवाज़ें ही सुनायी पड़तीं। तभी बीच में कोई खइनी खानेवाला पिच् से थूक देता और लोढ़ा के आगे पण्डित काका का भूत जागृत होकर अट्टहास करने लगता। उसे जाने कैसे ध्यान आया, अगर यहाँ फँसे बच्चू तब तो दो-दो शरारतों का मुकुट पहनना पड़ेगा।

दूसरा दिन होता तो लोढ़ा दम की भी चिन्ता न करता पर आज तो उसके पैर डगमगा रहे थे। सहसा वह बोल पड़ा, "भाई, हम ठाकुर के लड़कों को देखकर वह बिदक जाता है। कभी-कभी तो कह देता है, 'हमें बछरू बेचना ही नहीं है। बात यह है मामा, कि ठाकुर लोगों के कारण दाम में कमी हो जाती है न!" लोढ़ा ने बड़ी मासूमियत से अपनी बात समझाकर, अपनी सफाचट्ट खोपड़ी पर हाथ फेरा तो चोटइया फिर जाँत के कीले की तरह सीना ताने खड़ी थी। उसने बार-बार उसे सम्हाला और धीरे से मटकू की जाँघ में चिटकी काटते हुए कहा, "हम घर बताये देते हैं।

भीतर बाँधता है। सम्हाल के देखियेगा। भाव-ताव होने लगेगा तो हम आ जायँगे, क्यों मटकू ?''

"ठीक ही कहते हैं कक्का!'' मटकू ने अपनी धँसी हुई आँख को मिचमिचाकर उत्तर दिया। दोनों मित्रों ने जवाहिर की कोली से बाहर, नाथू की बकरी दिखाकर छुट्टी तो ले ली पर दोनों का पेट मारे हँसी के फूल रहा था।

इसी बीच ज़ोर की गाली-गलौज़ और तुक्का-फ़ज़ीहत की आवाज़ सुनायी पड़ी और हाइड्रोसील के पुराने मरीज़ नाथू की मोटी-मोटी गालियाँ गगनभेदी नारों की तरह सारे गाँव का दिल दहलाने लगीं। दोनों वहाँ से हँसते हुए भागकर, सरजूलाल के दालान में जा बैठे।

लाला के सबसे बड़े छोकरे को सेहत बनाने की ख़ब्त सवार थी। सबेरे ही कसरत करके सोता और उठता तब, जब बीबी खाना बनाकर चार सन्देश कहलाती।

मटकू ने जल्दी-जल्दी वहीं पड़े कोयले को ईंट से बूका और तेल की कोसी में फेंटकर काला लेप तैयार किया। लोढ़ा ने बड़ी सफ़ाई से छोकरे के चेहरे पर नक्काशी की और जब वह हाथ साफ़ करने बाहर गया तो मटकू ने उसे झकझोरकर जगा दिया।

"कब से ललाइन चिल्ला रही है और तुम हो लीचड़, कि पड़े हो, जाकर खाना-पीना कर लो, छुट्टी हो।''

तभी लोढ़ा भी मुँह बनाये दालान में घुसा।

"का दलिद्दर घेरे है मर्दवा। जब देखो जनावर की तरह फों-फों किये सोते ही रहते हो। जाकर चटपट खा लो। आज यहीं ताश जमेगा।''

छोकरा किसी तरह उठा और धीरे-धीरे घर की ओर चला। लोढ़ा और मटकू अपनी कृति का रस लेने से क्यों चूकते!

छोकरे के घर में घुसते ही ललाइन हँसते-हँसते लोट-पोट। पहले तो छोकरे ने कुछ समझा नहीं और ललाइन की बेवकूफ़ी पर शेर की तरह सीना तान और कमर लचकाकर अपनी हालत का भोंड़ा प्रदर्शन करता रहा, पर जब बीबी ने एक बड़ा-सा शीशा लाकर, सामने रख दिया और अपनी बात की सच्चाई से उसकी आँख में अँगुली घुसेड़ दी तो वह अपमान से आहत होकर लोढ़ा और मटकू को सबक सिखाने के लिए, अश्वमेधी बछेड़े की भाँति हिनहिनाता निकल पड़ा। उसे यह भी याद न रहा कि उसके चेहरे की क्या हालत है। बड़ी-बड़ी कुम्भकर्णी मूँछें-कान के पास तक, और ठुड्डी पर एक बड़ा-सा बिन्दा। गालों पर फूल-पत्तियाँ। वह जिधर से गाली बकता हुआ निकले, दस लोग साथ।

उधर बैल खोजनेवालों के साथ नाथू का सर्वदलीय सम्मेलन। नतीज़ा यह हुआ कि एक ख़ासा बड़ा मज़मा लोढ़ा के बाप के सिर पर सवार हो गया और वे बेचारे माथे पर हाथ रखे, कलंक को कोसते, किंकर्त्तव्यविमूढ़।

"घर में पैर रखे तो टाँग काट लूँ। क्या कहते हैं भइया! अब नाक पक गयी सुनते-सुनते मुदा मिले तो ससुरा।" उन्होंने कहीं तख़त पर रखे अपने गमछे की खूँट से एक चिटकी खइनी अपने होंठों में दबायी। अपने आबनूसी शरीर के खूँटीनुमा कन्धे पर दुहरा करके गमछा टाँगा और पाव-भर हूरेवाला सोंटा लेकर दुष्टदलन का रूप धारण किये निकल पड़े।

इधर लोढ़ा का भूख के मारे बुरा हाल। कहाँ जाय, क्या करे।

"जाने किस ससुरा का मुँह देखकर उठा था आज। अगर इसी में कहीं पण्डित काका भी आ धमका तो बाप बस डूब मरेंगे कहीं, मटकू?" लोढ़ा ने मटकू की बखरी के भीतरी दालान में पड़ी उड़सही झिलँगा खटिया में गड़ते हुए कहा।

पहले तो मटकू अपनी बैठी आँखों की विधवा की माँग-सी सूनी पलकें मटका-मटकाकर हँसता रहा पर ज़्यादा देर उसकी ख़ुशी न टिक सकी। उसे लगा सचमुच आज कोई बड़ी दुर्घटना होनेवाली है। कहीं लोढ़ा कक्का पर पड़ गयी तो सारा तमाशा ही किरकिरा हो जायगा। मुझ ग़रीब मटकू को तो लोग जब चाहेंगे, मटका बना देंगे थोड़ी देर वह सोचता रहा।

"एक कहानी सुनोगे कक्का।" मटकू ने जैसे स्थिति पर काबू पाकर, लोढ़ा का मज़ाक बनाते हुए कहा।

"मटकुआ, अब तू मार खा जायगा मेरे हाथ से इस तरह भाड़ के जोन्हरी की तरह फुटुर-फुटुर फूटता रहेगा तो तेरे साथ हमारे हाथ-पैर भी टूटेंगे।"

"वह कहानी सुनी है न, कक्का!" मटकू ने जैसे लोढ़ा की बात का ध्यान न करते हुए कहा।

"कौन-सी?"

"एक रहा पण्डित। साँझ को एक जगह भोज में जा रहा था। रास्ते में अन्हियार हो गया, और उसे होती थी रतौंधी..."

"हुँकारी भरो तो कहूँ।" मटकू ने हँसते हुए कहा।

"हाँ" लोढ़ा ने कहा— फिर ब्रह्मदोष की विकराल कल्पनाएँ उसके दिमाग़ में नाचने लगीं और वह फिर उसी टूटे झिलँगे में गड़ गया और मटकू कहानी कहता रहा।

"रास्ते में एक भगाड़ थी। उसी में वह गिर पड़ा फिर बहुत चिल्लाया पर कोई वहाँ हो तब सुने बेचारू बड़े उदास, सोचने लगे, अब क्या होगा, भगवान् ! पूड़ी तो गयी आज की।

"बेर धीरे-धीरे डूबने लगी— भोज का समय। अब लोग पहुँच गये होंगे? — हाँ, अब चारपाइयों पर बैठे होंगे, दुआर साफ़ हो रहा होगा। पानी का छिड़काव, रहट्ठे का खरहरा...खरर...खरर...

"पण्डित का दिमाग़ घूमने लगा जैसे चरखी—अब पत्तलें, हाँ, धोयी जाती होंगी और पण्डित लोग कुरता उतारते होंगे। हाथ-पाँव पर पानी ? हाँ, अब हाथ धो चुके होंगे। तभी पण्डित को याद आया, जब वे बच्चे थे— उनके पिता बड़े पाँड़ेजी बड़े करमकाण्डी— उन्हें एक बार सबेरे ही भोज का न्यौता मिला। एक अंड़ा मरिच और तुलसी की पत्ती डालकर, आधा लोटा पानी गट-गट गले के नीचे उतारते हुए, उन्होंने पण्डिताइन से कहा, चुल्हिया में पानी डाल देना पण्डिताइन। पर ग़लती तो हो गयी इस बेचारे पण्डित से। इसे क्या पता कि कब चुल्हियाउपार न्योता आ गया। स्कूल से लौटकर जेब में जोन्हरी का लावा भरे कुटकाता निकला ही था कि, बाहर पूड़ी का सहस्र नाम जाप करते हुए पण्डित ने गालों पर ज़ोर की दो थाप लगायी।

"पता नहीं ससुरू, कि झारा का न्योता है। ब्राह्मन के लड़िका हो।"

"तब से बेचारे को भोज का महत्त्व उस दिन तक नहीं भूला था, जब वह भगाड़ में गिरे थे और पिता का दिया हुआ गुरुमन्त्र एक-एक कर याद आ रहा था। जिस दिन न्योता हो बस पानी का सेवन।"

"पण्डित झुँझला उठा। अब मैं क्या सोचने लगा। अब तो पूड़ियाँ...? हाँ, पहले कचौड़ियाँ... गरम होंगी...। पण्डित के लार गिरने लगी। अब तो कोंहड़ा आलू की अलोनी..."

लोढ़ा झुँझला उठा। उठकर चारपायी पर बैठते हुए उसने ज़ोर से मटकू के दोनों कान पकड़कर झकझोर दिये।

"हाँ, तब क्या हुआ?" लोढ़ा क़रीब-क़रीब चिल्लाकर बोला।

"तब क्या होता, बस जैसे ही पण्डित को लगा कि अब तो जै सीताराम होता होगा कि वह ज़ोर से उछला और कुएँ से ऊपर आ गया?"

"बस एक कागद का टुकड़ा कहीं से ढूँढ़ दो, और मैं तुम्हारा ब्राह्मन दोख उतार दूँ।" कहकर मटकू उठ खड़ा हुआ। काँड़ी के बाँध में खोंसे एक पुराने न्यौते के काग़ज़ को लाठी से खोदकर नीचे गिराया और उसे मुट्ठी में दबाकर बह्मनौटी की ओर चला गया।

पण्डित काका ने संयोग से एक हफ़्ते पहले से दाढ़ी नहीं बनवायी थी। कुछ कच्ची-पक्की दाढ़ियों का मेल, कुछ उनका शोभायमान चेचक की दाग से पूर्ण श्यामवर्ण और चेहरे की अनुपम गढ़न और ऊपर से सीपी और घोंघे की माला। पेट में चूहे कलैया मार रहे थे पर भस्म जो करना था लोढ़ा के परिवार को— कोप किये बैठे थे तख़त पर। तभी मटकू ने बग़लवाले घर पर आवाज़ दी।

"विलावलपुर में तेरही का भोज है हो पण्डित! झारा है— चुल्हियाउपार।" और उसने हाथ के पुराने सिकुड़े हुए पर्चे को गार्ड की हरी झण्डी की तरह हिला दिया। यह शास्त्र वेद के देवताओं की अक्षर के नाम पर अँगूठा लगानेवाले शुक्ल ब्राह्मणों की बस्ती थी। मटकू की आवाज़ सुनते ही जैसे बिजली दौड़ गयी टोले में। जैसे किसी ग्रामोफ़ोन के छूछे चक्कर काटनेवाले रिकार्ड पर किसी ने सूई रख दी हो।

"कहाँ भैया? हमरो है न!"

"हाँ...हाँ...सब घर का है...सबका..." मटकू, पण्डित काका की ओर देखकर एकाएक रुक गया और पर्चे को उलटकर देखने लगा।

"हमारा तो चेलान ही है, मटकुआ! का बाँचत हो।" उन्होंने धीरे से कहा।

"मुदा..मुदा..."

"मुदा-मुदा..का रे...!" पण्डित ने धीरे से अपने कण्ठ की विकरालता कम करते हुए अपने गले के छयमाल को उतारकर, तख़्त पर रख दिया।

"इसमें तो लिखा है, पण्डित ने बाल रखाया है।"

"हाँ, हाँ, हमें मालूम है कि अइस ब्रत में बाह्मन को भोज पर नहीं बुलाया जाता पर जब ब्रत हो तब न!" पण्डित ने उठते हुए लापरवाही से कहा।

"दढ़िया तो पण्डित काका...?"

"बढ़ी तो है ससुरू। तुमही को बनाना है। कभी मिलते भी हो।" पण्डित धीरे-धीरे पास आ गया, "लोहखर है का साथ?"

"है तो काका, मुदा अब बहुत थके हैं। वहीं घर पर ही आ जाओ।" मटकू किसी तरह हँसी दबाये आगे बढ़ ही रहा था कि पण्डित काका ने उसे रोककर कहा, "इस माला की बात, बेटा, किसी से कहना नहीं।"

मटकू देख नहीं पा रहा था पीछे, न बोल ही। वह आगे-आगे और पण्डित काका पीछे-पीछे। जब दोनों मटकू के दरवाज़े पहुँच गये तो मटकू ने कहा, "यहीं बइठो काका, छूरा-चमोटा लिये आते हैं।" और मटकू ने जल्दी से सत्तर मूड़ बनाकर रखे छूरे और एक कटोरी पानी के साथ निकलकर अपनी अँगुलियों की धुड़दौड़ पण्डित की जंगल-सी दाढ़ी में शुरू कर दी। बाल अभी ख़ूब भीगे भी न थे कि छूरे के प्रहार से एक ओर के, एक-एक बाल एक-एक योद्धा की तरह मैदान छोड़कर धराशायी होने लगे।

"जल्दी ही करो मटकू! मेरा चेलान है वहाँ दुप्पहर की दही-चिन्नी चली जायगी।"

मटकू ने हुमच-हुमचकर छूरे दौड़ाना शुरू किया, तभी लोढ़ा सिंह घर में से निकला। लेकिन पण्डित तो जी कड़ा करके पूड़ी-फल-प्राप्ति के लिए यह घोर तपस्या कर रहा था, उसे क्या ख़बर! तँभी मटकू ने कहा, "झूठे ही लोग कहते हैं कि 'पण्डित

काका बुढ़ाय गये, अब कौन बँधेगी उनकी गाँठ!' देखो तो भला, अब भी गाल कुनरू की तरह बने हैं।'' मटकू ने पानी लगाते हुए, गाल पर पिट्ट से एक थपकी दी।

''सच कहते हो मटकू?'' पण्डित ने पुलकित होकर जैसे ही सिर उठाया कि लोढ़ा ने कहा, ''और नहीं तो क्या पण्डित कक्का! हो जाय बियाह।''

पण्डित जैसे सेंध पर पकड़ लिया गया हो। क्रोध की एक बनावटी ज्वाला उसकी आँखों में चमकी पर लोढ़ा तो अपने कहकहे बिखरेकर जा चुका था और पण्डित काका के दुर्धर्ष बालों के साथ भोंथे छुरे का घोर संग्राम चल ही रहा था करर...करर...।

•

बोझ भर राख

रात ज़ोर की आँधी आयी, साथ-साथ बवण्डर, जिसमें धूल, सूखी पत्तियाँ, खलिहानों में पड़े भूसे और खर-पतवार के साथ ऐसी धूल-धक्कड़ कि लगा, यह क्या होनेवाला है। हर रर...अ र र र...धड़ाम्...गिरा वह पेड़। टूटी वह डाल। उड़ा उड़ा, वह गया कर् कर्र...राजा का तम्बू बीच से दो टूक हो गया। गैस तड़ाक् से गिरकर बुझ गयी और दुलहा भागकर पालकी में जा बैठा। तबलची ने मँजीरेवाले से कहा, "जल्दी मेरी कमर से यह तबला छोड़, नहीं गयी जान सेंत में। ससुरी बरात क्या हुई बलात हो गयी।"

बीबी अपना पेशवाज सम्हाले, अपने डेरे की ओर भागी। सारी मज़लिस का मज़ा गुड़-गोबर हो गया।

"चिरई का पूत भी जो रह गया हो बगइचा में" मटकू ने पण्डित काका की सपाट खोपड़ी पर तालियाँ चटकाते हुए कहा।

"बस एक पण्डित काका, मटकू।" लोढ़ा ने भोजनोपरान्त सन्तोष के साथ तोंद पर हाथ फेरते बैठे पण्डित काका की चारपायी की पाटी पर बैठते हुए कहा; पर पण्डित को इस समय होशहवास कहाँ। वह भवमाया से निवृत्त थे; स्थितप्रज्ञ।

शाम को पण्डित ने बड़े ज़ोर से हुल-पुक मचायी कि सिद्धा ही लेंगे। शुद्ध सरयूपारी ब्राह्मण का किसी के घर जीमना अधरम है। जाने कौन बैठा हो कराही पर, कलवार...हलवाई, और आजकल तो जिसे देखो गले में तीन ताक डालकर शास्त्री बना है। और इस तरह उन्होंने कुल बीस आदमियों की ख़ुराक हासिल की। खटाई लेकर घी के लिए इस तरह लड़े जैसे उसके बिना कभी कवर न उठाते हों और बीस नाम तो अँगुलियों पर ऐसे गिना दिये जैसे सब उन्हीं के तो जनमें हैं। फिर कौन जाता है अहरा फूँकने इस गर्मी में। चुपके से गमछा कन्धे पर रखा और पण्डितों की पाँत में बीस-पचीस पूरियाँ और दही-चीनी-से अपना पीपारूपी पेट भरकर बों-बों डकारते

हुए उठे ही थे कि आँधी के पहिले झटके का आगमन हो गया और चारपायी के नीचे रखी निधि की गठरी का सहसा ध्यान आ गया और वह बेतहाशा भागते हुए आकर चारपायी के नीचे उसे सुरक्षित देख, चैन से बैठकर तोंद पर हाथ फेर रहे थे। आँधी आयी, पेड़ टूटे, पर पण्डित वहीं जमे रहे।

लेकिन लोढ़ा और मटकू की इस अप्रत्याशित आवभगत से उनके मन में चोर पैठ गया था। बार-बार वे उस सफ़ेद चादर में बँधे बीस आदमियों के भोजन की गठरी की आकृति को ध्यान में ले आते और चारपायी के नन्हें-नन्हें छेदों को सिद्धहस्त धनुर्धर की तरह बेधकर उनकी दृष्टि वहाँ पहुँच ही जाती और ऊपर-ही-ऊपर लोढ़ा और मटकू की आँखें पण्डित की इस सजगता की सूचना अपनी हरकत से एक-दूसरे को दे देतीं। मटकू का हाथ और भी तेज़ हो जाता और पल भर को पण्डित की आँखें मुँद जातीं पर जैसे ही उन्हें बीस आदमियों के सीधे का ध्यान आता वह तुरन्त थोड़ा उचककर बैठ जाते और एक नज़र उस गठरी को ज़रूर देख लेते।

सारे उपाय थक गये, मटकू की सारी कला फीकी पड़ गयी पर चारपायी के नीचे की सरमाया ने उनकी नींद हर ली थी। इस बीच जनवासे में दरी बिछाकर बीबी के नाच की तैयारी शुरू हो गयी थी। समाजी अपनी कमर में तबला फिर से बाँध चुका था और रह-रहकर उस पर थाप देकर सारंगी मिलवाने का काम कर रहा था। बीबी भी अपने घुंघरू बाँध रही थीं। छम्-छम् की आवाज़ से पण्डित के कलेजे पर साँप लोट जाता था और 'बालू रेतिया डगरिया चलब कइसे' गाते-गाते रण्डी का कमर लचकाकर थकान का भाव बतलाना उन्हें रह-रहकर याद आता था। इस बीच बीबी ने अपने पैर पटके, छम् की आवाज़ किसी नागिन की तरह पण्डित के कलेजे पर लीक बनाती चली गयी। वह उठकर खड़ी हो गयी और इधर पण्डित काका भी चारपायी पर उठ बैठे "क्या रण्डी है, गले की लोच तो बान की तरह धँसती है जिगर में।"

"वाह पण्डित काका, कह दिया न मन की बात" लोढ़ा उचककर पण्डित काका से सट गया, जैसे उसे पण्डित काका की आँखों के क़िले में बन्द गठरी तक पहुँचने का रास्ता मिल गया हो।

नज़र चुरा के वे यूँ हर बशर को देखते हैं
किसी को ये नहीं साबित किधर को देखते हैं।

फिर तबले की थाप और घुंघरू की छम् छमाछम...

मटकू पण्डित काका के सिर पर चम्पी के ताल देना बन्द करके चारपायी पर से कूद पड़ा और सिर पर गमछा डालकर भाव बताकर नाचने लगा। उसकी कड़ी

कमर लाख कोशिश करने पर भी लचक नहीं रही थी पर वह घूँघट खींचकर मनमाना मटक रहा था। पण्डित ललकार रहे थे, "वाह मटकू बेटा, जीते रहो, धो दोगे कुल का नाम, जनम गये हो बजरंगी नाई के नाम पर कालिख पोतने के लिए।" और लोढ़ा अपनी जाँघों पर मनमाना ताल दे रहा था,

मटकू गाने लगा।

हमरा के लड़िका भतार
लड़िका भतार लैके सोअली अँगनवाँ
रहरी में बीलेला हुड़ार,
बनवारी हो...हाँ हाँ, बनवारी हो...
हमरा के लड़िका भतार...

पण्डित दूर तक बह गया। आनन्द की लहरों ने उसे ऐसे थपेड़े दिये कि वह सुध-बुध खो बैठा और धीरे से लोढ़ा से बोला, "बच्चू, चलकर एक पुरबी सुनवा दो तो तुम्हारा बियाह तय करा दें।"

मटकू जैसे कान रोपे था। दौड़कर पण्डित काका के पास आया, और बोला, "सच काका?"

"और नहीं तो क्या झूठ कहता हूँ? बाम्हन की बात झूठ निकल गयी, तो मूँज की जनेऊ पहन लूँ, बेटा! अभी पाँत में बैठे-बैठे गोटी मारी है।"

लोढ़ा तो पण्डित की एक बात की मार से पटरा हो गया, पर मटकू तो एक उस्ताद, "अच्छा तो लो काका, नहीं तो तुम भी क्या कहोगे कि मटकू बजरंगी नाई का जनमा है!" और वह लपककर बगीचे के अँधेरे में खो गया। पल ही भर में ज़ोरों का शोर मचा—ठाकुर के घोड़े ने खूँटे से तुड़ा लिया, और बीबी के एक्के की घोड़ी को तंग कर रहा है। घोड़ी पाँव पटक रही है, और हिनहिनाती जा रही है। समाजी परेशान हैं, तब तक सारंगी बजानेवाला धीरे से अपनी सारंगी रखकर भागा, मटकू रास्ते में ही मिल गया। "काहे परेशान हो रहे हो, तुम्हारे मान का थोड़े ही है वह घोड़ा। मैं पलक भर में पकड़कर बाँध देता हूँ, मुदा एक पुरबी सुनवा दो!"

"अबही लो भइया, एक नहीं दस, लेकिन..."

"लेकिन-फेकिन न करो, बस चलो तो।"

और ग़ज़ल के बाद एकाएक, "पुरबू के देसवा से अइने दोनों भइया, हो बैरागी हउवैं..." पण्डित काका महफ़िल में दक्खिन की ओर बैठे हैं, और लोढ़ा मुग्ध होकर

गाना सुन रहा है। मटकू पीछे लगा है, तभी बीबी एकाएक चक्कर लगाती हुई पहुँचती है, और मटकू पण्डित काका की ओर इशारा करके लोढ़ा का कुर्ता पीछे से खींचता है। लोढ़ा असलियत की दुनिया में लौट आता है, और पण्डित काका की गठरी उसके दिमाग़ में चक्कर काट जाती है। इसी बीच रण्डी मटकू का इशारा पाकर पण्डित काका के आगे आ बैठती है, और मटकू की इस आवाज़ पर कि, "ख़ूब समझाकर...असामी मोटे हैं।" पण्डित को अपने भावों से मोहने लगती है, और लोढ़ा धीरे से उठकर खिसक जाता है।

पण्डित काका रस में भीग रहे हैं, और मटकू पीछे से ललकार रहा है, "ऐसे नहीं काका, रुपया अँगुली की पोर पर रखकर आगे कर दो, देखो तो उतार लेती हैं, बाई जी!"

पण्डित काका रुपया अँगुली की पोर पर साध रहे हैं, पर बुढ़ाई के कारण हाथ हिल जाता है, और रुपया गिर पड़ता है। बीबी उसे उठाकर चली जाती है। पण्डित पागल हो गये है। उनकी नस-नस में नारी की गन्ध भर गयी है। विश्वामित्र-मेनका, उर्वशी...औरत...सँवरिया—पण्डित की आँखों के आगे जैसे अँधेरा छा जाता है, फिर रंग-बिरंग के तारे टूटने लगते हैं...साँझ होते ही चौघट्टे का कक्कर, सावन की भरी-भरी-सी रात और उसमें ढूर-ढूरकर गायी जानेवाली कजरी—

हरि हरि बाबा के अँगनवाँ मोरवा बोले रे हरी
मोरवा कर बोली सुन के बिहरे करेजवा रामा,
हरि हरि कइदा बाबा हमरो गवनवाँ रे हरी।
असुके सवनवाँ बेटी खेलिला कजरिया रामा,
हरि हरि आगे के अगहनवाँ करब गवनवाँ रे हरी।

रात बीतती जाती, है, सावन की फुही सघन होती है। उनये बादलों की झरिहर बढ़ती जाती है, पर वह ठाकुर की कोली में ओरउती के नीचे खड़ा किसी की बाट जोहता रहता है। आज ज़रूर पकड़ लूँगा, पूछूँगा कि खाली ललचा ही रही हो या...सँवरिया को मालूम है कि मैं यहाँ हूँ, किस तरह सबको काटकर घुसती है इस कोली में, और एकाएक बाँहों में कस लेता हूँ, पर वह चीरकर अलग हो जाती है, "का करत हो, कोई देख ले तो!" पण्डित के रोएँ भभर आते हैं। बीस बरस बाद भी सारा-का-सारा जैसे अभी-अभी हुआ हो...ठीक इसी क्षण। वे कन्धे का गमछा लेकर अपने माथे का पसीना पोंछते हुए उठ खड़े होते हैं, जीवन-हीन कंकाल की तरह लस्त। लोढ़ा डर जाता है।

बारात से घर की ओर लौटते हुए लोढ़ा ने रास्ते पर एकाएक रुककर मटकू से कहा, "बुरा हो गया मटकू। काका मर जायगा मुफ़्त में।"

"अरे चलो भी, कोई एक ही दिन का काम थोड़े है। लगन भर तो यही काम करेंगे काका, एक बार यही सही।"

"और जो जान गये कि हमीं ने यह सब किया है, तब?"

"तब की देखी जायगी..." मटकू ने कह तो दिया, पर लोढ़ा की बात जैसे उसे चुभ गयी हो। फिर उसे लोढ़ा के ब्याह की बात याद आ गयी, कितना विचित्र है यह पण्डित काका। इस समय उसे बिगाड़ना ठीक नहीं है और यह लोढ़ा—जैसे मन के भीतर उसने लोढ़ा को पहली बार देखा हो। यहाँ से वहाँ तक, सुदूर भूभाग में वीरान धरती का विस्तार उसकी आँखों में खिंच गया था। बैसाख की इस तपन में क्षण भर को दृष्टि के थमने का स्थान कहीं नहीं था, सिर्फ़ धूप की नाचती हुई अनुकृतियाँ। लोग कहते हैं दुपहरिया नाच रही है। जैसे-जैसे आगे बढ़ो वह भागती जाती है। मटकू ठीक उसी तरह भटकने लगा। किस तरह बीत गये जिनगी के इतने दिन। जब लोग कहते हैं, 'लहेंडा हैं ससुरे, काम-धन्धा क्या करेंगे?' तो हँसी आती है। इतनी उमिर में किसी ने कुछ किया है कि हमीं जुत जायँ काम के जुए में...और गुल्ली-डण्डा, कबड्डी-सुर्रा की हहकारती हुई आवाज़ें उसके कानों में गूँजने लगी हैं। बूढ़ों में सिर्फ़ पण्डित काका ही ऐसे हैं जो आकर खेत की मेड़ पर बैठ जाते हैं, मटकू-लोढ़ा को ललकारते हैं—उन्हीं से इतना परेम, जो उन्हें सबसे ज़्यादा चिढ़ाते हैं—'पण्डित काका विवाह करोगे...' फिर उनकी गालियाँ—माँ-बहिन। पर लोढ़ा! उसके बीमार पड़ने पर तो पण्डित काका की खटनही दस बार चटकती है उसके घर; जैसे घुन्नाये हुए, कोई बोल दे तो खा लें उसे। और परसाद बाबू, जैसे कुछ हो ही न उनके लिए दुनिया में कोई, न जाति-बिरादरीवाले के घर हुक्का, न पानी। हाथ से चिलम ऐसे खींचते हैं, जैसे अमृत चूस रहे हों। माँ बराबर बताती रहती हैं कि उन्हीं की दया से तो हम जी गये... नहीं खा गये होते गाँववाले... न एक धूर ज़मीन, न टाँड़। रोज़ की पिसौनी, रोज़ की रोटी। माँ कितना थक जाती है, बरतन माँजते-माँजते। वह तो परसाद बाबू हैं जो साँझ-सवेरे एक चक्कर ज़रूर लगा जाते हैं नहीं तो मर ही जाय माई। लोढ़ा उनका अपना लड़का है न, पर न तो वे मुझसे बोलते हैं, न लोढ़ा से। आड़ में चाहे जितना कह लें पर सामने जैसे कुछ जानते ही न हों। मटकू सोचता जा रहा है, रास्ते की जलती हुई भुलभुल धूप में पैर पड़ जाने से वह जाग-सा जाता है और बरातियों की लम्बी कतार पर उसकी दृष्टि थम जाती है। घाम से माथा तड़कने लगा है पर पानी तो अब गाँव ही पहुँचकर मिलेगा।

लोढ़ा घूमकर बोल उठता है, “पण्डित काका पिछड़ गये क्या मटकू, बोझ बहुत है उनके पास।”

“किसी को दे नहीं सकते गठरी, चाहे मर भी जायँ।”

“मटकू...” जैसे कुछ कहते-कहते रुक गया हो, लोढ़ा।”

“चलो भी यार, तुम तो अइसा डरते हो जैसे तोपदम कर देंगे, काका। हमने सब सोच लिया है। मोहन साव को धन का बड़ा गरूर हो गया है, जब बोलेगा गारी देकर बोलेगा। आज लगाता हूँ ठिकाने से घाट पर।”

“मतलब?”

“यही यार” मटकू झुँझलाकर बोला “कि पण्डित काका पहले उसी के यहाँ जाते हैं। बरात का पिसान-दाल बेचकर पइसा टेंट में रख लेते हैं तब घर जाते हैं। यह बान है उनकी।”

“अच्छा तो क्या करना होगा?”

“काका जइसे ही गठरी उतारें, हम तुम वहाँ पहुँचकर वहीं बैठकर पानी-वानी पीने लगें। किसी भी तरह उठें न जब तक कि पण्डित काका ऊबकर उठ न जायँ।”

और हुआ भी यही; पण्डित काका मोहन साव की दुकान में घुसे। मोहन की बहू ने बढ़कर काका के सिर से गठरी उतारी और मिस्सी में डूबी, काली अँधेरी रात-सी बतीसी झलकाकर गालों में जानमारू गढ़े बनाने ही जा रही थी कि मटकू और लोढ़ा को देखकर उसकी हालत पतली हो गयी। पण्डित को इसी तरह तो ठगती है, यह मोहन चुपचाप ऐसे बैठा रहेगा, जैसे कुछ जानता ही न हो पर आज बोझ भारी देखकर वह भी उठ खड़ा हुआ था और रंग में भंग डालनेवाले इन छोकरों को देखकर उसके उत्साह पर भी पानी पड़ गया था।

बड़ी देर तक दोनों दल चुपचाप बैठे रहे। बेर लटक रही थी। खाना-पानी नहीं हुआ था। सहुआइन बहुत छल-बल दिखा चुकी पर लोढ़ा मटकू ने हटने का नाम न लिया। अन्त में आँखों की भाषा में कुछ बातें हुईं और काका उठ खड़े हुए। साव कहने लगा “नहीं, नहीं, काका कोई एक दिन की बात है और फिर राउर के लिए...”

मटकू ने लोढ़ा को ज़ोर की चिकोटी काटी और देखते-देखते दोनों एक-दो-तीन हो गये।

उसी दिन शाम को मोहन साव के दरवाज़े पर भीड़ लगी। सहुअनियाँ गंगाजल उठाने के लिए तैयार है। साव लड़के के सिर पर हाथ रखकर क़सम खाने को बार-बार कह रहा है पर पण्डित काका जनेऊ पर हाथ लगाये ब्रह्माग्नि धधकाये बैठे हैं। लोढ़ा वहीं बग़ल में दुम दबाये ऐसे बैठा है जैसे वह क्या जाने यह सब क्या हो रहा

है और मटकू बार-बार बूढ़ों की तरह सिर हिलाकर बोल पड़ता है, "हम लोग तो हरदम साथ-साथ ही रहे काका के उन्होंने तो गठरी सिर से नीचे भी नहीं उतारी थी फिर पिसान की जगह अहरे की राख-कंकड़-पत्थर और धूल कैसे बँध गयी गठरी में? इसमें ज़रूर कोई चाल है साव की; पण्डित काका इतने पागल नहीं हैं कि बोझ भर राख ढोयेंगे इतनी दूर," और पण्डित काका तड़क रहे हैं "मटकुआ एकदम ठीक कह रहा है। चाहे लोढ़ा से भी पूछ लो, वह भी हमारे साथ ही था।"

●

फादर पाल

कथानक की दृष्टि से यह बात कतई नीरस नहीं होगी कि उन बातों को भी बताया जाय जिन्होंने इस कथा के निर्माण में किसी तरह योगदान दिया है। योग इस माने में कि उस-जैसे नैतिक संकट में फँसे हुए युवक के लिए आत्मसुधार और सान्त्वना के लिए दूसरे बहुत-से साधन उसकी बग़ल ही में रेंग रहे थे और उसकी माँ ने उसी सब में जीने की शक्ति पायी थी (जैसा उसकी माँ ही उसे बताती रहती थी) लेकिन शायद यह असाधारण जीवन-वृत्ति और अतिरिक्त शक्ति का उपयोग ही वह ताक़त थी, जिसने उसके अन्तर को मथ रखा था। वह उन-जैसा नहीं हो सकता था जिनके बीच वह था, इसलिए उनके नीचे या ऊपर उठकर ही वह अपनी विशिष्टता को प्रमाणित कर सकता था। विरोध और अलगाव का यह बीज बचपन ही में उसके भीतर शायद उस हालत में भी नहीं उगता यदि उसकी माँ सहज रूप में ईसाइयों की इस बस्ती में घरों की सफ़ाई, बर्तनों की धुलायी करती नहीं होती और भूखी रहकर अपने बच्चे की पढ़ाई इस आशा में पूरी करा देती कि एक-न-एक दिन बच्चे को कहीं नौकरी मिलेगी और उसके दिन वापस लौट आयेंगे। अकसर ऐसा होता देखा गया है और ऐसी कितनी ही परिश्रमशील विधवाओं ने मेहनत-मज़दूरी करके ऐसे खटमलों को पैदा किया है जो आदमी का ख़ून चूसने से पहले माँ ही का ख़ून पी गये हैं। जो इस कहानी का साक्षी है उसके अनुसार तो लगता है कि शायद उसकी माँ भी उसे खटमल ही बनाना चाहती थी पर शायद ही—उसे कभी उसके अन्तर में पैठकर कुछ ऐसा जानने को नहीं मिला जिसमें कहीं विद्रोह या ज्वाला हो, सिवा इसके कि वह अपने जीवन के समीप कभी भी आये उन सभी मार्मिक तन्तुओं को बड़ी शीतलता से सहलाती रहती थी, चाहे उसे वे कभी चुभे ही क्यों न हों। अपने इस लहू-लुहान जीवन में सबके प्रति सदैव और क्षमाशील दृष्टिकोण रखने में एक सामान्य बकरीनुमा हिन्दू नारी से अधिक कुछ ऐसी नहीं थी जिसके बारे में अलग से कुछ कहने की ज़रूरत हो। लेकिन अपने पुराने जीवन के प्रति उसकी इस मक्खीवृत्ति ने ही बच्चे को भी अजीब खिचड़ी ज़िन्दगी में डालकर अन्तर्विरोधों का पिटारा बना दिया था। सीधे-सादे आस्था के जीवन में भय, जिज्ञासा और विरोध के साथ उस वर्ग के साथ रहने, सोचने, विचारने में वह

ऐसी हीनभावना का अनुभव करता था जो प्रकारान्तर से उसे ऊँचा और बड़ा साबित करें।

फादर पाल इसी कारण कभी-कभी उदास हो उठता था। उसके अध्ययन-पीठ में यह जार्ज सिंह जिसे जे के नाम से पुकारा जाता था, अकेला ऐसा तरुण था जिसे अप्रासंगिक सवालों के लिए लोगों की उपेक्षा-भरी हँसी सुननी पड़ती थी लेकिन ऐसे मौक़ों पर फादर कुछ और गम्भीर और सचेत हो उठता था। अन्य तरुण सदस्यों के प्रति उसका व्यवहार तनिक रूखा हो उठता था और वह अपने कठिन अथवा मूल्यवान् प्रवचन के सूत्रों को जहाँ-का-तहाँ छोड़कर मानसिक रूप से जे के साथ हो जाता था।

'परिवेश से अलग चेतना की स्वतन्त्र सत्ता की बात मेरी समझ में नहीं आती। हम स्वाधीन चिन्तन की बात फ़िजूल करते हैं फादर। जब हममें से अधिकांश को ईसाई होने का ख़्याल हमेशा बना रहता है और इसी कारण अंग्रेज़ी हुकूमत के प्रति हमारे मन में अनायास अपनापे की भावना काम करती रहती है। क्या ऐसी धारणा हमारे सोचने के मार्ग में बाधक नहीं है और क्या इससे मुक्ति पाने के लिए यह ज़रूरी नहीं है कि हम हमेशा के लिए इस राजनीतिक ग़ुलामी को उतार फेंकें। मेरे लिये आप सब के मन में सन्देह हो सकता है लेकिन कम-से-कम यहाँ बैठे बन्धुओं में मेरी स्थिति तनिक भी विचित्र नहीं है। आप सब क्षमा करें तो मैं कहना चाहूँगा कि फादर पाल के अलावा हम सभी भारतीय और ग़ैर-ईसाई माँ-बाप की सन्तानें हैं, जिन्होंने बाद में यीसस की शरण ली है। लेकिन इस कटु यथार्थ को क्षण भर को अपने मन में बिना जगह दिये, मुझे अपने अन्य सभी भाइयों की बातों, आचरण और व्यवहार से ऐसा ही लगता है कि हम चिन्तन के लिए स्वतन्त्र नहीं हैं। अनुशासन एक चीज़ है लेकिन अवधारणा के स्तर पर मन में इस बड़ी ख़ामी के पैदा होने के कारण ही हम स्वाधीनता के लिए चल रहे भारतीय राष्ट्रीय संग्राम से अलग हैं। क्यों हमें ऐसा लगता है कि यह संग्राम ईसाइयों के विरुद्ध है?' ...'जे' अपने ही द्वारा उठायी गयी लहरों में उभ-चुभ होने लगता है। सवाल को उठाकर उत्तर की प्रतीक्षा करनेवाला एक रोक पैदा करता है, स्थिति के विकास में बाधा पहुँचाता है लेकिन सवालों के द्वारा सवालों को जन्म देनेवाला लहरों के पीछे लहरें उठाता चला जाता है और अन्त में जब सवाल बन्द हो जाते हैं तो वह गम्भीर अथाह जल की तरह भय और शंका पैदा करनेवाले अनजान सागर की तरह दिखने लगता है... फादर पाल क्षण भर को सोच में डूब जाते हैं। उदासी का एक अनहद नाद उनके भीतर से उठता है जिसे केवल वे ही सुन सकते हैं, दूसरे नहीं, इसलिए उनके कानों में बार-बार जैसे कोई कहता है कि जे को यहीं छोड़कर आगे बढ़ जाना अपराध है और इस प्रकार के धोखे से फादर को चिढ़ है लेकिन तभी एक चुनौती भी मिलती है और वह भी एक ऐसे पादरी को जो जीवन और जगत् की गुत्थियों को सुलझाने में सिद्धि प्राप्त कर चुका है। जिसके स्पर्श मात्र

से, जिसके व्यवहार, आचरण, बात करने के ढंग और प्रस्तुतीकरण से सख़्त-से-सख़्त बीमार तक को आराम हो जाता है। मन के अँधेरे कोनों में चिराग़ जल उठते हैं... लेकिन यह मेरा 'जे'..। फादर घण्टों के लिए उदास हो जाता है ... यह अँधेरे में भटक रहा है, उसे आज तक कोई आधार नहीं दे सका, बेचारा, असहाय। उफ्-वह अकसर बिस्तर में उठ बैठता है और रात-रात भर जागता रह जाता है—'जे... मेरा बेचारा जे।...।'

यदि लेखक ग़लत नहीं लिख रहा तो यह सारा-का-सारा विवरण फादर पाल की डायरी पर आधारित है सिवा शुरू के उस छोटे-से हिस्से के जो उसके निजी विवेचन के रूप में इस कथा की शुरुआत के लिए लिखा गया है। सच्चाई तो यह है कि फादर ख़ुद इसे कथा के रूप में लिखने की कोशिश कर रहा था और इसी कारण इस कहानी के अधिकांश का साक्षी रामजस लेखक के सम्पर्क में आया। लेखक से रामजस की दोस्ती नहीं थी, न ही रामजस कथा-साहित्य का ऐसा पाठक था कि उसे इस क्षेत्र-विशेष की कोई जानकारी होती। बस इतना ही यह जानता था कि लेखक लिखता है, इसलिए फादर पाल की मदद शायद वह कर सकता है। फादर पाल भी रामजस को यह बताना शायद पसन्द नहीं करता कि वह ऐसा कुछ लिख रहा है क्योंकि रामजस कुछ पुराने कपड़ों की मरम्मत और नये कपड़ों की सिलाई के लिए फादर पाल के यहाँ जाया करता था और उनके बीच कोई ऐसी बात कभी होती ही नहीं थी। दूसरे फादर पाल ख़ुद इतना मिलनसार और हमारे नगर का मानिन्द आदमी था कि उसके पास हर क्षेत्र के लोग आया करते थे और हर तरह के मशविरे के लिए किसी भी क्षेत्र के विशेषज्ञ उसे सहज ही सुलभ हो सकते थे, वह भी हमारे-जैसे नगर में जहाँ अनभिज्ञता को विज्ञापन का सबसे प्रिय क्षेत्र मानने की लोगों की आदत पड़ी हुई थी। दरअसल फादर के मन में भी यह संकोच बना हुआ था कि वह कोई ऐसा काम कर रहा है जो उसका नहीं है और वह ख़ामख़ाह एक ऐसे वस्तुतत्त्व से उलझ रहा है जिसमें अनेक कोनोंवाली चुभन है। उसे वह कितना भी घिसने की कोशिश करता लेकिन उसका पैनापन कम होने के बजाय बढ़ता ही जाता है। और यह सारी मशक्कत वह एक नैतिक बीड़ा के वशीभूत होकर इतने छिपे तरीक़े से इसलिए कर रहा था जिससे चाहे और कुछ हो न हो, कम-से-कम उसके सीने का पत्थर ज़रूर हट जायगा। इसलिए कोई बात अधूरी या ग़लत न हो इसके प्रति उसकी जागरूकता ही उसे रामजस के सामने खुलने पर मज़बूर कर गयी थी।

दरअसल जे से रामजस की गहरी छनती थी। फादर अपने कमरे की खिड़की से देर-देर तक रात गये अकसर देखता था कि सामनेवाले आउट हाउस की नन्हीं खिड़की की रोशनी में रामजस का सिर टँगा हुआ है और जे के नुकीले चेहरे की तीखी परछाँहीं उसके सिर में जा धँसी है। कभी लगता 'जे' नहीं है और रामजस उसके

इन्तज़ार में बैठा है लेकिन उसकी आँखें अँधेरे में धँस गयी हैं। सिर के बालों पर रोशनी पड़ रही है और वे और भी काले होते जा रहे हैं। कभी बहुत रूखे दो हाथ दिखायी पड़ते जिनमें चाय का प्याला होत। तो ऐसा लगता जैसे किसी औरत के शिकंजे में टके हाथों के प्याले से खेल हो रहा है और वे किसी अदृश्य शक्ति द्वारा फैलाये और सिकोड़े जा रहे हैं। शायद नयना अपने बेटे के दोस्त को चाय देती होती है।

फादर पाल कुछ भी समझ नहीं पाता और कोशिश इसलिए भी नहीं करता कि समझने के लिए पूछताछ करनी पड़ेगी और लोग उसे क्या कहेंगे। क्यों वह उन लोगों की निजी ज़िन्दगी में दख़ल दे यद्यपि उसे इस पूरी चहारदीवारी के अन्दर बसनेवाले सादे लोगों पर निगाह रखने का पूरा हक था और वे उसी की मर्ज़ी से वहाँ रह रहे थे। साथ ही उन्हें दवा-दारू से लेकर कपड़े-लत्ते तक के लिए फादर तरह-तरह से मदद देता था। नयना को तो फादर की विशेष कृपा प्राप्त थी और चैपिल की सफ़ाई आदि के लिए उसे तीस रुपये महीने तनख़ाह और बरामदे के साथ आउट हाउस का सामनेवाला कमरा मिला हुआ था। लेकिन नयना के लिए अब इतने पैसों से काम चलाना मुश्किल था। पिछले साल से जे कालेज की पढ़ाई समाप्त करके यूनिवर्सिटी जाने लगा था और उसके लिए अब कुछ और रुपयों की ज़रूरत पड़ने लगी थी जो नयना फादर पाल की अनुमति से दो अन्य घरों में सफ़ाई आदि करके कमा लेती थी।

एक दिन अभी चिड़ियों ने गाना शुरू ही किया था और इक्का-दुक्का कहीं-कहीं से लोगों की खाँसने की आवाज़ें सुनायी पड़ने लगी थीं कि नयना ने पार्लर के पास के स्विच बोर्ड की घण्टी बजायी। पिछले लम्बे जीवन में संकोच की ऐसी घड़ी नयना के लिए नहीं आयी थी। फादर पाल रात के कपड़ों में ऐसे ही उठकर गैलरी की जाली के पास आया लेकिन नयना को देखकर उसकी आँखों के किनारे छायी झुर्रियाँ सहसा नीचे गालों पर उतरकर उथली हो गयीं और वह संकोच में उन दो आदमियों को पल भर तक देखता रहा जो नयना के पीछे खड़े थे।

'ये कौन लोग हैं!' फादर के स्वर में हलकी चिढ़ आ गयी थी।

नयना अपने में कुछ और सिकुड़ गयी। उसके गले में जैसे कुछ निकलते-निकलते अटक गया। तभी उन दोनों में से एक बोला, 'साहब, हम इस औरत को थाने ले जाना चाहते हैं।'

'क्यों, इसने ऐसा क्या किया है?' फादर जाली के दरवाज़े को खोलकर झटके से बाहर आ गया।

'कुछ ऐसा नहीं है, साहब!' दूसरा संकोच में जवाब देते-देते थोड़ा पीछे खिसक गया तभी पहले ने कहा, 'हमें थानेदार का हुकुम है, साहब, कुछ पूछताछ करनी है इस औरत से।'

'कोई पूछताछ नहीं करनी है।' फादर सहसा चीख पड़ा, 'पूछताछ के लिए मैं

हूँ यहाँ। आगे कभी मत आओ अन्दर। थानेदार को कहो कि वह अपना बड़ा अफ़सर डिस्ट्रिक्ट मजिस्ट्रेट से बोले कि वह मुझे सलाम बोले... जाओ, मैं कहता हूँ चले जाओ।' फादर के लम्बे हाथ की अँगुलियाँ सिपाही की नाक के पास पहुँच गयी थीं।

नयना सुबक-सुबककर रोने लगी। फादर और भी बेचैन होकर खड़े-खड़े अपना पैर हिलाने और अँगुलियाँ चटकाने लगा, 'अजीब बात है... और तुम... तुम ना ना, तुम क्यों रोती हो? छी-छी ना ना, यह बड़ी गन्दी बात है। प्रभु ईसू की शान में रहनेवाला अइसा बेआशा क्यों हो गया...? वह तो नीरभय हो जाता है, ना ना। वह तो अपने सारे पाप को प्रभु के चरणों में डाल आता है। प्रभु ऐसे ही को जियादा प्यार करता है।' फादर दोनों पुलिस के सिपाहियों के कारण नहीं, नयना के रोने के कारण क्षुब्ध हो उठा था। वह चाहता था जैसे भी हो नयना चुप हो जाय और लौट जाय लेकिन नयना खड़ी थी। कुछ कहना चाहती थी।

'कुछ कहना है, ना ना। बोलो, बोलो..., ' उसके जी में आ रहा था वह नयना के सिर पर हाथ रखकर उसे राहत देने के लिए कुछ कहे। उसे नयना का वह दिन सहसा याद आ गया था जब वह उसे प्रयाग स्टेशन के बग़लवाले नाले के किनारे से कराहता हुआ उठाकर अस्पताल पहुँचाने के लिए ताँगे में बैठा था लेकिन रास्ते ही में उसके दाँत बैठ गये थे। फादर को लाचार होकर उसे अपने ही घर के बरामदे में शरण देनी पड़ी थी···

नयना ने विचारों के तन्तु को तोड़ दिया था, 'ये लोग पूछते हैं कि तुम्हारे घर में कोई सुराजी रहता है...।'

फादर के दिमाग़ में बिजली-सी कौंध गयी थी लेकिन उसे फिलहाल इस समय नयना को सहारा देना था। ज़्यादा जिज्ञासा और पूछताछ से नयना के मन की शंका और बढ़ सकती थी इसलिए उसने तुरन्त बड़ी लापरवाही में जवाब दिया, 'कह देना हाँ, रहता तो है, भारत माता के घर में सुराजी नहीं तो और कौन रहेगा...? जाओ... आराम करो...।' कहता हुआ फादर अन्दर जाने लगा तो उसके पीछे उस लम्बी गैलरी में रोशनी अँधेरे को खदेड़ती चली गयी।

लेकिन लम्बे गलियारे के पश्चिमी कोने में अँधेरे का एक ढोका सिमटकर अब भी दुबका रह गया था। फादर उसी को आँखों में लिये अपने कमरे में घुसा, स्पष्ट है अपनी पीठ के पीछे होनेवाले ज़िन्दगी के आलोक-भरे नाटक को वह ग्रहण नहीं कर पाया। कमरे में घुसने पर उसे उसी अँधेरे के ढोके ने धर दबोचा, अजीब-सी उलझन ने उसे आ घेरा। क्यों थी वह उलझन, कोशिश करके भी वह जान नहीं पाया जैसे बहुत छोटी चींटियों ने उसे कई जगह काट दिया हो। कमरा अस्त-व्यस्त पड़ा था। कई किताबें खुली पड़ी थीं और पढ़ने की टेबल पर उसकी डायरी रात ही से खुली हुई थी और उसके बीच में उसका कलम अब भी जैसे-का-तैसा खुला रखा था।

फादर के पाँव लड़खड़ाने लगे। 'नयना की मुक्ति की कहानी' फादर की प्रयोगशाला की नायाब देन होने जा रही थी लेकिन बीच में यह थानेदार का बुलावा। उसकी चहारदीवारी के अन्दर पुलिस के सिपाही... उसका ध्यान घिसे-घिसाये प्रतिमानों की ओर चला गया... अँधेरे ही में पाप को शरण मिलती है। लेकिन पाप से इतना डर क्यों? फादर इसी से तो जूझ रहा है। परम पिता ने पाप को जीवन का इतना महत्त्वपूर्ण अंश न माना होता तो पापी को इतना प्यार ही क्यों देते। जो जीवन के अँधेरे मार्ग से निकलकर आया है, निश्चित रूप से उससे बेहतर है जो उधर गया ही नहीं। जो शरण में है वह तो प्रभु के साम्राज्य का सुख भोग ही रहा है, उसकी क्या बात, लेकिन वह जो खो गया था उसे प्राप्त करने का आनन्द ही दूसरा है...। नयना से बात करनी होगी। उसे संशय और अशान्ति से बाहर निकालना होगा लेकिन 'जे'...? फादर कलम बन्द करके अपनी डायरी छूते-छूते पल भर को रुका रह गया। क्या वह स्वयं तलाश के लिए निकल पड़ा है? परिवेश की खोज बिना परिवेश में शामिल हुए कैसे होगी। जिज्ञासा को अनुभव के दौर से गुज़रना ही होगा। जे को स्पष्ट रूप से जानना ही शायद लाभकर हो और अब तो नयना की मुक्ति में जे एक बड़ा साझीदार है।

इस छोटी-सी घटना के बाद संयोग से उसी दिन रामजस फादर के यहाँ कपड़ों की सिलाई के सिलसिले में आया। फादर हमेशा की तरह तुरत काम की बात पर न आकर उसे कमरे में ले आया और एक छोटी कुर्सी देकर बैठने के लिए कहा। फिर दरवाज़े का परदा गिराकर वह लौटा अपनी पढ़नेवाली डेस्क की कुर्सी पर बैठ गया।

फादर के दिमाग़ में चूँकि कुछ बातें रामजस को देखते ही आयी थीं और उसने उससे बात करने का निश्चय अभी-अभी किया था इसलिए उसका यह पूरा व्योहार अनजाने बेहद रहस्यमय हो उठा। कमरे में रोशनी बहुत कम थी और दो संकोच में डूबे प्राणियों को एक-दूसरे को इसी तरह देखने में बाधा पड़ रही थी, बात का सिलसिला तुरत शुरू करने में फादर को थोड़ी दिक़्क़त महसूस हो रही थी इसलिए उसने उठकर कमरे की बत्ती जलायी और इधर-उधर पड़े दो-एक कपड़ों को समेटकर क़ायदे से रखा फिर यह सोचकर कि इतनी देर की चुप्पी अस्वाभाविक और उबाऊ हो उठेगी और रामजस क्या सोचेगा वह तुरत लौटा, और कुर्सी पर बैठते-बैठते बोला कि, "हाँ भाई रामजस अब बोलो, कहाँ रह गये इतने दिन!"

"यहीं तो था फादर और अकसर इधर आता भी था पर आप जानते हैं रोज़गारी आदमी ठहरा, दिनभर खटूँ न तो दो पैसा हाथ न आये। इसलिए अकसर नौ बजे रात के बाद ही छुट्‌टी पाता हूँ। यह तो कहिये 'जे' को..." रामजस अचकचाकर रुक गया। जैसे कोई ऐसी बात उसके मुँह से निकली थी जो उसकी जबान को जलाकर लौट गयी थी और लाख कोशिश करने पर भी वह कुछ देर तक अपनी तिलमिलाहट

छिपा नहीं सका और आगे की बात का सिलसिला सहसा टूट गया।

फादर पाल के लिए यह ईश्वर का भेजा हुआ अवसर था। पल ही भर में उसका संकोच और उसकी उलझन जिसने अनजाने उस-जैसे लम्बे-चौड़े आदमी को हर तरफ़ से दबाकर बौना बना दिया था, उससे दूर हो गयी। उसने आगे बढ़कर रामजस को सहारा दिया, " 'जे' सचमुच बहुत ही प्यारा है। उसमें गहरी सहानुभूति है..." कहते-कहते फादर सहसा प्रसन्न होने के बजाय क्षुब्ध हो गया। उसे लगा जैसे वह किन्हीं अन्य मन्तव्यों के लिए संवेगहीन और इस तरह क्रूर होकर शब्दों के अर्थ की हत्या करके पाप कर रहा है। ऐसा नहीं है कि 'जे' के बारे में उसका वही ख़्याल नहीं है जो वह व्यक्त कर रहा है लेकिन इस क्षण उसका मन्तव्य बदल गया है और वह अपने अतिप्रिय भाव को किसी रहस्य की जानकारी के लिए 'इस्तेमाल' कर रहा है। वैसे फादर पाल इस समय यह ज़ाहिर करके रामजस को अधिक ख़ुश कर सकता था कि उसने उसका अन्तिम वाक्य सुना ही नहीं।

सहानुभूति और सौजन्य की सहज प्रकृति के भीतर से ही फादर पाल ने मानवीय पीड़ा के संसार को प्यार करना सीखा था इसलिए उसे इस क्षण एक नैतिक अपराध के बोध के कारण ऐसी व्यथा हुई जो उसके समूचे जीवन में विरल थी। वह सोचने लगा कि क्या उसने कभी पीछे भी मनुष्य को अव्यक्त पीड़ा पहुँचाने का ऐसा क्रूर अपराध किया है?... ओह ईश्वर मुझे क्षमा करो, मैं तुम्हारे विराट् साम्राज्य का कितना क्षुद्र प्राणी हूँ—उसकी आँखें स्वतः बन्द हो गयीं और हाथ सीने पर पहुँच गये। इधर रामजस बच निकला था और 'जे' के बारे में तथा अन्य अनेक फिजूल और बेमानी प्रसंगों के बारे में ऐसी बातें कहने पर उतारू हो गया था जो सच्चाइयों के सन्दर्भ में फादर के उन चन्द खोखले शब्दों के उत्तर में कही जा रही थीं। फादर ने पूरी स्थिति के विष को पहचान लिया था इसलिए उसने कवच को उतार फेंका और मैदान में सीधा उतर आया।

"देखो भाई रामजस, आज बहुत तड़के पुलिस के दो सिपाही नयना को थाने ले जाने के लिए मेरे कम्पाउण्ड में घुस आये और मैं कह नहीं सकता कैसे वे यहाँ डारमेण्ट्री के दरवाज़े तक आ गये। शायद उन्हें नयना ले आयी हो।

"मुझे आश्चर्य है कि उनकी हिम्मत कैसे हुई।" फादर फिर रुक गया उसे लगा कि 'जे' सच है, उसका अन्तर्संघर्ष सच है। उसे अध्ययन-मण्डल के 'जे' द्वारा किये गये कई सवाल सहसा याद आ गये। वर्ना इसमें मेरे लिये परेशानी की ऐसी क्या बात है कि पुलिस यहाँ किसी की खोज में आयी थी। उसका अहं इतना कुण्ठित शायद इसलिए है कि वह शासक वर्ग से कहीं-न-कहीं अव्यक्त रूप से जुड़ा हुआ है। कृपा, दया, सेवा-जैसे शब्दों के अर्थ उसके लिए आज सहसा अस्पष्ट हो उठे थे। वह इस सारे समय अपने ही से जूझता रहा था और इस गुत्थम-गुत्था में उसे

भारी पराजय उठानी पड़ी थी। अभी क्षण भर पहले जब रामजस को देखकर उसने सोचा था कि वह अपनी 'नयना की मुक्ति' नामक उस कथा के बारे में कुछ जानने-समझने की कोशिश करेगा और इस तरह 'जे' के निमित्त उस चिन्तन के आधार को खोज सकेगा जिससे वह सच्चा प्रभु-भक्त बन सके और उसके हृदय का अन्तर्संघर्ष मिट जाय लेकिन मौक़ा पाते ही साँप ने फिर फन निकाल लिया था और बात कहाँ-की-कहाँ जा पड़ी थी।

सुबह की उस नन्हीं-सी घटना पर उसने तत्काल एक रुख़ अपना लिया था। इस कथा के पाठकों में से कुछ लोगों को लगेगा कि शायद वह आदर्श रुख़ था। फादर का विचार भी वही था और वह दिल से चाहता भी था कि वह उन्हीं विचारों के साथ टिका रह जाय पर कमरे में लौटते-लौटते उसे लगा कि नयना तो एक नयी जहमत बन रही है। आज पुलिस के सिपाही आये हैं तो कल पता चलेगा कि यहाँ हथगोले बन रहे हैं और प्रभु यीशु का यह पवित्र मन्दिर उन्हीं के पुत्रों की हत्या का संस्थान बन गया है। मुझे यह सब झंझट पसन्द नहीं है। मुक्ति और चिन्तन के मार्ग में विग्रह का कोई स्थान नहीं होना चाहिए। दूसरे यह कि कहीं अपने प्रभाव और पद के प्रयोग से वह घटनाओं को प्रभावित करके नकली न बना दे। कहीं ऐसा न हो कि सच्चाइयों की खोज का मार्ग उसके बीच में आने से कुछ टेढ़ा-मेढ़ा होकर उलझ जाय और 'जे' की परिवेश की तलाश खण्डित हो जाय एक सुलगती हुई आग पर उसके प्रभाव का ऐसा पानी पड़े कि राख भी ठण्डी हो जाय और 'जे' कहे कि अभारतीय और शासक तन्त्र का देशवासी होने के कारण मैंने नयना का नहीं अपने देश की सरकार का ही हित किया है। यह मेरा निहित स्वार्थ है। नयना से छुट्टी लेनी होगी—वह अकेले अपने कमरे में धीरे-धीरे बोलकर ख़ुद अपनी ही बातें सुनने और सुनकर सहने की कोशिश करते-करते अपने को कोसने लगा। क्या इतनी-सी छोटी बात के कारण वह अपना इतना महान् प्रयोग, अपनी इतनी गहरी जीवन आस्था छोड़ देगा?...नहीं, नहीं, वह जैसे अपने ही से लड़ने लगा था और अन्ततः उसने यही निश्चय किया था कि वह नयना की मुक्ति की कहानी पर अपना काम आगे बढ़ायेगा। लेकिन रामजस से जैसी बातें उसने अभी कर दीं उनसे तो लेखक को यही लगा कि फादर ख़ुद अपनी मुक्ति के लिए भयंकर संक्रान्ति में फँस गया है और फिलहाल सवाल 'जे' के लिए एक आधार संयोजित करने का नहीं वरन् उसे अपने ही लिये एक आधार की खोज का है।

रामजस काफ़ी दुनिया देखे हुए है इसलिए उसे यह मानने में देर नहीं लगी कि अन्ततः फादर एक गहरी नैतिक उलझन में फँस गया है और आज नहीं तो कल वह ज़रूर पराजित होगा और पराजित होकर वह वही सब करेगा जो एक साधारण आदमी अपने स्वार्थों की रक्षा के लिए करता है। जीवन के एक निजी परिवेश की एक निजी

माँग भी होती है जिसकी तात्कालिक उपेक्षा करके कोई अपने को कुछ-का-कुछ दिखा सकता है अथवा दूसरों के सामने जलते हुए आदर्श के नमूने रखकर आकर्षण का केन्द्र बिन्दु बन सकता है पर यह सब-कुछ देर का तमाशा है। हर पौधे के फलने-फूलने के लिए एक ख़ास तरह की मिट्टी और जलवायु की ज़रूरत होती है वर्ना कालान्तर में उसका मुरझा जाना अत्यन्त स्वाभाविक प्रक्रिया है और इस प्रक्रिया का विरोध एक तरह से प्रकृति का विरोध है जो व्यक्ति को कभी-कभी थकाकर तोड़ देता है। लेकिन फादर के साथ ऐसी बात क्यों होने लगी। वह तो येशु का अंश है—उस येशु का जिसने पृथ्वी के अन्तिम इनसान तक की रक्त-मज्जा में प्रवेश करने की कामना की थी और इस फादर ने दाख रस की तरह उसका ही ख़ून पी लिया था। महाप्रसाद से अभिसिंचित इसके शरीर का और दूसरा उपयोग ही क्या है जब वह नयना की मुक्ति के लिए बड़े-से-बड़ा त्याग नहीं कर सकता? लेखक कथानक के इस विशेष मोड़ पर अपनी डायरी में यही लिखता है। लेकिन रामजस इसे किताबी कहता है और बताता है आदमी का वास्तविक परिवेश उसके द्वारा किये गये उन कार्यों द्वारा निर्मित होता है जिससे उसे दो जून की रोटी मिलती है। वह हँसता है जैसे वह एक मोटी बात कह रहा है लेकिन पूछने पर बताता है कि यह मेरी नहीं उन सभी लोगों की हँसी है जो रोटी के भोंड़े सवाल को जीवन की इतनी बारीक़ प्रक्रिया से जोड़ते हैं।

फादर ने नयना की मुक्ति की कहानी में समाज की आलोचना करते हुए उसे हृदयहीन बनाया था तथा उन लोगों की अनैतिकता पर आँसू बहाये थे जिन्होंने नयना के साथ ऐसा व्योहार किया। फादर को यह पता नहीं था कि वे लोग नैतिक और सामाजिक अपराध के उनके ही शिकार थे। अशिक्षा, परम्परा और संकीर्ण धर्मपरायणता और ढोंग के शिकार थे और उनके सामने भी मुक्ति की वैसी ही समस्या थी जैसी नयना की। स्वतन्त्र, जागृत एवं धर्मपूर्ण व्योहार के लिए मुक्त मानस की आवश्यकता उनके सामने भी विकट थी।

इसलिए नयना की मुक्ति का सवाल वैसा ही नहीं था जो फादर ने समझा था। पुलिस स्टेशन से लौटने के बाद फादर के सामने इस सच्चाई पर यकीन हो गया था कि नयना ही नहीं किसी भी एक की मुक्ति की समस्या एकान्तिक नहीं हो सकती इसलिए उसने अपने इस विषय को सहज जीवन की धारा में चले जाने में बाधा नहीं पहुँचायी थी। एक सहज प्रक्रिया और सम्पूर्ण परिवेश के ऊपर जाने तक फादर का प्रयास आकाश कुसुम की तरह था जो वस्तुतः यथार्थ की कसौटी पर निरी कल्पना सिद्ध हो चुकी थी। आदमी कुछ जानता है लेकिन जो जानता है वह अगर मात्र इतिहास है तो उसकी जानकारी कल्पना से अधिक नहीं है। ज्ञान को निरन्तर परिवर्तित समाज की धारा से ही खुराक मिलती है। यदि यह खुराक उपलब्ध नहीं है तो वह

ज्ञान मृत है जो समय के विकास और प्रगति के चिह्नों को नहीं पहचानता। इतिहास उसके लिए एक कोरा आदर्श है जो सुनने में भला तो लगता है पर अमल के लिए वह निराधार है।

उसका ध्यान दीवार पर टँगी ईसा की उस धवल मूर्ति पर चला गया जो लकड़ी के काले सलीब पर झूल रही थी। पीड़ा का सदेह दर्शन...।

बवण्डर

कुछ देर चुपचाप चारपायी में बैठे रहने के बाद जोधा इस तरह झटके से उठ खड़ा हुआ जैसे बैठने के साथ लगातार मन में चलनेवाले विचारों से वह छुटकारा पा लेना चाहता हो। इस तरह तो वह सोचते-सोचते ही मर जायगा, फिर लड़कों-बच्चों और घर-दुवार का क्या होगा। कोई ऐसा भी नहीं जो इस कच्ची गृहस्थी को आगे बढ़कर सँभाल लेता। मटरू अभी दर्जा तीन में पढ़ रहा था और रमायन ने इसी साल से पटरी-पोथी सँभाली थी। सोनारी ज़रूर रेड़ की तरह बढ़ गयी है लेकिन वह कन्या की जात है। कल के हाथ पीले होंगे और देखते-देखते ही परायी होकर कहाँ-की-कहाँ चली जायगी। अजब रीत है लोक की...जोधा पल भर यही सोचता और बाहर निचाट सिवान में दूर देखता रहा। मटमैले आकाश में एक धुन्ध के अलावा कहीं कुछ भी नहीं था। हवा रुकी थी और बाहर धूप से चिनगी फूट रही थी। —आँधी का लच्छन है। जोधा बाहर निकलते-निकलते अपने ही से बोला।

सोनारी बाप को बाहर निकलते देख ओसारे में निकल आयी और खटिया को एक ओर खड़ी करते हुए पल भर सिवान की उस धुन्ध और जलन को देखती रही जिसमें उसका बाप नंगे बदन चला जा रहा था। गर्द की बिसही लटें रह-रहकर काँपती थीं और जोधा की आकृति पलभर को टेढ़ी-मेढ़ी होकर उसकी आँखों में जैसे किसी पुराने ढहते-गिरते हुए मकान की तरह लड़खड़ा उठती थी। जाने क्यों एक आशंका उसकी आँखों में तैर आयी। उसे लगा जैसे बापू नहीं होंगे तो ऐसी ही जलती हुई धूप उसके सिर पर छा जायगी और तनिक-सी छाँह के लिए उसे तरसना पड़ेगा। जो दो कवर सूखी रोटी और नमक दो जून मिल जाता है...उसकी आँखों पर पानी का एक परदा छा गया और वह लौट पड़ी। ओसारे का किवाड़ उठगाकर अन्दर जाने लगी तो बाहर से किसी ने दरवाज़ा थपथपाया।

सोनारी को बड़ी शंका हुई। अभी तो मैं बाहर ही थी। कहीं कोई दिखायी भी नहीं पड़ा और अभी यह थपथपाहट! उसके पाँवों में जैसे चक्की बँध गयी हो। तभी दुबारा दस्तक हुई और उसने आगे बढ़कर किसी तरह अरगनी हटा दी। सामने चुपचाप खड़े लोदी को देखकर जाने क्यों, उसे आज बहुत भरोसा हुआ और अपनी बेकार की इतनी

शंका पर हँसी आयी। गाँव-घर की बात—फिर दिन का समय, उसके मन में इतना सारा भय कहाँ से समा गया। क्यों वह इस तरह डर गयी थी...वह सोचते-सोचते अपने को ही देखने लगी। मैली-कुचैली पुरानी धोती के अलावा बदन पर कोई दूसरा वस्त्र भी नही। शर्म की एक अनोखी सिहरन उसके सारे बदन में कौंध गयी। वह थोड़ा झुककर नीचे देखने लगी।

लोदी वैसे ही खड़ा रहा। उसके जोधा मौसा होते तो वह दहलीज के पाटे पर चुपचाप बैठ जाता और वहीं ज़मीन से एक कंकड़ लेकर कुछ बनाता-बिगाड़ता, उनकी हाँ-में-हाँ मिलाता, धीरे-धीरे कुछ बातें करता और फिर उठकर चला जाता। कभी जब सुनारी उसे छेड़ती, खाने-पीने के लिए पूछती तो जोधा कहता कि बस तू पूछती ही है कि कभी उसे कुछ देती भी है पर सोनारी अपनी इस बात पर अड़ी रहती कि जब तक यह कहेगा नहीं, मैं नहीं दूँगी।

"क्यों लोदी, आज चूनी की लिट्टी बनायी है, लाऊँ?"

लोदी चुप।

'ठीक है, खाय चुके तुम।'

लोदी फिर भी चुप।

'लाओ, लाओ मैं कह रहा हूँ न, हो तो लाओ एक टुकड़ा।'

बड़ी मुश्किल से लोदी ने एक टुकड़ा चूनी की लिट्टी उस एक दिन खायी थी।

सोनारी और भी पीछे लौट गयी थी। पिछला संसार अनायास उजागर होता गया था। लोदी के गाँव आने की घटना उसकी आँखों के आगे तेज़ी से दौड़ने लगी थी। एक अधमरे, बेहोश, काले-कलूटे की तरह लगनेवाले पुतले को ठाकुर के आदमी ट्रैक्टर से उतार, उसके ओसारे में गठरी की तरह डालकर बिना कुछ कहे चले गये थे। उसे देखने से डर लगता था। पता नहीं वह कौन है और वे उसे यहाँ क्यों फेंक गये हैं। वह किवाड़ पकड़े चुपचाप खड़ी उसे देख रही थी कि जोधा ठाकुर के दरवाज़े से दौड़ा हुआ आया था। कन्धे के गमछे में दो पोटलियाँ बँधी थीं! जोधा ने ही सोनारी को आवाज़ दी थी, सोना यह पिसान-दाल लो और सुन तो, देखो यह कौन आया है! बड़े ठाकुर ने सड़क के किनारे अरुआ-परुआ पाया है। देवा पाँड़े से कहलवाया है कि जब तक इसका जी अच्छा नहीं हो जाता, यह हमारे ही साथ रहेगा। इसके लिए एक सीधा रोज़ बखरी से मिलेगा। ले लो, खोलकर धर लो और तनिक एक लोटा पानी लेकर तो आओ। बेचारे को भुँइयाँ ही फेंक गये हैं ससुरे। जैसे आदमी नहीं खर-कतवार हो। मैं उसे उठाकर खटिया पर ओलार देता हूँ।

सोनारी ने हाथ से बूँद-बूँद पानी उसके मुँह में डाला था। सिर और मुँह पोंछकर उसे ठीक से लिटाने में जोधा की मदद की थी। जल्दी-जल्दी अरहर की दाल बनाकर लायी तो देखा जोधा हँस रहा था, कुछ अच्छा है जी इसका।

अपने से करवट बदला है, आँख भी मुलमुलाया है। लाओ, थोड़ी दाल पीकर कौन जाने इसे आराम हो जाय। जोधा ने सिरहाने बैठकर लोदी को तनिक ऊपर उठाया और सोनारी ने मुँह से दाल की थाली लगा दी, लोदी घुट-घुट सारी दाल पी गया था।

"भूखा है थोड़ी दाल और लाओ।" जोधा ने झुककर देखा, वह टुकुर-टुकुर ताक रहा था। जोधा की ख़ुशी का ठिकाना न था। उसने धीरे से पूछा, "तुम्हें किस नाम से पुकारें।"

'लोदी!' टूटती आवाज़ में वह बोला था।

सोना यह लोदी है। हम हम लोग इसे इसी नाम से पुकारेंगे।

अच्छा तो है।

लोदी ने थोड़ी और दाल पी ली थी। दो-चार दिनों में ही वह उठ बैठा था लेकिन वह दिन-दिन भर चुप रहता था जैसे उसके मुँह में जीभ ही न हो।

जोधा ने एक दिन ऊबकर उससे कहा था, ओझा को बुलाकर इसे फुंकवा दूँ क्या, कोई कारन न हो! ...भूत-प्रेत होगा तो...

लोदी बीच में में ही सहसा बोल पड़ा था, भूत-प्रेत ग़रीबों को दबाने के लिए गढ़े गये हैं मौसा। कभी किसी बड़े आदमी पर भूत-प्रेत आते देखा है।

जोधा चौंक पड़ा था। लोदी ठीक कहता है। लोदी समझदार है। ज़रूर वह अच्छा है। अच्छे ही तो अच्छी बात बोलते हैं। जोधा निश्चिन्त हो गया था। काम से लौटता तो लोदी पास आकर बैठ जाता और बहुत धीरे-धीरे दोनों में कुछ बातें होतीं। रोज़ जोधा की आँखों की रोशनी कुछ बदल जाती... आख़िर ठाकुर भी तो हमारी तरह आदमी है। उन्हें भूत क्यों नहीं पकड़ता। धरम-करम सब झूठ है मौसा। भगवान् ऐसा ही सबका बाप होता तो उसके कुछ लड़के भूखों क्यों मरते, जानवरों की ज़िन्दगी क्यों बिताते और कुछ...। लोदी चुप हो जाता, बस ज़रा-सा बोलकर, और जोधा की हिम्मत न पड़ती कि उससे लगे हाथ उसके बारे में भी पूछे। फिर पूछे ही क्यों? क्या करेगा उसके माँप-बाप, गाँव-घर के बारे में जानकर। वह सब ऐसा ही कहने लायक होता तो बेचारा भूख के मारे सड़क के किनारे बेहोश पड़ा मिलता।

महीने भर में ही लोदी नयन सिंह के नियमित मज़दूरों की टोली में लगा दिया गया था। उसे चमरौटी में रहने के लिए वह खँडहर भी मिल गया था जिसे दो बरस पहले रामदास रात के अँधेरे में छोड़कर कलकत्ता भाग गया था। ठाकुर के कर्ज़ से उसकी नाव इतनी बोझिल हो गयी थी कि डूबने ही वाली थी। यह संयोग की ही बात थी कि उसकी जगह पर कलकत्ता की जूट-मिल की छँटनी का शिकार लोदी उसमें बसा दिया गया था। लेकिन अब वह खेत मज़दूर नहीं वरन् एक बँधुआ मज़दूर बन

गया था। क्योंकि नयन सिंह ने उसे सड़क के किनारे बेहोश पड़ा पाया था।

तब से कितने दिन बीत चुके हैं सोनारी क्या-क्या सुनती रही है। लोदी बिना खाये ही सो जाता है, लोदी भुना दाना खाकर दो-दो दिन रह जाता है। लोदी बीमार है, कोई जूस-पानी देनेवाला भी नहीं लेकिन लोदी जब भी मिला है तो वैसे ही एक भाव, एक रूप। गहरा काला किन्तु चिकना-चिकना-सा बदन, गोल चेहरा और काली-काली भौंहों में छिपी साफ़ किन्तु झुकी हुई आँखें। छोटे तंग माथे पर सूजे की तरह सामने लटके हुए बाल। लोग कहते हैं, लोदी बड़े-बड़े बोझ उठा लाता है, और एक बार झुककर पूरी-की-पूरी पाँत ईख खुरपे से काटकर ही कमर सीधी करता है। सोनारी को यह सुनकर सदा ही आश्चर्य होता रहा है लेकिन आज तो उसे लगता है कि यह सभी बातें निरी झूठ हैं।

वह बिना किसी प्रसंग के बोल उठी "आज कैसे पिछड़ गये।"

'का...' जैसे लोदी चूक में बोल गया हो और उसे अपना मुँह छिपाने की जगह न मिल रही हो। सोनारी ने बात बढ़ाने के लिए जोड़ा..."उहै बतिया...।"

"कौन बात..."

"जवन लोग कहते हैं!"

"लोग कहते हैं, कहें। कोई चोरी तो करता नहीं।" लोदी की आँखें नाराज़ी के इजहार में कुछ और झुक गयीं। सोनारी का संकोच और कम हुआ, "चोरी नहीं तो अउर का है ई सब।

"यह सब तुम्हार खोपड़ी है। जो बात समझ में नहीं आती उसमें भी कूदती हो। बेसहूर की तरह गले में अँगुली डालकर बात निकालती हो।" लोदी भुनभुनाते हुए लौटने लगा तो सोनारी जैसे अवाक् हो गयी। उसके जी में एक बार आया कि वह उसे रोके और कहे कि मुझसे चूक हुई। ऐसा नहीं कि मैं तुम लोगों का संकट समझती नहीं। मन-ही-मन काली माई से मनाती रहती हूँ। जाने क्या होनेवाला है इस गाँव का...लेकिन वह देहरी को पकड़े खड़ी रह गयी और लोदी भी उसी धुन्ध भरी सिवान में, उसी ओर चला गया जिस ओर जोधा गया था। धूप की नाचती परछाँइयों में अब भी वैसी ही थिरकन थी लेकिन लोदी की आकृति एक बार भी नहीं लड़खड़ायी, न सोनारी की आँखों के आगे पानी का कोई पर्दा ही उभरा। हाँ, वह ओसारे में खड़ी उसे तब तक देखती रही जब तक वह आँखों से ओझल नहीं हो गया।

(२)

लोग धीरे-धीरे चारों ओर से जुट रहे थे। जोधा किसी पेड़ की ज़मीन से ऊपर उभरी हुई जड़ पर टेक लगाकर बैठने की सोच रहा था कि रामदीन मिसिर ने खैनी

की पीक थूकते हुए उसके पास आकर पूछा, 'लोदी कहाँ अटक गया। और रंजीत भइया का भी आज कहीं पता नहीं। ऐसा तो कभी नहीं होता था। वे सदा पहले ही आ जाया करते थे।'

आते ही होंगे महाराज, मुला यह सब क्या देख रहा हूँ। जेही छिनरा वही डोली के साथ।

'मेरी अकिल भी बौड़िया गयी है।' जोधा भला यह करइत यहाँ कैसे चला आया। इसको कैसे ख़बर लग गयी और लग भी गयी तो यहाँ आने का इसे हियाव कैसे हुआ।'

पल भर को दोनों चुप रह गये। वहीं ज़मीन पर उकड़ूँ बैठकर जोधा ने आम की एक सूखी पत्ती से ज़मीन खुलिहारते हुए कहा, 'भला यहाँ क्या बात हो सकेगी।'

'बात की बात करते हो जोधा। इस ससुरे के लिए तो इतना ही बहुत है कि यहाँ आनेवालों का नाम जान ले। तुम्हारी और लोदी की बड़ी खुवारी है। सुना है इसने नयन सिंह के कान भरना शुरू कर दिया है। यह उस नीच की लीद है लीद। बिना इसे साथ लिये नयन सिंह के यहाँ कभी नहीं जाता।'

उनही के टुकड़ों पर जीता है महराज। जानते हो, अब वह छोटे बाबू को भी मूँड़ रहा है। मनरी कहाइन की बेलवा से गाहे-बगाहे कनफुकनी करता है। एक दिन मैं मशीन पर बैठा भैंस के लिए पगहा बट रहा था तभी बेलवा बखरी से खाना लेकर आ गयी। कटोरदान रखकर लौट रही थी। कहीं से आ गया। बेलवा को लौटते देखकर बिगड़ने लगा।

ऐसे खाना फेंककर चली जाती हो। उसे ठीक से रखकर थोड़ी देर बैठ जाया करो। छोटे बाबू आते ही होंगे। कहाँ अभी दुपहरिया छूट रही है। बेलवा मटकती हुई वापस बँगली में चली गयी। धीरे-धीरे दोनों की हँसी-ठिठोली मद्धिम पड़ गयी।

पण्डित उसे वहीं रोककर गया और थोड़ी ही देर में छोटे बाबू की मोटरसाइकिल भड़भड़ाती हुई आ पहुँची।

मैं जानता था कि मेरा इस समय यहाँ होना छोटे बाबू को खटकेगा। मैं जान-बूझकर बैठा रह गया। उन्होंने मोटरसाइकिल खड़ी की और बिना मेरी ओर मुड़े बोले, 'आज दुपहरिया नहीं छुटेगी क्या जोधा।'

मैं चुपचाप उठा और बखरी चला आया। देवा को लगातार अपनी ओर टकटकी लगाये देखकर जोधा चुप हो गया। रामदीन मिसिर ने भी बात बदल दी। दोनों एकाएक उठकर दो अलग-अलग दिशाओं में चले गये, क्यों और कहाँ, यह किसी को भी मालूम नहीं हुआ।

(३)

इधर कई दिनों से बग़ल के गाँव घूरपुर में उपद्रव हो रहे थे वहाँ की मुसहरटी इस इलाके की मशहूर जगह है। यहाँ थोड़ी-सी ज़मीन पर मुसहरों के सैकड़ों डेरे हैं। डेरे इसलिए कि उन्हें उखाड़ने-बनाने में इन्हें ज़रा भी देर नहीं लगती। एक सरपत की मड़ई और कुछ कच्ची मिट्टी के ढूहों के सहारे ये जब चाहते हैं अपना मकान घण्टों में खड़ा कर लेते हैं। फिर ज़रूरत के मुताबिक़ सनी मिट्टी के लोंदों से इनकी दीवारें धीरे-धीरे बनती रहती हैं। इन नन्हीं झोपड़ियों में इनका वह सामान आँधी-पानी में बचता रहता है जिसे ज़रूरत पड़ने पर हाथ में लेकर ये कहीं भी जा सकते हैं। सुबह से अगली सुबह तक ये डेरे के बाहर खुले ही में रहते हैं। औरतें लकड़ी बीनने से लेकर गाँव के काश्तकारों-ज़मींदारों के घर में गोड़ाई-पड़ाई का काम करती हैं। बच्चे मेंढक और असढ़िया साँप पकड़ते घूमते हैं। पानी के इन साँपों को मुँह के पास से आधा फीट काटकर उसे रस्सी में बाँध देते हैं और किसी हाँड़ी में पानी डालकर उबाल लेते हैं। फिर रस्सी को खोलकर पूँछ पकड़कर उसे सीधा उठाकर हिलाते हैं और सफ़ेद मांस उनकी टीन की थालियों में झर जाता है। थोड़ा नमक डालकर वे पेट भर इस मांस को खा जाते हैं। इधर ठाँठ भैंसें खरीदकर उन्हें कसाईखाने तक पहुँचाने अथवा शहद निकालकर बेचने का रोज़गार भी वे करने लगे हैं। इनकी बोलचाल, रहन-सहन सर्वथा अपनी निजी है। और उसी में इनके आनन्द की सीमा नहीं है। हुड़ुक बजाकर गाना, नाचना, कच्ची शराब ख़ुद उतारकर पीना इनका ख़ास शौक है। पहले ये पालकी और बहँगी ढोने का काम करते थे लेकिन इधर पालकी का चलन उठ जाने से ये बहँगी ढोने के साथ लोगों का हल चलाने लगे हैं। और मज़बूर होकर खेत-मज़दूर का काम करने लगे हैं। हलके लम्बे, छरहरे बदन और तीखे नाक-नक्श के कारण इनका चमकदार गहरा काला रंग देखते ही बनता है। पिछले दिनों इनमें कुछ को चोरी करने की आदत पड़ गयी। इसी कारण पुलिस इनकी जाँच-पड़ताल करने लगी। लोग बताते हैं कि ऊँची-से-ऊँची दीवार को फाँद जाना इनके लिए मिनटों का काम है और दौड़ में तो ये लोग इतने माहिर हैं कि एक बार घोड़े को भी पछाड़ दें। ये लोग महिसासुर को अपना देवता मानते हैं। क्वार के महीने में अपनी एक देवी को छौना काटकर उसका ख़ून और कच्ची शराब चढ़ाते हैं और ख़ुद उसी को पीकर ख़ुशी में नाचते-गाते हैं। भूत-प्रेत और टोना-टोटका इनमें भी वैसे ही जड़ जमाये हुए है जैसे दूसरी जनजातियों में। बच्चों को स्कूल भेजने का प्रचलन इनमें आज भी नहीं है। दसई मास्टर इस मुसहरटी में एक अपवाद हैं जिसने मिडिल स्कूल पास किया था और गाँव के प्राइमरी स्कूल में मास्टर बन गया था। लेकिन इसका कोई असर मुसहरटी पर नहीं पड़ा। दसई इन लोगों से प्रायः अलग पड़ गया था। एक किनारे

उसने मिट्टी का घर बना लिया था और अपने बच्चों को अलग-थलग किये रहता था। यह तो रंजीत की गाँव में वापसी थी जिसने दसई को दसई मास्टर से कामरेड दसई बना दिया। दोनों मिडिल स्कूल तक एक ही दर्ज़े में पढ़ते थे और उस सयम भी इनमें गहरी दोस्ती थी। दसई का हाथ बहुत साफ़ था और रंजीत के सारे सुलेख वही लिखा करता था। कँटिया में मछली फँसाने से लेकर खरगोश पकड़ने के कठिन काम में दसई रंजीत का अगुवा बना रहता। वह दिन रंजीत को आज भी नहीं भूला है जब इलाहाबाद पढ़ने जाने के लिए वह मुसहरटी के ऊसर में से गुज़रती धूल भरी टूटी-फूटी बस में बैठा और नीचे खड़ा दसई बस खुलते ही उसका हाथ पकड़कर फफककर रो पड़ा था।

(४)

रंजीत के गाँव में लौटने के बाद से दसई का जीवन अनायास और अनजाने ही बदल गया है। पढ़ने-लिखने की बहुत-सारी सामग्री के साथ दोनों की शामें सदा एक साथ गुज़रने लगी हैं। दसई बहुत आगे बढ़कर जनता पार्टी का समर्थक था। कांग्रेसी नयनसिंह का खुलकर विरोध करने लगा था। और बात-बात में जयप्रकाश नारायण का नाम लेता था। लेकिन अब जनता पार्टी और कांग्रेस दोनों को शोषक वर्गों की पार्टी के रूप में देखने लगा है। बस एक नागनाथ है तो दूसरा साँपनाथ। जहरवा तो दोनों में एक ही है भइया! वह बात-बात में दुहराता रहता है। शेरपुर के ठाकुर नयनसिंह कांग्रेसी हैं तो मेरे गाँव घूरपुर के बलवन्त राय जनता पार्टी के। दोनों में कहाँ अन्तर है? सैकड़ों एकड़ खेती और व्यापार के साथ शोषण-अन्याय में को बड़ छोट कहत अपराधू। लड़ाई तो दोनों की निजी स्वार्थों को लेकर है। दोनों के वर्ग-चरित्र में अन्तर कहाँ है? निश्चय ही यह दृष्टि उसे रंजीत से मिली है।

दसई ने भी बलवन्त से मुसहरों को घर बनाने के लिए ज़मीन देने की बात कई बार उठायी जनता शासन में। लेकिन मुसहरों की बस्ती के आस-पास की खुली ज़मीन ग्राम-समाज की होने पर भी बलवन्त राय के कब्ज़े में थी। उन्होंने दसई की बात पर बिलकुल ध्यान नहीं दिया जबकि उसने चुनाव में हर तरह उनकी मदद की थी। पास के ऊसर में थोड़ी ज़मीन देने की बात उन्होंने एकाध बार कही लेकिन उसे लेने के लिए कोई मुसहर तैयार नहीं हुआ। खेती-बारी से उन्हें मतलब भी क्या था। वे तो थोड़ा फैलकर बसने के लिए यहीं अपनी बस्ती के आस-पास की ज़मीन चाहते थे। बलवन्त राय के लड़कों का कहना था कि वह हमारी पुश्तैनी ज़मीन है जिस पर मुसहरटी बसी है। हमारे पुरखों ने ही उन्हें बसाया था। इसलिए उनके हर मौक़े पर चाहे वह खेती-बारी हो चाहे ब्याह-शादी मुसहरों को नाममात्र की मजूरी अथवा रस-दाने पर क़ाम करना ज़रूरी था।

एक दिन सहसा विस्फोट हुआ। सारा इलाक़ा इस घटना से बेचैन हो गया— मुसहरों ने ग्राम-सभा की उस ज़मीन पर कब्ज़ा कर लिया जिसे बलवन्त राय के लड़के अपनी पुश्तैनी ज़मीन बताते थे।

—रातोंरात उनकी झोपड़ियाँ दो एकड़ ज़मीन पर फैल गयी।

—बल्लम, गैंती, गँड़ासा लेकर तैयार हैं मुसहर।

—डाँड़ी हाँड़ी की दारू पीकर गरज रहे हैं।

—कहा गयी बलवन्त की जनता पार्टी। दम हो तो मैदान में आ जायँ। नयन सिंह के गुण्डे घूम-घूमकर प्रचार करते रहे हैं। कांग्रेस के जमाने में ऐसा करते तो एक-एक की बोटी कटवा लेता।

—इसमें दम की क्या बात है भइया! वह तो ग्राम-समाज की ज़मीन है। बलवन्त राय अन्याय पर हैं। कहने ही को जनता बने हैं। जब सरकार ग्राम-समाज की ज़मीन हरिजनों को आबादी के लिए बाँट रही है तो उन बेचारों को पहले ही क्यों नहीं दे दी गयी आख़िर। उनसे बड़ा भूमिहीन यहाँ कौन है? वोटवा भी तो उन सबों ने उन्हीं को दिया था। दसई ने कतार बाँधकर मुसहरों का वोट गिरवाया था। स्वारथ में आदमी को अन्धा नहीं होना चाहिए।

लेकिन आग लगनी थी सो लग गयी। बलवन्त राय के लड़कों ने बिना सोचे-बिचारे मुसहरटी पर चढ़ाई कर दी। उन्हें यह पता ही नहीं था कि इस बार मुसहर लड़ने के लिए तैयार हैं। दसई रंजीत के साथ पहले ही थाने पर हमले के ख़तरे की सूचना देने जा चुका था और इधर एकजुट मुसहरों ने भूमिहार हमलावरों को बुरी तरह खदेड़ दिया। उनसे भागते नहीं बना। गनीमत हुई कि ख़ून-ख़राबा नहीं हुआ। तब तक पुलिस भी आ गयी। बग़लवाले गाँव के कांग्रेसी ठाकुर नयनसिंह के दरवाज़े पर ट्रक खड़ी करके अधिकारी ने ठाकुरों से कुछ बात की। यहाँ समझ-बूझकर पुलिस दल मुसहरटी पहुँचा कि ज़मीन बलवन्त राय की नहीं वरन् ग्राम-समाज की है। दो-चार मुसहरों को पकड़कर थाने ले जाया गया लेकिन दसई और रंजीत ने जमानत कराके उन्हें तुरन्त छुड़ा लिया। मुसहरटी आबाद रह गयी। मुक़दमा चलता रहा लेकिन मुसहर अपनी-अपनी जगहों पर काबिज रहे। ऊपर से देखने में मामला रफ़ा-दफ़ा हो गया लेकिन आग तो बो दी गयी थी। इसलिए भीतर वह धीरे-धीरे सुलगती रही। यह एक अनहोनी बात थी कि मुसहर भूमिहारों को गाँव तक खदेड़ ले जायँ। आख़िर यह हिम्मत आयी कहाँ से? रंजीत और दसई का मिलन, गुप्त सभाएँ, जवानों का संगठन, लाल झण्डा पार्टी के बारे में अनन्त कथाएँ एक कान से दूसरे तक और तीखी होकर पहुँच रही थीं। अन्ततः नयनसिंह की बैठक में देवा पाँड़े ने खुलासा किया, 'भाई, अब वह दसई मास्टर नहीं, कामरेड दसई बोला जाता है। रंजीत साम्यवादी पार्टी का बहुत बड़ा

कार्यकर्त्ता है। इतना सब पढ़-लिखकर नौकरी पर नहीं गया। पार्टी पैसा देती है कहता है बिना ख़ून के सत्ता नहीं मिलती। उसने आग बो दी है। अब यह इलाका जलकर भस्म हो जायगा। हरी-बेगारी बन्द होगी, खेत-मजूरों का संगठन बनेगा और ज़मीनों पर ज़बरन कब्ज़ा किया जायगा इतना ही नहीं, अगर ऊँची जातियाँ अब भी सोती रहती हैं तो धन-सम्पत्ति के साथ उन्हें अपनी बहू-बेटियों की इज्जत भी गँवानी पड़ेगी।' देवा सच कहता है। दसई, रंजीत और रामदीन पर उच्च जातियों की निगाह जम गयी। बात केन्द्र में आकर जम गयी। तनाव की बुनियाद पड़ गयी। रंजीत और रामदीन मिसिर ने इस संघर्ष को जात-पाँत से अलग रखने के लिए एड़ी का पसीना चोटी तक पहुँचा दिया लेकिन उन्हें सफलता नहीं मिली उनके अनेक सवर्ण समर्थक कमज़ोर कगारों की तरह भरभराकर टूट गये। अन्ततः छोटी जातियों का एक छोटा किन्तु मज़बूत गढ़ बनाकर वे संघर्ष चलाते रहे।

जनता पार्टी अपनी नीतिगत कमज़ोरियों का शिकार हुई। सामाजिक विकास कांग्रेसी रास्ते पर चलकर समस्याओं का सही निदान सम्भव ही नहीं था। यह उन्हें इन्दिरा गाँधी की असफलताओं से ही सीखना था। पूँजीवादी रास्ते के अन्तर्विरोधों ने ही उन्हें आपात्काल तक पहुँचाया था। निश्चय ही इस मार्ग पर चलकर बहुत देर तक लोकतन्त्र का स्वाँग नहीं चल सकता था। बड़े ज़मींदारों और इज़ारेदार पूँजीपतियों के दबाव में जन-संघर्षों को कुचले बिना सरकार नहीं चल सकती थी। जनता पार्टी देखते-देखते आपसी मतभेद और व्यक्तिगत महत्त्वाकांक्षाओं का पिटारा बनकर अन्ततः कूड़े की टोकरी में फेंक दी गयी और मध्यावधि चुनाव की घोषणा हो गयी।

घूरपुर और शेरपुर की बीचवाली ठाकुर नयन सिंह की अमर में पहली बार जनसभा हुई। रात-रात भर जागकर लोगों को सभा में जुटाने का अथक परिश्रम करके भी लोदी सभा में नहीं गया। जोधा ने बहुत सोच-समझकर उसे रोक दिया। सोनारी ने उसे डरपोक कहकर अगोरने की जिम्मेदारी दे डाली—घर में घुसकर अरगनी चढ़ाय लेना। कहीं छोटे बाबू के आदमी तुम्हें पकड़ न ले जायँ। मटरू और रमायन भी ख़ूब हँसे लेकिन इनमें से कोई न समझ पाया कि जोधा ने ऐसा क्यों किया है? उन्हें तो इतना ही मालूम है कि दसई और लोदी के बिना सभा कैसे होगी? अकेले रंजीत भइया क्या करेंगे? रामदीन मिसिर को तो बस सुरती खाकर जगह-जगह थूकना और बलबलाना आता है। लेकिन जोधा ने बताया कि सब लोगों की यही सलाह है—अगर लोदी को गाँव में रहना है तो उसे ऐसी सभा में नहीं जाना है।

रंजीत ने उच्च जातियों के उग्र विरोध और हिंसात्मक रुख़ को ख़ूब अच्छी तरह समझकर ही लोकदल को समर्थन देने की बात शुरू की थी। उसकी पार्टी का निर्देश भी यही था। दूसरा ख़तरा यह था कि साथियों के न चाहने पर भी उनका संघर्ष उच्च जातियों के छोटे-बड़े सभी लोगों को संगठित होने का अवसर दे रहा था। अकेले पड़

जाने के ख़तरे के साथ ही संगठन का मुख्य मन्तव्य ही खोता जा रहा था। यही कारण था कि सभा में मध्य जातियों की भारी भीड़ चारों ओर से उमड़ पड़ी और पहली बार लाल झण्डे के नीचे इतनी बड़ी सभा सम्पन्न हो गयी। नयन सिंह और बलवन्त राय दोनों को इस सभा में एक ही थैली का चट्टा-बट्टा कहा गया और ग़रीब जनता को इन दोनों की राजनीति से सावधान किया गया। कांग्रेस और जनता पार्टी के खिलाफ गगनभेदी नारे लगाये गये।

नयनसिंह के कान खड़े हो गये। इस नये संकट की तो उन्होंने कल्पना भी नहीं की थी। लेकिन इस बार मैं देख लूँगा। उनके दाँत एक-दूसरे से बज गये, इस दसई के बच्चे को सबक न सिखा दिया तो मेरा नाम नयनसिंह नहीं। बड़ा चला है नेता बनने। फिर अब तो बलवन्त भी उसका दुश्मन है।

चुनाव में वोट बुरी तरह बँट गये और नयनसिंह का आदमी चुनाव जीत गया। लेकिन आश्चर्य की बात है कि बलवन्त राय ने चुनाव हारने के बावजूद नयनसिंह की विजय-यात्रा में दिल खोलकर सहयोग दिया और चुनाव के दूसरे ही दिन रात बारह बजे अँधेरे में मुसहरटी पर भयानक आक्रमण हुआ। देखते-देखते दसियों लाशें गिर गयीं जिनमें छोटे बच्चे, औरतें तक शामिल थीं। बन्दूकों से अन्धाधुन्ध गोलियाँ चलती रहीं। उन्मत्त भीड़ ने झोपड़ियों से खींच-खींचकर मुसहर लड़कियों और औरतों को खुलेआम और बेहयायी के साथ बेइज़्ज़त किया। जवान लड़कियों को पहले नंगा करके दौड़ाया गया और फिर सामूहिक बलात्कार के बाद उन्हें बेरहमी से तड़पा-तड़पाकर मार डाला गया। बच्चों-बूढ़ों को डण्डों से पीटकर एक सुअरबाड़े में झोंककर उसमें आग लगा दी गयी। फिर बची-खुची झोंपड़ियों को जलाकर राख कर दिया गया और कितने ही मासूम बच्चों को उसी आग में झोंक दिया गया। इतना जघन्य अपराध और ऐसी क्रूरता कि वर्णन के लिए भाषा को शर्म आती है। दसई घर पर नहीं था लेकिन उसकी बीबी तारा को लोगों ने घर से भागते हुए पकड़ लिया। वह अपनी पूरी ताक़त से आततायियों से लड़ते-लड़ते जब सिर पर लाठी की जोर से बेहोश होकर ज़मीन पर लुढ़क गयी तो उसके गुप्तांगों में लाठी डालकर उसे घसीटकर आग में डाल दिया गया। उसकी ग्यारह वर्ष की लड़की और छह वर्ष का लड़का न जाने कैसे बच गये जिन्हें दूसरे दिन ताल की गहरी खाईं में एक-दूसरे से चिपककर बैठे पाया गया।

दस घण्टे के बाद पुलिस घटनास्थल पर पहुँची। उस पूरे स्थान को पी. ए. सी. के जवानों ने घेर लिया और बचे लोगों को राहत देने की बात तो दूर रही उन्हें दुबारा पीटा गया और घसीटकर एक जगह बैठा दिया गया। दसई पागल हो गया था। पुलिसवालों की मनमानी और झूठी बातों पर बिफर गया। नतीजा यह हुआ कि उसे तुरन्त थाने भेज दिया गया। जाँच की कहानी इस तरह बनायी गयी—रात इन

जरायमपेशा मुसहरों ने घूरपुर के ठाकुरों की बस्ती पर हमला किया और बहुत-सा सामान लेकर भाग निकले। गाँववालों ने हमलावरों का पीछा किया और देखते-देखते आस-पास से कई हज़ार लोग जमा हो गये। चारों ओर से जुटी भीड़ से वे घण्टों लड़ाई करते रहे और उसी आवेश में यह भयंकर घटना घटी।

रंजीत ने दसई को छोड़ देने के लिए पुलिसवालों को बहुतेरा समझाया लेकिन उन्होंने उसकी एक न सुनी। इस भयानक परिस्थिति में दसई राहत कार्यों में मददगार साबित होता। मामले की जाँच-पड़ताल और स्थिति को स्पष्ट करने के लिए मुसहरटी में अकेला वही आदमी था लेकिन शायद यही कारण भी था कि हत्यारों के संकेत पर नाचनेवाली पुलिस उसे छोड़ने के लिए तैयार नहीं हुई।

दसई को छुड़ाने और इस नयी परिस्थिति पर विचार करने के लिए वह गुप्त सभा बुलायी गयी थी। जोधा दुपहरिया छूटने पर उस दिन उसी सभा में गया था। लेकिन नयनसिंह के दलाल देवा पाँड़े के वहाँ पहुँच जाने से सभा नहीं हो पायी। जो लोग वहाँ पहले पहुँच चुके थे वे भी वहाँ से किसी बहाने खिसक गये और अन्य आनेवालों को रास्ते से ही लौटा ले गये।

जोधा घर पहुँचकर अपने सिर के गमछे से मुँह का पसीना पोंछ रहा था कि सोनारी घबरायी हुई दौड़ी आयी और बोली, ठाकुर ने तुरन्त बुलाया है। झूरी काका दौड़े आये थे। कह रहे थे कि भारी पंचाइत बैठी है। बड़के ठाकुर के यहाँ। पुलिस के बड़े-बड़े अफ़सर और घूरपुर के बलवन्त राय भी आये हैं।'

'बलवन्त राय?'

'हाँ बाबू बलवन्त राय। झूरी काका बहुत सँसे हुए थे। कह रहे थे, बुरी हवा बह रही है गाँव पर कोप है डिह का। जो न हो जाय बिटिया आते ही भेज दो जोधा भइया को।' डर के मारे सोनारी की बड़ी-बड़ी कजरारी आँखों की पुतलियाँ थिर हो गयी थीं, हाथ-मुँह धोकर पानी पी लो बाबू छँहाय लो तब जाओ।'

'अब छाँह कहा बेटी।' जोधा अन्दर जाता सोनारी को एकटक देखते हुए अपने ही से बोला। उस मुसहरटी में जलकर लकड़ाई कितनी ही लड़कियों की लाशें याद आ गयीं। क्या औरत थी, तारा! जोधा की आँखों के आगे मुसहरटी का दारुण दृश्य भीत पर खुदे चित्र की तरह खड़ा हुआ था जिसके उस पार पीतल के लोटे में पानी लिये सोनारी खड़ी थी। एकाएक 'का सोच रहे हो, बाबू' सुनकर जोधा का ध्यान टूटा। उसने सोनारी के हाथ से लोटा थाम लिया। मुँह पर छींटे मारकर थोड़ा पानी पी लेने पर उसका सिर और चकराने लगा। वह वहीं दीवार को टेककर कुछ देर बैठा रह गया। जोधा का पेट खाली भी नहीं था। थोड़ी देर पहले वह प्याज और नमक से एक मोटी लिट्टी खाकर घर से निकला था। फिर यह पानी क्यों लग गया। अँतड़ियों में ऐंठन-

सी मालूम होने लगी थी। सोनारी ने दीवार से लगी खटिया बिछा दी और उसे पलभर लेट जाने को कहा। वह वहीं से हाथ के सहारे खटिया की पाटी पकड़कर उस पर लेट गया। थोड़ी देर में तबीयत कुछ ठीक होते ही वह उठ बैठा और सिर पर गमछा रखकर ठकुराने की ओर निकल पड़ा। लेकिन उसके पाँव जैसे किसी दूसरे के हो रहे थे। आगे बढ़ते हुए लटपटा जाते और वह पूरी ताक़त से उन्हें एक के बाद एक उठाकर आगे रखता जाता। पाँच मिनट का यह रास्ता उसके लिए पहाड़ हो गया था। ठाकुर की बखरी के पिछवाड़े पहुँचते-पहुँचते उसका दम फूल गया। उसे लगा जैसे कलेजा मुँह के बाहर निकल आयेगा। वह पेशाब करने के बहाने थोड़ा बग़ल होकर बैठ गया।

झूरी की आँखें कब से उसी रास्ते पर बिछी हुई थीं। वह ठाकुर के दरवाज़े पर खड़े-खड़े जोधा को क़दम-क़दम आगे बढ़ते देख रहा था। उसके पैरों की थाप से निकलनेवाली निःशब्द कराह से तड़प रहा था लेकिन थोड़ी देर के बाद को पार करके दरवाज़े पर सामने आ जाने के खिंचते हुए समय के तनाव से उसे ऐसी राहत मिली जैसे कुएँ में गिरे व्यक्ति के काँटे में यह रक्षक से मिलता है कि वह ईंटों को पकड़कर पानी में खड़ा है। कितना अच्छा होता अगर जोधा का इस समय इन बाघों के मुँह में आना टल गया होता। बाद में जो भी होता देखा जाता। वह इतना तो जानता है कि आख़िर बकरे की माँ कब तक ख़ैर मनायेगी। लेकिन थोड़ा समय मिलने पर कुछ सोचा जाता। कुछ राय-बात होती। बचाव के उपाय निकाले जाते। इस समय तो वह इस जलती हुई आग में झोंक उठा है।

•

ख़ुशहाल ठाकुर

सुमिरन को सब-कुछ ऐसे ही मिल जाता है—चाहे वह ग्राम-समाज की भूँय हो, चाहे बैंक का करजा।

गाँव की हरिजन पट्टी में बिजली लगने की बात उठी तो सुमिरन के दरवाज़े पर पहले ही बल्ब टिमटिमाने लगा। चकरोड कटने का मौक़ा आया तो ठाकुर ने चकबन्दी अफ़सर से कहा कि सुमिरन के दरवाज़े से ही रास्ता जाना चाहिए, वह विकास के सारे कामों में हाथ बँटाता है। हरिजन कल्याण उसी की देहरी से शुरू होता है।

लोगों को अचरज होता है कि वह कौन-सी घुट्टी पिला दी है सुमिरन ने कि जिस काम के लिए लोग एड़ी का पसीना चोटी करते हैं और प्रमुखजी का दिल नहीं पसीजता, वही सुमिरन के लिए चुटकी बजाते हो जाता है। वह कभी चाटुकारी भी नहीं करता सुना या देखा गया। बस कभी-कभार वह ठाकुर की एक नस दबा देता है—वह उनका हमउम्र है। कहते हैं ख़ुशहाल भइया के विरोधी लोग नार-खोर में बिला गये, पर वही एक हैं जो जवार में सूरज की तरह चमक रहे हैं। सारे हरिजन तो जान देने के लिए तैयार हैं भइया के नाम पर।

सुमिरन ने ठाकुर की इस आकांक्षा को ताड़ा ही नहीं है वरन् इसे बढ़ाया भी है—वह उनके दिल में सुलगनेवाली इस आग को हवा देकर धधकाता रहता है। मौक़ा देखकर वह आस-पास के नेताओं के आगे बढ़ने की बात उठाकर उनका ध्यान अपनी ओर खींचता है, फिर यह देखकर कि उसके ठाकुर बालू मुट्ठी में आ गये हैं, कहता मुला भइया-जैसा जस किसी के भाग में कहाँ, अगर लोहा भी छू लें तो वह सोना हो जाय।

लेकिन उधर ठाकुर को सुमिरन की बातें और भी उदास कर देती हैं। सुमिरन को आशा थी कि दूसरी शादी के बाद ठाकुर अपने पहले के रंग में खिल उठेंगे सो हुआ नहीं। नयी बहू भी न जाने क्यों, आये दिन भागती रही हैं।

ठाकुर की पहली बीबी से एकमात्र पुत्र कुमार कलकत्ते में उनके ईंट भट्टे का सारा व्यापार दबाकर बैठ ही नहीं गये, उन्होंने एक बंगाली लड़की से शादी कर ली

है। रुपयों की आवाज़ाही भी बन्द हो गयी है और कुमार एक अरसे से गाँव भी नहीं आये।

ख़ुशहाल सिंह का ग़म पैसों का नहीं है। बनारस में बैंकों में अपरम्पार धन सूद कमा रहा है और वहाँ की कोठी में एक मुनीम ख़ास हिसाब-किताब में लगाये हुए हैं।

गाँव में ही सुमिरन ने झूरी नाम के एक लड़के की शादी के तुरन्त बाद उसकी बीबी किसुनी को परिवारजनों के अभाव में घर के काम-काज में लगा दिया था जो कई और नौकरानियों, मज़दूरिनों के मामले में अन्दर का प्रबन्ध देखती है। झूरी कलकत्ता की एक मिल में काम करता है और छुट्टियों में कभी-कभी घर आता है। बाहर भगेलू की फौज ने खेती-बारी का सारा काम सम्हाल लिया है।

किसुनी अकसर आते-जाते भगेलू से धीरे से कहती...भगेलू भइया, तनी देखा तो खटिया से सट सुमिरन काका जैसे कान में अमृत उँड़ेल रहे हैं। एक तुम हो कि हर समय रहेट्ठा की तरह चरचराते रहते हो।

'क्या करूँ किसुनी, मेरा काम ही ऐसा है। देखती नहीं, इतना न चिल्लाऊँ तो एक काम न हो। वे सवेरे से बिना कुछ खाये-पीये काम में जुटे रहते हैं। दुपहरिया छूटती है तो तुम एक लोटा खाँड़ का रस और एक मुट्ठी दाना दे देती हो।'

तुम कर ही क्या सकती हो, जो सदा से लग आयी है, वही तो चलेगा लेकिन यह जान लो कि गाँव में एक नयी हवा भी चल रही है। किसुनी वहाँ से खिसक लेती है। वह किसी तरह की कहा-सुनी में नहीं पड़ना चाहती। भगेलू मौक़ा पाते ही कहता है बहुत होशियार बनती हो। आने दो इस बार झूरी को तो कहता हूँ तुम्हें साथ ले जाय।

यह तो मैं ही बहुत कहती हूँ, रोती हूँ, कहते हैं किसुनी एक खटिया भर जगह में हमारे साथ बिहार का एक लड़का भी रहता है। बेचारा जब घर जाता है, उसकी बीबी रो-रोकर रास्ता रोकती है। लौटने पर हफ़्तों उदास रहता है।

मैं जाकर मिल में दिन भर खटूँगा और तू बैठी राह ताकेगी। हमारा भी मन काम में नहीं लगेगा—शहर की बात है। वहाँ कब क्या हो जाय कौन जानता है। औरत की जात और वह भी तुम्हारी-जैसी-कुछ और पैसे बना लूँ तो थोड़ा खेत और खरीदकर नौकरी छोड़ दूँगा फिर हम दोनों चैन से रहेंगे। तुझे तो ठाकुर के घर इसलिए लगा दिया है कि मैं जानता हूँ कि तुम्हारे बिना उनका घर चल ही नहीं सकता। छोटी बहू पलँग से नीचे पाँव ही नहीं रखती और मैके जाने के लिए भाई की राह ताकती रहती हैं। सुना वहाँ से आना ही नहीं चाहती। यह तो उनके घरवाले हैं जो बार-बार उन्हें पहुँचा जाते हैं। मालिक भी बड़े मज़े में किसुनी यह कर दे, किसुनी वह कर दे की रट लगाये रहते हैं। अब का-का बताऊँ कभी-कभी तो कहेंगे कि किसुनी तुम खाना

भी बना दिया कर। महाराजिन वैसे ही छी-छी करती रहती है। भला सोचो, लोग सुनेंगे तो क्या कहेंगे।

कहने की बात करती है। तू तो अब बदनाम हो रही है। कहाँ छोटी बहू का अमहट की तरह सूखा चेहरा कहाँ यह चाँद का टुकड़ा। जानती है, गाँव के सारे हुरहुण्डे तुम्हें क्या-क्या कहते हैं। वो तो ख़ुशहाल ठाकुर का ऐसा आतंक है कि किसी का हिआव नहीं होता। पुनवाँसी बनिया की साँझवाली हौली पर...भगेलू एकाएक चुप हो गया। सुमिरन ठाकुर की पाटी छोड़कर उठ खड़ा हुआ था और उन दोनों को देख रहा था। भगेलू चरही में झुककर सानी-पानी करने लगा। बोला बाँच चुका सारा अख़बार-तू भाग जा...और किसुनी झुककर ज़मीन से एक कंकड़ उठाकर फेंकती हुई बखरी की ओर चली जाती है।

कलकत्ते में उनके ईंट-भट्टे हैं जिनसे उन्होंने अकूत धन कमाया है। ख़ुशहाल सिंह का जवार के भारी काश्तकार और रोजगारी हैं। शान्त और गम्भीर होने के साथ गाँव-गिराँव ही नहीं, सरकारी अहलकारों में भी उनकी बड़ी क़दर है। कोई अफ़सर आया तो बैठकी उन्हीं के यहाँ लगती है।

ग्राम पंचायत आयी उनके आगे कोई परचा ही नहीं भरता। उन्हीं की देख-रेख में सब-कुछ चलता है और सुमिरन और धनीराम-जैसे कुछ लोग जो राय देते हैं, उन्हीं के अनुसार काम-धाम होता है। कौन चिरई किस डाल पर बैठ रही है तथा पुनवाँसी बनिया की नहरवाली दुकान पर कितनी पन्नी की रोज़ ख़पत है और मटरू से लेकर बभनौटी का कौन-सा लड़का कितना गटक रहा है उन्हें रोज़ मालूम हो जाता है। ठकुरानेवाली गली में चार ऐसे लड़के हैं जो सूरज डूबने का इन्तज़ार करते हैं। दस बजे रात तक नहरवाली दुकान में उधारी की पीना और पुनवाँसी का कर्ज़ा बढ़ाना उनका एकमात्र काम है। वे ख़ुशहाल बाबू की बात वहाँ नहीं करते लेकिन दूसरे लोग अब उनकी चर्चा करने लगे हैं। अचम्भे की बात तो यह है कि किसुनी की चर्चा कोई नहीं करता। वैसे सब उसे अपनी दिलोजान के पास इस तरह रखते हैं कि वे सब समझते हैं वह इतनी हँसमुख सिर्फ़ उन्हीं के साथ है। सबसे हँसी...सबसे चिबोला लेकिन अलग-अलग। ख़ुशहाल बाबू को तो लोग बूढ़ा मानने लगे हैं। एक नयी नवेली को ब्याहकर लाये भी तो उसे बखरी की चीज़, वस्तु बना दिया है उससे भागते रहते हैं। पाँच बरस तो बीत ही गये, बेचारी की कोख जैसी-की-तैसी उजाड़ परती की तरह पड़ी हुई है।

ललुआ कहता है इसमें वैद्य डाक्टर क्या करेगा। मधुरी काका बुढ़ाय गये लेकिन मेहरारू को नहीं समझा, मधुरी मन मसोसकर रह जाता है। बतिया तो लालू ठीक ही कहता है मुला कुछ बोलते नहीं। बाद में उसे समझाते हैं, लालू बहुत बढ़ो नहीं। इस

तरह भूँकोगे तो बात हवा में उड़कर जाने कहाँ-से-कहाँ जायगी। जानते हो ठाकुर के न जाने कितने बेतार के तार कहाँ-कहाँ जुड़े हैं।

लालू ने कहा, जाय देव मधुरी भइया अब ऊ जमाना लद गया। कभी नहरिया पर साँझ को चले जाओ और सुनो पुरान...पता चल जायगा कि लोग क्या-क्या, कैसे-कैसे कह रहे हैं। लेखपलवा का लड़का कह रहा था कि भूमि-वितरण होनेवाला है। उसके बाप को काग़ज़ बनाने के लिए बुलाया जा रहा है। साले ने गाँव भर की ज़मीन पर कब्ज़ा कर रखा है। अब वह दिन दूर नहीं, जब बच्चू ज़मीन पर आ जायँगे। कुंवर बाबू अब गाँव आनेवाले नहीं। कलकत्ता के बिज़नेस-व्यापार को पहले से भी उन्होंने ज़्यादा बढ़ा लिया है और एक बंगाली मेम से बियाह भी कर लिया है। किसुनी को तो सब मालूम है। उसका मर्द कुमार से मिलता भी रहता है। कुमार भी उस पर बार-बार ज़ोर डाल रहा है कि मेरे पास आ जाओ। मिलवालों से ज़्यादा पैसा और रहने के लिए अच्छा घर देंगे। किसुनी को भी बुला लो अजन्ता के साथ रहेगी, अब हम लोगों को देश नहीं जाना है। जब पिता जी ने दूसरी शादी कर ली तो कोई-न-कोई सन्तान तो आयेगी ही।

मधुरी का माथा ठनका। अच्छा, तो झूरी वहाँ कुमार बाबू से मिल रहा है। इस छोकरे से किसुनी की कहीं-न-कहीं गाँठ बैठ रही है और जो कुछ यह कह रहा है वह सच ही होगा। कुमार बाबू ठाकुर के दूसरी शादी के बाद गाँव आये ही नहीं। झूरी का उनसे मिलना-जुलना हो रहा है...यह तो ख़तरे की बात है। ठाकुर भी पूरे लाव-लश्कर के साथ बनारसवाले अपने घर में टिके हैं और सुना जा रहा है बहू को बड़े-बड़े डाक्टर देख रहे हैं। भगवान् जाने क्या बात है लेकिन सुना है कि अब तक कई डाक्टर देख चुके हैं। किसुनी तो कुछ बतायेगी ही नहीं। सुमिरन भइया ही अकेले आदमी हैं जो उसे ठीक से पहचानते हैं...बड़ी चाईं है। मेहरारू का हर छलछन्द वह जानती है। भला, अकेली रहकर कोई दूसरी-ऐसी औरत इस गाँव में ख़ुशी-ख़ुशी जी सकती है।

छोटी रहती ही कहाँ है! बखरी में आये दिन सुनायी पड़ जाता है, भाई आया है, दो दिन के लिए माँ को देखने जा रही है और बड़े सबेरे उनकी पालकी उठ जाती है। फिर क्या है, हलवाहों, चरवाहों और बनिहारों की पूरी फौज छोटकी बखरी में किसुनी-किसुनी करती उसके पीछे लगी रहती। किसी को गुड़ चाहिए तो किसी को सरबत, किसी को अनाज—सब उसी के मर्ज़ी पर चलता है।

सुमिरन तो कहते हैं कि चुपचाप ठाकुर के पास बैठकर सारा तमाशा देखता रहता हूँ। एक बात भी ठाकुर के पास नहीं पहुँचती। यदि आयी भी तो उनका मुँह बिगड़ जाता है। जाओ, उधर किसुनी तो है, पूछो उससे।

ठाकुर की दो बखरियाँ हैं। उनका नाम छोटकी बखरी और बड़की बखरी है। जबकि बड़की बखरी छह-सात कमरों की है और बड़े ढंग से बाहर के कारीगरों ने उसे बनाया और सजाया है। भीतर तो लोग बताते हैं पूरा शीशमहल है।

छोटकी बखरी विशाल है। उसमें बीसों कमरे हैं। बड़े-बड़े बखार हैं। भूसा-दाना, खरी-चूनी, ओखरी, जाँता और बहुत-सारा कबाड़ धरा पड़ा है। लेकिन उसका एक हिस्सा करीने से तोड़कर रसोई के रूप में बदल दिया गया है जो बड़की बखरी का हिस्सा मालूम होता है भीतर-ही-भीतर। आना-जाना होता है और इन सब पर किसुनी का एकछत्र राज है।

छोटी बहू के जाते ही भीतर का बड़ा दरवाज़ा खुल जाता। गाँववाले बड़े चैन और विश्वास से कहते हैं कि किसुनी बेचारी उस भूतखाने में पड़ी रहती है। लालू कहता है कि उस भुतही बखरी में बड़ी बहू की काली छाया रात में लालटेन हाथ में लेकर टहलती है। चमगादड़ों का तो इसमें बहुत बड़ा अड्डा है।

बाहरवाले जिस हिस्से में वह रहती है उसी के आगेवाले बरामदे में कई बनिहार और पहरेदार सोते हैं। बड़ी-बड़ी खिड़कियाँ लगी हैं। उसे डर क्यों लगेगा। दालान को भीतर से बन्द कर लेती होगी।

जबकि छोटी बहू के न रहने पर किसुनी का स्थान हो जाता है छोटी बहू का कमरा। स्नान उन्हीं के हम्माम में होता और उनका ड्रेस और सिंगार-कक्ष भी किसुनी के लिए एकदम खुले रहते। यह हिदायत थी ठाकुर की। एक बार ऐसा हुआ कि बाथ-टब में घुसते ही ठाकुर वहाँ आ पहुँचा। दरवाज़ा बन्द करना वह भूल गयी थी। संकोच पहले से ही कम हो चुका था इसलिए वह चौंकी नहीं। लेकिन वह सारे कपड़े पहने बाथ-टब में नहा रही थी। ठाकुर ने गम्भीर होकर कहा, 'इसमें कपड़े पहनकर नहीं नहाया जाता। मेरे सामने बाथ-टब से निकलो और कपड़े उतारो! तुमने छोटी बहू को नहाते कभी देखा नहीं क्या? नहानघर का दरवाज़ा बन्द कर लेना चाहिए।' वे चुपचाप बाहर चले गये।

किसुनी ठाकुर की इस हिरिस की आदी हो गयी थी। जिसके हज़ारों रूप वह निकालता और उसमें लिप्त हो जाता।

पहले किसुनी को दारुण दुःख होता था और झूरी की बड़े रूपों में याद आ जाती थी...आज सुहाग की रात चन्दा तुम उइहो, सुरुज जिन उइहो। वह झूरी की आज भी वैसी ही बनी हुई है।

मज़ेदार बात तो यह थी कि झूरी की छुट्टियों के बीच जब छोटी बहू नहीं होती थी तो ठाकुर झूरी को बुलाकर कहता, बड़ा सूना हो जाता है, छोटकी बखरी की ओर।

झूरी तुम भी किसुनी के साथ यहीं सोया करो। उन दिनों किसुनी का आना-जाना बाहर-बाहर से होता और भीतर के दरवाज़े में ताला लगा होता।

इस समय तो दोनों बखरियाँ बन्द हैं और सुमिरन महतो के ऊपर सारी जिम्मेवारियाँ हैं। किसुनी के बहू के साथ-साथ जाने के कारण यहाँ लोगों को बहुत खल रहा है। जैसे रोशनी ही बखरी से गायब हो गयी है। कोई चुहल नहीं, हँसी-मज़ाक नहीं, बस काम से काम। सुमिरन से तो वैसे ही सारे नौकर-चाकर और हलवाहे भीतर-ही-भीतर जलते हैं। उनका नाम 'लूस' रख दिया है। वे लोग कहते हैं बेचारे को कैसे पानी पचता होगा बिना ठाकुर के।

उधर बनारस में अनेक स्त्री रोग विशेषज्ञ डाक्टरों से परीक्षण कराये जा रहे हैं। लेकिन सब जगह से एक ही जवाब बच्चा धारण ही नहीं कर सकतीं। पूर्ण रूप से बन्ध्या हैं, छोटी बहू। लेकिन उसी दौड़-धूप में दायें-बायें होकर किसुनी की भी जाँच हुई। क्यों यह कोई नहीं जानता। और सहसा ठाकुर का मन और भी उचाट और बेचैन हो गया। लोगों को लगा कि छोटी बहू के कारण ऐसा हुआ है। ड्राइवर तो गाँव पहुँचते ही सारे लोगों के कान में फुसफुसा आया कि छोटी बहू ठाँठ हैं। उन्हें बच्चा तो हो ही नहीं सकता। यही चिन्ता ठाकुर को खोये जा रही है लेकिन भला यह किसुनी क्यों रह-रहकर रो पड़ती है। इसे छोटी बहू से इतना प्रेम कब से हो गया।

इसी सोच-विचार के साथ उदासी और निराशा में डूबा हुआ ठाकुर का काफ़िला वापस गया और साथ ही यह अफवाह उड़ते देर नहीं लगी कि ठाकुर तो बेमौत मारा गया। लोगों को आशा यह थी कि अगर एक सन्तान भी हो जायगी तो गाँव का कारोबार छोटी बहू सम्हाल लेगी। यह तो सारा खेल ही चौपट हो गया। लेकिन अचरज की बात तो यह थी कि छोटी बहू बहुत निराश नहीं थीं। ठाकुर के साथ पहले से ज़्यादा लगी रहती थीं। किसुनी की तबीयत ज़रूर ख़राब हो गयी थी। उसे बुखार रहने लगा था वह अपने झोपड़ीनुमा घर में गयी तो वहीं पड़ रही। शादी के बाद यह पहली बार हो रहा था। वह बात अलग है कि झूरी के रहने पर बखरी से घर आ जाया करती थी लेकिन बड़े सबेरे फिर वह अपने काम पर पहुँच जाती थी। आख़िर बनारस से लौटते ही क्या हो गया कि इस तरह बुखार में होने पर भी वह बखरी में नहीं रुक रही है। वहाँ रहती तो कुछ दवा-दारू होती।

लालू की मण्डली के अनुसार रात-रात भर उस भूतखाने-जैसी बखरी में बेचारी अकेली पड़ी रहती थी। उसमें तो बड़ी मालकिन की आत्मा चुड़इन बनकर घूमती है। गाँववालों ने ओझा को बुला लिया। उसने आग में मिर्चे की बुकनी डालकर किसुनी को तब तक सुँघाया ज़ब तक वह बकने-झकने नहीं लगी। बोल-बोल कहते हुए उसने

बाँस की छरकी से कई बार उसकी पीठ पर वार किया। किसुनी चिग्घाड़ मारकर बेहोश हो गयी। गाँव के कई लोग वहाँ से उठकर चले गये। ओझा चिल्लता रहा। बोल-बोल, कौन है तू... हिराऊ यह सब सह नहीं पायी और ओझा को गाली देने लगी ससुरा, पापी, इसका मांस गल जायगा। मेरी फूल-जैसी गोपी को इसने बाँस के छरके से मारा है। यह ओझा नहीं राक्षस है राक्षस।

गाँव भर में छोटे-बड़े, नीच-ऊँच सभी घरों में बच्चे पैदा कराना और उनकी तीमारदारी करना ही हिराऊ का काम है। किसुनी को न जाने किस भाव से वह सदा गोपी कहती है। वह रोती-कराहती गोपी को गोद में लेकर उसके आँसू पोंछने लगी। लेकिन सहसा उसे अँकवार में लेते और छाती से लगाते ही हिराऊ सन्नाटे में आ गयी। उसने गोपी का चेहरा अपनी हाथों में लेकर पूछा, क्यों, तेरे पेट में तो बच्चा है?

'हाँ, काकी' यह कहकर किसुनी फूट-फूटकर रोने लगी। हिराऊ उठ गयी। बिना कुछ बोले चुपचाप कुछ सोचती हुई अपने घर की ओर चल पड़ी। संयोग से रास्ते में मधुरी दिखे, उसने उन्हें अलग बुलाकर झूरी को जैसे भी हो जल्द गाँव बुलाने को कहा—किसुनी बच्चे से है। अभी हल्ला मत करो, बस चुपचाप उसे बुला लो!

उधर ठाकुर भी कम बेहाल नहीं था। उसने अपने बनिहारों के मेठ भगेलू को किसुनी के पास भेजा कि वह उसकी बहुत मुँह लगी थी और दोनों की मिली-जुली लगन से घर-बाहर दोनों सम्हलता था। लेकिन उसे यह कहकर किसुनी ने मना कर दिया कि जी अच्छा नहीं है, खाँसी-बुखार से छुटकारा मिले तो बखरी में आऊँ।

•

हल लिये मजूर

सितई साव अचरज में पड़ गया, निहोर, रफ़ीक और फुनई उस समय एक-दूसरे का मुँह ताकने लगे जब झींगुर ने खइनी के पाँच पैसे साव के हाथ में थमाते हुए कहा कि, "साव, तैयार रहो! अबकी चुनाव में बड़की बखरवालों से पंचायत को छुड़ाना पड़ेगा।"

साव हँसोड़ होने के साथ गाँव का मशहूर जोकर है। लोग उसे आदमी कहाँ मानते हैं, इसलिए जो कुछ मुँह में आता है, वह कह डालता है। उसकी बात का कोई बुरा भी नहीं मानता। बोला, "यह हम का सुन रहे हैं झिंगुरी, कानों को बिस्सास नहीं होता।"

"बिस्सास करो सितई साव। मेरी आँख खुल चुकी है। फ़र्ज़ी भूमिहीन बनकर निहोर की ज़मीन लेना मेरे कलेजे में कील की तरह सालता है। पाँच सौ रुपये न गिने होते तो..."

"लोग ठीक ही कहते थे कि ठाकुर अपने बाप को भी छोड़नेवाला नहीं। झिंगुरी किस खेत की मूली है।" क्षणभर को सितई रुका, तभी हलका-सा खाँसकर रफ़ीक ने फुनई की तरफ़ देखा, लेकिन कोई कुछ बोला नहीं।

झिंगुरी कुर्ते की जेब से चुटकी भर खइनी निकालकर गदोड़ी पर मलने लगा। निहोर कुछ और झुककर बैठ गया।

बहुत दिनों से झिगुरी ऐसे ही मौक़े की तलाश में था कि यह बात वह किस तरह इन चारों तक पहुँचाये।

इधर गाँव में दूसरे की कही हुई बात पर बिस्सास ख़तम होता जा रहा है। हर आदमी दूसरे को शक की नज़र से देखता है। हर के अपने अलग स्वार्थ हैं और वह उसे पूरा करने के लिए दूसरे की गरदन नाप देने में ज़रा भी संकोच नहीं करता। किसी को छप्पर के लिए बाँस की ज़रूरत है, कोई तालाब में सिंघाड़ा लगाना चाहता है, कोई किसी का खेत दबाये है—छोड़ना नहीं चाहता किसी के लड़के की फीस माफ़ होनी है इत्यादि, इतने तरह के काम हैं और हर काम के लिए प्रमुख की सहायता

की ज़रूरत है। कहने को सब स्वतन्त्र हैं लेकिन आर्थिक हालत ने लोगों को और भी चापलूस और लिजलिजा, बिना पेंदी का लोटा बना दिया है।

फुनई और रफ़ीक को किसी से कुछ लेना-देना नहीं। दो-दो बीघे काश्त और लड़के-बच्चे नदारद। थोड़ी देर घर-गृहस्थी, फिर दिनभर गाँव की राजनीति। जब देखो दोनों साथ ही दिखते हैं। इसमें मारा गया बेचारा निहोर। साल-दो-साल से उसको भी गाँव की राजनीति में स्वाद आने लगा था और वह भी इन दोनों के साथ लग गया था।

झिंगुरी ने निहोर से कई बार बात-बात में इशारा किया। बताया कि "तुम प्रमुख की निगाह पर चढ़ रहे हो। यह ठीक नहीं है। वे दोनों तो बहेल्ला हैं, न ऊधो की लेनी, न माधो की देनी। तुम तो लड़के-बच्चेवाले आदमी हो और अपनी धूर भर ज़मीन भी तुम्हारे पास नहीं है। जो घर के आगे चार बिस्सा बोते-जोतते हो, वह गाम-समाज की ज़मीन है। कानून बहुत ख़राब है। प्रमुख जब चाहेंगे, ज़मीन की ज़मीन जायगी, ऊपर से जेहल का दरवाज़ा भी देखना पड़ेगा।"

लेकिन निहोर पर नशा गहरा चढ़ गया था। उसने झिंगुरी की बात को एक कान से सुना और दूसरे से निकाल दिया था।

रफ़ीक और फुनई उसे सदा यही समझाते थे कि "ग्राम समाज की ज़मीन प्रमुख के बाप की थोड़े ही है। यह तो सरकारी ज़मीन है। सरकार तुम-जैसे भूमिहीन हरिजनों को तो ज़मीन दे रही है। ऐसी हालत में इस ज़मीन को तुमसे कौन छीन सकता है। ऊपर से इसी ज़मीन के कारण तुम प्रमुख के यहाँ हलवाही करते हो। नयना कि तुम्हें मजूरी मिलती है, मगर मजूरी तो सारे हलवाहों को मिलती है, ऊपर से एक बिगहा खेत और अकाज-सुकाज के लिए रुपया-पैसा भी मिलता है। तुमको क्या मिला है।"

रफ़ीक तो यहाँ तक कहता कि "प्रमुख की हलवाही छोड़ दो। गाँव में काम की कमी थोड़े ही है। अगर ऐसे ही जाँगर उठाना है तो जहाँ भी रहोगे अढ़ाई सेर मिल ही जायगा।"

निहोर इन्हीं बातों में आकर हलवाही छोड़ बैठा था और इधर-उधर सभा-सोसाइटी में आने-जाने लगा था। जब वह ग़रीबी हटाने और भूमिहीन हरिजनों को ज़मीन दिये जाने की बातें सुनता तो उसका रोआँ-रोआँ भभर उठता। इन्दिरा गाँधी को वह किसी भवानी अथवा देवी के रूप में देखने लगता, जिसके अनेक हाथ होते और हर हाथ में तलवार होती। उसके पैरों के नीचे दबी कितनी ही लाशों में एक लाश प्रमुख की भी होती, जिसके मुँह से ख़ून का फौब्बारा छूट रहा होता। लेकिन इधर एक अरसे से अकसर सिर्फ़ उस डुगडुगी की आवाज़ सुनायी पड़ती जो ग्राम-समाज की भूमि के आबण्टन के लिए, एक दिन भोर ही में ठाकुर के दरवाज़े पर बज उठी थी

और सारा गाँव पल भर में सिमट आया था। परगना हाकिम चुपचाप कुर्सी पर बैठे और बिना किसी बातचीत के लेखपाल ने एक लिस्ट पढ़कर लोगों को सुना दी थी। कहते हैं कि कुल पचास हज़ार की उगाही हुई थी और ज़मीन उसी हरिजन को दी गयी थी जो कुछ खर्च करने लायक था। निहोर तो कानून के नशे में था और रफ़ीक और फुनई बहस के लिए पूरी तरह तैयार होकर आये थे पर वहाँ किसी की दाल गलने की तो बात दूर रही, हँड़िया ही चूल्हे पर न चढ़ी। निहोर की ज़मीन झिंगुरी हरिजन के नाम चढ़ गयी थी। दूसरे ही दिन झिंगुरी ने निहोर का चबूतरा और नाद खोदकर फेंक दी थी और खेत में हल चलाकर कब्ज़ा कर लिया था। ग़रीबी हटाने और ग़रीबी को भूमि देने का अर्थ निहोर की समझ में कुछ-कुछ आ गया था लेकिन फुनई और रफ़ीक के कथनानुसार वह तानाशाही और प्रमुख की धाँधली के खिलाफ लड़ाई में जुट गया था।

वह दिन और आज का दिन—निहोर ने झिंगुरी की ओर आँख उठाकर भी कभी नहीं देखा था इसलिए आज प्रमुख के ख़िलाफ़ झिंगुरी की बातों पर सहसा उसे विश्वास नहीं हो पा रहा था। कुछ देर बाद जब उसने सिर उठाकर ऊपर देखा तो वह खइनी मलता हुआ चला जा रहा था और रफ़ीक ही-ही करके हँसने लगा था, “गद्दार कहीं का, साला, बात बना रहा है। ज़रूर कोई बात है इसके पीछे। कहीं ऐसा तो नहीं कि जब सरकार ने जाँच बैठा दी हो कि जिसके पास ज़मीन थी उसे ज़मीन क्यों दी गयी। हम लोगों ने जो अर्ज़ी प्रमुख के ख़िलाफ़ दी थी, उसमें यह भी तो लिखा था, क्यों भाई फुनई!”

“क्या अर्ज़ी की बात करते हो रफ़ीक। जले पर नमक छिड़कते हो। देख लिया इस मिली-जुली को। जैसे नागनाथ, वैसे ही साँपनाथ।” फुनई एकाएक भड़क उठा।

सितई साव ने तुरन्त जवाब लगाया, “तुमको सहूर नहीं होगा फुनई। समझदारी सहूर से ही आती है। तुम अब इस सरकार को इतना गिराये दे रहे हो। कहो, रात-दिन नीद हराम हो गयी थी। सोना-चाँदी, धन-दौलत छिपाते-छिपाते लोग हलकान हो गये थे। कहीं तो कोई न्याव होता। मेरा तो गिरो रखा सोना-चाँदी और बरतन-भाँड़ा उठा ले गये, ऊपर से टैक्स और जुरमाना। वह कोई राज थोड़े ही था, लूट-थी-लूट। अब देखो न, कोई बोलनेवाला नहीं रहा। सब कमायँ, सब खायँ। बस ज़रा चोरी-डाका न पड़े तो यह राज मानो रामराज ही है।”

“क्यों नहीं रामराज होगा सितई साव! लूट के लिए जिस राज में छूट मिल जाय, वह तुम्हारे जैसों के लिए रामराज ही है।” फुनई ने चिढ़कर जवाब दिया।

साव भी एक नम्बर का आदमी है। कहने लगा, “जनतन्त्र के माने आख़िर होता क्या है। तुम भी कमाओ। कमाई पर ही जब रोक लगेगी तो जनतन्त्र कैसा!”

रफ़ीक को ग़ुस्सा आ रहा था, "तुम दोनों बेवकूफ़ हो। एक तीरघाट तो दूसरा मीरघाट। भाई बीच का रास्ता खोजो। कोई बहुत अमीर भी न बने, लेकिन कोई भूखा भी न रहे। गाँधीजी को क्यों भूलते हो। वह नीचे से उदय चाहते थे। ऊपर तो उदय हो ही रहा है।"

फुनई ने ऊबकर कहा, "यार आँख में सदेहै अँगुली न डालो। अपने चारों ओर देखो, समझो। इससे भी लच्छेदार बतकही इन्दिराजी की थी फिर 'जनता' की बस उसी तरह बातन गढ़ लंका तोड़ रही है। बताओ तो ज़रा क्या बदला इतने दिन में। कहाँ गयीं वे भूमि सुधार और जोत की हदबन्दी की बातें। साव की बात सुनी रहे हो। ठाकुर की भी पौ बारह है। हर कमेटी में नाम सबसे ऊपर है। खाद, ट्रैक्टर, कुआँ, कर्ज़—जहाँ भी देखो वह बैठा है। लड़का जीप पर युवा कांग्रेस से युवा जनता बना घूमने लगा है। दूसरी आज़ादी... जनता का राज... कुछ नहीं, यह सब धोखा-धड़ी है। ग़रीब जनता को मूर्ख बनाकर वोट उगाहने की नीति है। बइठे तो हैं, यह...!" फुनई ने निहोर के सिर पर हाथ रख दिया। प्रमुख के यहाँ हलवाही क्या छोड़ी, एक टुकड़ा पुश्तैनी भूँय भी हाथ से निकल गयी और आज यह दिन है कि गाँव में कोई आदमी अपने यहाँ काम पर लगाने के लिए तैयार नहीं। कौन मोल ले दुश्मनी प्रमुख से।"

सितई साव फिर बोल उठा, "फुनई तुम्हारी बात में हिंसावाद है। मिली-जुली सरकार परेम के रास्ते से चलना चाहती है। लोगों का दिल ही बदल देना चाहती है। गाँधी महात्मा और चाहते क्या थे? अब यही देखो झिंगुरी को। कोई माने चाहे न माने मुदा मैं कह सकता हूँ कि उसके दिल पर नये विचार का असर है। उसे अपनी करनी पर दुःख हुआ है।"

"तुम तो महाजन, हमारी नयी सोच का कबाड़ा कर दोगे। अगर तुम्हारे ही जैसे साथी इस सरकार को मिलें हैं तो इसका बेड़ा भगवान् ही पार लगायेंगे।"

"बेड़ा पार लगे या न लगे, इससे ग़रीब जनता का कुछ बननेवाला नहीं है। इस बदलाव के नतीज़े को देखकर तो मुझे लगने लगा है कि ससुरी यह लोकशाही ही ऐसी है। कहो, कितना ख़ून-पसीना एक करके बीस बरस का कांग्रेसी जुआ कन्धों से उतारा गया लेकिन फिर जस-का-तस। पैसेवालों की, ज़मीनवालों की गोटी लाल। उनकी तानाशाही जहाँ-की-तहाँ।"

रफ़ीक कुछ कहने ही जा रहा था कि निहोर एकाएक उठ खड़ा हुआ और बिना कुछ बोले हाथ में पोटली लिये, तेज़ी से बाहर निकल गया।

सितई कहने लगा, "तुम लोगों की बातों में बेचारा भूल ही गया था कि घर में दो दिन से उपवास हो रहा है। जोन्हरी का एक किलो आटा लेकर बैठा रह गया।"

कुवार की चिलचिलाती धूप, बुखार और उपवास—निहोर का शरीर सूखे पत्ते की तरह उड़ रहा था। कोली में पहुँचते ही उसके पैरों में जैसे पत्थर बँध गये हों। उसकी आँखों के सामने धुप अँधेरा छा गया। वह दीवार के सहारे एक पल को ठिठका लेकिन आँख खुलते ही फिर वह तेज़ी से आगे बढ़ा—बच्चे बिना कुछ खाये छटपटा रहे होंगे।

मक्का कट गया था और बीच-बीच में सनई के फूलों से लदे खेत चुपचाप खड़े थे। सिवान की दूसरी ओर चमरौटी में उसका पहला ही घर था। दूर से उसने देखा, उसे लगा, जैसे उसका घर झाड़झंखाड़ से घिर गया है, फिर सहसा अभी थोड़ी देर पहले आँखों पर छाये अँधेरे का ध्यान कर वह जल्दी-जल्दी आगे बढ़ता गया। नज़दीक आने पर उसने सचमुच ही अपने दरवाज़े के ठीक दो क़दम आगे से कँटीली झंखाड़ का टट्टर बँधते देखा। झिंगुरी अपने दो आदमियों के साथ बाँस के टुकड़े गाड़कर झाड़ बाँधता जा रहा था। पल भर को जैसे वह किसी अथाह जल-भँवर में पड़कर उभ-चुभ हो गया हो। धरती पर पाँव जमाकर उसने अपने को सम्हाला और सोचने की कोशिश करने लगा—क्या वह वही झिंगुरी है जो अभी दो घण्टे पहले साव की दुकान पर मिला था। क्या मतलब था इसका, उस समय। इसने मेरी रोज़ी छीनी, अब मेरा निकलना-बैठना भी बन्द करना चाहता है। उसके मन में आया कि वह टूट पड़े उसके ऊपर और दाँतों से नोचकर उसे कच्चा ही चबा जाय लेकिन शरीर ने उसका साथ नहीं दिया और वह वहीं-का-वहीं थसमसाकर बैठ गया।

झिंगुरी उसे दूर से ही ताड़ रहा था इसलिए निहोर के ज़मीन पर गिरते ही लपककर उसके पास पहुँच गया, "क्या हो गया निहोर भइया!" वह उसे गोद में उठाकर उसके घर ले गया। लोटे में पानी लेकर उसके मुँह पर छिड़का। निहोर ने आँखें खोलीं लेकिन झिंगुरी को देखते ही उनमें चिंनगियाँ फूटने लगीं।

झिंगुरी उसके मन का भाव ताड़ गया। कहने लगा, "मुझ पर झूठे ही नाराज़ होते हो निहोर। मैं तो ख़ुद ही फँस गया हूँ। पाँच सौ गिना लिये हैं प्रधान ने। अब अगर खेत की देखभाल न करूँ तो कहाँ से डाँड़ भरूँगा। तुम्हारे लड़के-बच्चे आधा खेत तो चहिल देते हैं।"

"चले जाओ यहाँ से।" निहोर एकाएक चीख उठा।

"कहते हो तो चला जाता हूँ मुल भाय-बिरादर हो इसलिए एक बात कह जाता हूँ। हमारा पाँच सौ जो लगा है, लौटा दो तो हम खेत तुम्हें छोड़ देंगे, बैठते तो हो सितई साव के पास। झींगुर और फुनई भी तुम्हारे यार हैं। क्या पाँच सौ का इन्तजाम नहीं कर सकते! मैं खेत न छोड़ दूँ तो असल अपने बाप का नहीं। कहके देख लो उन लोगों से जो कोई तुम्हारा साथ दे।"

"सो तो ठीक कहते हो भइया।" निहोर की आँखों से आँसू बहने लगे, "आज सुबह से ही सहुआ से दो-चार पसेरी जोन्हरी की अरदास कर रहा था लेकिन टस-से-मस नहीं हुआ। अन्त में यही एक किलो मकई का आटा दिया है। देख लिया है मैंने सब को।"

"फिर काहे का संकोच है, जाओ उसी मालिक के पास। यह लल्लू-बुद्धू का लड़िहै उनसे। चाहे कंगरेस हो, चाहे जनता, चाहे समाजवादी, जो भी इस गाँव में आयेगा, पहले उन्हीं का दरबार करेगा। उन्हीं की राय पर गाँव चलेगा। हलवाही न छोड़ा होता तो भला यह ज़मीन निकलती। भूमिहीन तुम थे या मैं? लेकिन सारा कानून तो उन्हीं के हाथ में है। ज़मीन की ज़मीन बनी रहती, पाँच सेर रोज़ घर में आता। लड़के-बच्चे काम में लगे रहते। अब भी सब ठीक हो सकता है मुदा समय न गँवाओ।"

"आज ही जाऊँगा भइया, पगड़ी उतारकर पाँव पर रख दूँगा। और नहीं तो पाँच सेर अन्न तो रोज़ घर में आयेगा। लड़के-बच्चे तो भूखे नहीं मरेंगे। निहोर उठकर बैठ गया। जैसे इस नये निश्चय ने उसे जीने की राह दिखा दी हो।

गड़ा हुआ धन

राह चलते-चलते बहुत दूर निकल आये थे और अब नदी के किनारेवाले खँडहर की टूटी-फूटी दीवारें सामने दिखायी पड़ने लगी थीं। पहले वे सोचते थे कि यह दूरी बहुत कम है और वे शायद गड़े हुए धन का पता लगाकर चुपके से लौट आयेंगे लेकिन यह तो रात होने को आ गयी थी और वे खँडहर में इधर-उधर पूरी तरह घूमने में डर रहे थे। मनोहर, जिसने गड़े हुए धन की खोज का यह कार्यक्रम बनाया था, विनोद से बोला, "यह ज़रूर किसी राजा-महाराजा की कोठी रही होगी। यहीं कहीं, हो सकता है, हमारे इस पाँव के नीच ही घड़ा गड़ा हो।"

मनोहर धीरे-धीरे चढ़ते आते अँधेरे के भार से दब रहा था, इसलिए जहाँ घड़े के लिए एड़ियों द्वारा ज़मीन पर धमक से सही स्थान खोजने की लगातार कोशिश कर रहा था, वहीं उसे अपनी माँ से डाँटें खाने का डर भी सता रहा था। उसने कभी सुन रखा था कि ऐसे गड़े हुए धनों की रक्षा भूत-प्रेत करते हैं, इसलिए वह विनोद से बोला, "चलो, आज लौट चलें, कल ज़रा सवेरे ही आयेंगे।"

पर विनोद आगे-पीछे सोचनेवाला लड़का नहीं था। जब जो करता, उसी का हो जाता कहने लगा, "जब आ गये हैं तो कुछ करना चाहिए। रात में ही ज़मीन खोदी जा सकती है। दिन में तो सब लोग देख लेंगे। फिर तो ठाकुर के आदमी मिला-मिलाया धन छीन ले जायँगे।" विनोद ने आगे बढ़कर एक टूटी दीवार से नीचे झाँका। नदी के कगार के नीचे एक जलता हुआ चिराग़ देखकर कहने लगा, "चलो, वहीं से खोदने के लिए कुछ लायें।"

मनोहर को अच्छा लगा। वह किसी तरह इस खँडहर से बाहर निकलना चाहता था। उसने आगे बढ़कर विनोद का समर्थन किया और फिर दोनों धीरे-धीरे नदी के कगार से नीचे उतरने लगे। अँधेरा अब बहुत बढ़ गया था और हाथ को हाथ नहीं सूझता था। मनोहर कुछ कमज़ोर था इसलिए कई बार लुढ़ककर गिर पड़ता था। लेकिन विनोद तेज़ी से दौड़ता हुआ नीचे उतर गया। चिराग़ के पास पहुँचने पर उन्होंने देखा कि एक बुढ़िया एक मिट्टी के चूल्हे पर टीन के बरतन में कुछ पका रही थी। विनोद ने आगे बढ़कर पूछा, "क्या यहीं रहती हो, बूढ़ी माँ?"

“हाँ, बेटे!”

“और तुम्हारे बच्चे?”

“वे गड़े हुए धन की खोज में गये हैं!”

“अच्छा!” विनोद के मुँह से सहसा निकला और वह मनोहर को भीतर-ही-भीतर खोदने लगा। उसे लगा, इसके लड़के उसी पुरानी कोठी में गये होंगे।

मनोहर बोला, “क्या वे रोज़ जाते हैं?”

“हाँ, रोज़, बिना नागा। धूप, बरसात, जहाँ कुछ भी उन्हें रोक नहीं सकता।

“और अब तक उन्हें खज़ाना नहीं मिला?”

“उसी के लिए तो जाते हैं, बेटा।”

मनोहर फिर बोला, “लेकिन ठाकुर को तो वह एक ही दिन में मिल गया था।”

“यह तो अपनी-अपनी किस्मत है, बेटा। लेकिन पूरी बात तो बताओ!”

मनोहर बोलने लगा, “वह जो परानपुर है न! नाम तो सुना होगा तुमने और जंगी सिंह को जानती भी होगी!”

“क्यों नहीं, क्यों नहीं! अरे, पाँच-पाँच सेर मछली मैं ही तो उन्हें दे आती हूँ।”

मनोहर ने कहा, “सुना है, उनके बाप को घर की नींव खुदवाते हुए अशर्फ़ियों से भरा घड़ा मिल गया था। तभी से वे रईस हो गये।”

“लेकिन तुम्हें यह कैसे मालूम हुआ?” बूढ़ी ने मनोहर से कुछ और सुनने की गरज़ में कहा।

“मैं उनके घर चिलम भरने का काम करता हूँ। मेरी माँ बरतन माँजती है और बाप हलवाही करता है। माँ कभी-कभी चिढ़कर सारी बातें बताती है और दूसरे लोग भी यही कहते हैं।”

“यही सच भी है।” विनोद बोला, “हम लोगों के बाप ने कोशिश ही नहीं की, नहीं तो उन्हीं को खज़ाना मिला होता।”

“बड़े बुद्धिमान् मालूम पड़ते हो, बेटा!” बूढ़ी ने पहली बार मुँह उठाकर विनोद की ओर देखा, उसके सूखे आम-से काले चेहरे में आँखों का कहीं पता ही नहीं चल रहा था।

“बाप ने क्या किया, क्या नहीं किया, इनकी बात छोड़ो। अब तो यह देखो कि तुम क्या करते हो! कोशिश करके खज़ाना तुम्हीं पा लो तो इससे अच्छी बात क्या होगी?”

“लेकिन हम लोगों के पास तो कुदाल ही नहीं है और अब बहुत अँधेरा हो गया है।”

"आज नहीं तो कल सही। वैसे अँधेरा, उजाला, जाड़ा, गरमी देखोगे तो खज़ाना मिलने से रहा।"

मनोहर बोला, "क्या तुम्हारे लड़के रोज़ खज़ाना लाते हैं?"

"यह तो मिलने की बात है, बेटा, जब किस्मत साथ देती है तो लाते है वरना वैसे ही लौट आते हैं।" बूढ़ी ने झुककर चूल्हे में धुआँती लकड़ी को फूँकना शुरू किया और वार्त्तालाप थोड़ी देर के लिए बन्द हो गया।

मनोहर सोचने लगा कि इसके लड़के कैसा खज़ाना लाते हैं कि यह इस तरह रहती है। कहाँ तो मैं सोने का महल बनाने की बात सोचता हूँ। लेकिन डर के मारे वह चुप रहा। तभी विनोद ने पूछा, "तुम्हारे लड़के कब लौटते हैं, बूढ़ी माँ?"

"कभी रात को दो बजे, कभी चार बजे, कभी दो-दो दिन बाद।"

"देखो!" विनोद मनोहर की ओर रुख़ करके बोला, "खज़ाना पाना इतना आसान थोड़े ही है!"

"और क्या बेटा, जब रात को रात नहीं समझोगे और दिन को दिन, तभी खज़ाना मिलेगा।"

बूढ़ी नमक लेने के लिए अपनी टूटी झोंपड़ी में गयी तो मनोहर ने विनोद से कहा, "चलो, अब चलें, किसी दिन रात में आकर इसके लड़कों से मिला जाय।"

"ठीक है," विनोद बोला, "लेकिन उस कोठी की बात उनसे नहीं बतानी है।"

"ठीक है।" कहते हुए मनोहर उठा और बूढ़ी माँ को यह बताकर कि वह किसी दिन रात को उसके लड़कों से गड़े हुए धन को खोजने की तरक़ीब सीखने आयेगा, उठ खड़ा हुआ।

"अच्छी बात है, बेटे!" कहकर बूढ़ी फिर अपना चूल्हा फूँकने लगी और विनोद और मनोहर अपने घर वापस आ गये।

उस दिन कोशिश करने पर भी मनोहर को नींद नहीं आयी। जब सारा गाँव सो गया तो चुपके से वह उठा और विनोद को लेकर नदी के किनारे की ओर चल पड़ा। चारों ओर घोर सन्नाटा छाया हुआ था और मनोहर तथा विनोद गड़े हुए धन की खोज में चुपचाप चले जा रहे थे। उन्हें कई बार बहुत डर मालूम हुआ, लेकिन बूढ़ी की बातें याद करके वे बढ़ते ही गये।

नदी के किनारे पहुँचने पर उन्होंने पाया कि बूढ़ी माँ की ढिबरी भी बुझ चुकी है और वह एक टूटी-सी चारपायी में घुसी हुई है।

बूढ़ी उनके पैरों की आहट सुनते ही उठ बैठी और कहने लगी, "आ गये तुम लोग! अच्छी बात है। कहीं बैठो। मेरे बेटे आने ही वाले हैं। उनकी बाँसुरी की आवाज़

सुनायी पड़ी है। लगता है, आज धन उनके हाथ लगा है।" तभी नदी से आवाज़ आयी।

बूढ़ी बड़ी-बड़ी टोकरियाँ लेकर घाट की ओर चली। मनोहर और विनोद भी साथ हो लिये, लेकिन उन्हें यह देखकर बड़ा आश्चर्य हुआ कि सोने की सिलों और अशर्फ़ियों की जगह बड़ी-बड़ी मछलियाँ नाव से उतारी जा रही हैं। दिन-रात की लम्बी थकान से चूर बूढ़ी के दोनों लड़के नाव से उतर ही रहे थे कि मनोहर ने बूढ़ी से पूछा, "गड़े हुए धन का क्या हुआ, बूढ़ी माँ?"

"यह और क्या है, बेटा! तुम्हारी समझ में अब तक नहीं आया! यही वह गड़ा हुआ धन है, जिसे हमारे बच्चे अपनी मेहनत से खोजकर लाये हैं। जाओ, अब घर जाकर सो जाओ और यह अच्छी तरह समझ लो कि सच्चा धन वही है जो आदमी मेहनत करके कमाता है, समझे?" बूढ़ी ने अपना हाथ मनोहर के सिर पर रख दिया।

"समझ गया, बूढ़ी माँ।" मनोहर ने कहा और क्षण भर ठिठककर सोचने लगा, फिर विनोद से बोला, "बूढ़ी माँ ठीक कहती है, आओ, घर चलें।"

●

बरकत

साँवले रंग का दुबला-पतला बरकत अपनी सफ़ाई और दाँतों की चमक के लिए स्कूल में मशहूर था। वह अपनी दुबली अँगुलियों से मोती की तरह लिखता था। एक दिन सुलेख लिखने में वर्तनी की किसी ग़लती पर जब हमारे अध्यापक पण्डित मूलचन्द ने उसे एक छड़ी मारा और 'म्लेच्छ कहीं के' कहकर हिकारत-भरे स्वर में उसे ताड़ना दी तो बरकत मारे अपमान के तड़प उठा। वह पहले तो कुछ देर चुपचाप खड़ा रहा, फिर फूट-फूटकर रोने लगा। सारी कक्षा एक ऐसे सन्नाटे में आ गयी कि किसी के मुँह से एक शब्द भी नहीं निकला। पण्डितजी को भी ऐसा लगा जैसे उन्हें किसी ने सेंध पर धर लिया हो।

बरकत चुपचाप जहाँ-का-तहाँ बैठ गया और अपना बस्ता लपेटकर स्कूल से बाहर चला गया। मेरे मन में आया कि मैं बरकत को रोकूँ, लेकिन पण्डितजी के डर से मैं चुपचाप टाट पर बैठा रह गया। उस सारे दिन मैं टाट पर बैठा बग़ल की उस खाली जगह को देखता रहा और इस बात का इन्तज़ार करता रहा कि कब छुट्टी हो और कब मैं बरकत से मिलूँ। न जाने क्यों उसका इस तरह रोते हुए स्कूल से चले जाना मुझे सहन नहीं हो पा रहा था।

मेरी बखरी के पीछे एक नन्हें-से साफ़-सुथरे घर में वह रहता था। उसके पिता के पास एक करघा था और वही उसके जीवन-यापन का साधन था। करघे के अलावा एक-दो बकरियाँ और कुछ-एक मुर्गियाँ ही इस छोटे-से परिवार की पूरी सम्पत्ति है। स्कूल के अलावा बरकत को घर के काम से उसी समय छुट्टी मिलती थी जब मैं बरकत के घर जाता था। वरना उसका पिता कहता था, 'छोटे भइया, मुझ जुलाहे की जिनगी में रखा ही का है...ठीक इसी ढरकी की तरह समझो मुझे, जो सूत लेकर इधर-उधर भागती रहती है। फरक इतना जानो कि यह कपड़ा बुनती है और मैं जिनगी के दिन गिनता हूँ।'

वह अकसर दरवाज़े के छतनार नीम के नीचे खटिया बिछाते हुए कहता, 'तुम आय जाते हो तो जी ख़ुश हो जाता है। ऐसे ही भइया (तुम्हारे बाबू) भी मेरे साथ पढ़ते थे और बचपन में हम लोग सदा साथ-साथ खेलते रहते थे। तुम दोनों तो अखाड़े

नहीं जाते, हम दोनों तो कुश्ती ऐसी लड़ते थे कि गाँव का कोई लड़का हमसे हाथ ही नहीं मिला पाता था। पचइयाँ के दंगल में मैंने एक बार मुखिया के लड़के को धोबी पाट पर लादकर चारों खाने चित कर दिया तो मुखिया लाठी लेकर मुझे मारने दौड़े, लेकिन भइया के पिता—तुम्हारे बाबा ने ललकारा, 'मुखिया पाँव आगे न बढ़ाना वरना मुझसे बुरा कोई न होगा।' वहीं से दोनों ठाकुर परिवारों में दुश्मनी की नींव पड़ गयी। बाबा ने ही यह ज़मीन का छोटा-सा टुकड़ा देकर मेरा घर बनवा दिया। तब से आज तक हम लोग यह जानते ही नहीं कि गाँव में कौन कहाँ रहता है। इतना ज़रूर हो गया कि बखरी की छाँव में हम सदा के लिए सुरक्षित हो गये। इज़्ज़त की दो रोटी हमारे भाग्य का लेख है, सो कमाते-खाते जी रहे हैं। चाहते हैं कि बरकत यह सब सीख ले।' इसी बीच बरकत आ जाता और हम दोनों घण्टों खेलते बात करते रह जाते।

उस दिन स्कूल से छूटते ही मैं घर पर अपना बस्ता फेंककर सीधे बरकत के पास गया। बरकत चरखी पर सूत लिये ताने का धागा बिछा रहा था। मुझे देखते ही चरखी रखकर नीम की छाया में आ गया और उसकी आँखों में फिर एक बार पानी की परत छलछला आयी। मैंने कहा, 'तुम चले क्यों आये बरकत, यह सब तो कोई नयी बात नहीं थी।' बरकत की आँखें जैसे एकाएक सुर्ख़ हो गयीं और उनमें से पानी की धारा फूट पड़ी। म्लेच्छ माने क्या होता है भइया। मुझे लगा, जैसे पण्डित मुझे गाली दे रहा है। सच कहता हूँ, मुझे ऐसा ही लगा और फिर इसी कारण...।

मैं उसे लेकर घर आया। बड़ी देर तक समझाता रहा, लेकिन बात बिगड़ चुकी थी और उसके अब्बा ने क्रोध में यह फैसला कर लिया था कि अब जाने दो स्कूल का झंझट। अपना काम-धन्धा देखो। तुमको कोई लाट बनना है? ग़रीब को भाग से दो रोटी मिल जाय तो यही बड़ी बात है। बरकत ही नहीं, मैं भी जानता था कि बरकत का बाप कैसा आदमी है। वह अब किसी तरह बरकत को स्कूल नहीं भेजेगा—चाहे आसमान ही क्यों न फट पड़े।

उसके बाद स्थितियाँ एकदम बदल गयीं। थोड़े दिन बाद मैं मिडिल स्कूल पास कर शहर पढ़ने चला गया और बरकत अपने करघे की ढरकियों में उलझ गया। हाँ, इतना ज़रूर रहा कि बरकत की वह साफ़, काली-काली हिरन-सी आँखें और साँवले, पतले चेहरे में दूध-से धवल दाँतों की मुस्कान मुझे सदा याद रही और मैं गाँव के हर आने-जानेवाले से उसका समाचार लेता रहा। धीरे-धीरे जीवन की गति कुछ ऐसी बनी कि मेरा गाँव आना-जाना भी बन्द हो गया। बखरी ढह गयी और परिवार टूट-फूटकर खण्ड-खण्ड हो गया। बाबा नहीं रहे और पिताजी भी गाँव छोड़कर बुआ की

ज़ायदाद सम्हालने चले गये। जैसे सारा मेला ही उठ गया। सुनता तो ऐसा लगता कि कहीं बरकत पर भी तो कोई विपत्ति नहीं आयी? पर लोग बताते, नहीं, बरकत तो वैसा ही व्यस्त है। सब-कुछ जैसा था वैसा ही है। हाँ, उसके माँ-बाप मर चुके हैं और उसने शादी नहीं की है। उसके चेहरे पर हलकी दाढ़ी उग आयी है और वह कभी-कभी शहर जाकर कई-कई दिन रह जाता है। गाँव में लोग कहते हैं उसने वहाँ कोई बीबी कर ली है। लोग यह भी बताते हैं वह बुनकर यूनियन-जैसी किसी संस्था का मेम्बर बन गया है। गाँव में भी वह लोगों को उल्टी-सीधी बातें सिखाता है। भूमिहीन मज़दूरों की कोई बड़ी सभा भी उसने की थी और गाँव में कुछ परचे भी बाँटे थे, जिससे वहाँ के धनी किसानों में बड़ी नाराज़गी बढ़ गयी है। किसी ने यह भी बताया कि पुलिस ने उसके घर में कई बार तलाशी करवायी है और उसे बार-बार तंग करती है। धरना देने और सत्याग्रह करने पर वह दो बार जेल भी हो आया है।

बरकत के बारे में यह सब सुनकर अनायास ही मेरी आँखें भर आती थीं। अकसर मेरा शरीर गनगना उठता था और आनन्द तथा गर्व से मेरा सीना फूल जाता था। यह कितनी अच्छी बात है कि बरकत अपने देश की ग़रीब और दुःखी जनता का भाग्य बदलने के लिए लड़ रहा है। भारत-जैसे धर्मान्धता और ग़रीबी से ग्रस्त देश में वे लोग कितने महान् हैं जो समाज को बदलने के लिए हर तरह के दुःख झेल रहे हैं। मन में बार-बार यह बात उठती है कि क्या बरकत मुझे भूल गया होगा। मेरे-जैसे व्यक्ति को भूल ही जाना चाहिए उसे जो नौकरी के चक्कर में इस क़दर फँस गया कि उसे देश और समाज के लिए कुछ करने की फ़ुर्सत ही नहीं रही। जब कहीं जुलूस देखता, नारे सुनता, मुझे ऐसा लगता जैसे वह बरकत की ही आवाज़ है। यह वही है जो लोगों को मुक्ति और परिवर्तन के लिए आगे बढ़ने की आवाज़ दे रहा है।

देश की राजनीति तेज़ी से बदल रही थी और किसान-मज़दूर के नाम पर बहुत-सी सुविधाओं की घोषणा की गयी थी फिर ऐसा क्या हो गया कि एकाएक देश की जनता के सारे अधिकार छीन लिये गये। आख़िर आज़ादी के आन्दोलनकारी वर्ग में तो वे ही लोग थे। सहसा कुछ समझ में नहीं आया और देश में सन्नाटा छा गया। आपात्काल की घोषणा देश के मानस को वज्रपात की तरह झुलसा गयी। लेकिन जब भी मैं इन बातों पर सोचता मुझे बरकत का ध्यान आ जाता। यह भी सुनायी पड़ा कि कुछ मज़दूर-किसान इस वज्रपात के पक्ष में हैं। कहीं बरकत भी तो ऐसा ही नहीं हो गया। मैं अकसर इस उधेड़बुन में पड़ा रहता था कि सहसा एक दिन दरवाज़े पर दस्तक हुई। दरवाज़ा खोलकर देखा तो एक फटेहाल औरत एक नन्हीं बच्ची को उँगली पकड़ाये सामने खड़ी है। पूछने पर पता चला, यह तो बरकत की बीबी है और अपनी नन्हीं बच्ची की इन बातों का जवाब खोजती, भूखी-प्यासी सड़कों पर घूम रही

है...बाबू कहाँ गये, कब आयेंगे? मुझे गुब्बारा लाने को कहकर गये थे, लेकिन नहीं लौटे। मुझे उनके पास ले चलो फिर उसने बताया कि बरकत को पुलिस ने बहुत सताया। उसकी अँगुलियों की जड़ें फाड़ दीं और मार-मारकर कमर के नीचे उसे बेकार कर दिया। अब कोई नहीं बताता कि वह कहाँ है, कैसे है?

—मैं क्या करूँ, कहाँ जाऊँ? गाँव से पता लेकर बड़ी मुश्किल से आपके पास पहुँच पायी हूँ। वह बोलते-बोलते टूक-टूक होकर वहीं दरवाज़े पर भँस गयी।

मैं दरवाज़े पर ही खड़ा-खड़ा उसे देखता रहा और यह भी देखता रहा जैसे मेरे बच्चे हाथ में कटोरा लिये भीख माँग रहे हैं और मेरी बीबी पागल-जैसी अधनंगी होकर सड़क पर दौड़ रही है। हर मिलनेवाले से मेरा पता पूछ रही है—जैसे मेरे नाखूनों में बाँस की खपच्चियाँ ठोकी जा रही हैं—जैसे मेरी नसें तड़क रही हैं—मेरा सिर चकराने लगता है। आँखों के आगे का सारा परिदृश्य तेज़ हवा के झोंके से गड्ड-मड्ड होकर ज़ोरों से डगमगाने लगता है। मैंने दरवाज़े को ज़ोर से पकड़ लिया लेकिन शरीर बेहद काँपने लगा। भय के भूत ने अपने क्रूर हाथों से मुझे मड़ोर दिया है...नहीं-नहीं मैं नहीं जानता, नहीं जानता, मैं किसी बरकत को नहीं जानता। तुम चली जाओ-हट जाओ यहाँ से वरना अभी पुलिस को फोन करके तुम्हें पकड़वा दूँगा।' मैंने झटके से दरवाज़ा बन्द कर लिया और पसीने से लथपथ, वहीं दरवाज़े के पीछे, पता नहीं कब तक पड़ा रहा।

•

निबन्ध सौरभ

प्र० महोदय स्टेशन से सीधे प्रो० रंगीलाल के घर पहुँचे थे लेकिन नौकर ने बताया कि वे थोड़ी ही देर पहले कहीं निकल गये है। वह कौन हैं—यह जानने की नौकर की अतिरिक्त उत्सुकता देखकर, प्र० महोदय दरवाज़े पर खड़े रहे, 'यह जानकर क्या करोगे!' उन्होंने पूछा।

'नहीं साहब, मुझे तो जानना ही है। साहब बताकर गये हैं कि अगर कोई बाहरी आदमी आये, जिसके हाथ में बैग हो तो ज़रूर पूछ लेना कि क्या वे किताबें छापते हैं, और यदि वे हाँ कहें तो बैठक में बिठा लेना।'

उन्होंने उसे बतलाया, 'हाँ, वे वही हैं।' वह उन्हें अन्दर करके, दरवाज़ा बन्द करते हुए भी बोलता ही रहा, 'साहब रिसर्चवालों से बहुत चिढ़ते हैं, कहते हैं किताबें उठा ले जाते हैं। उनकी आवभगत वे तभी करते हैं जब कापियाँ जाँचनी होती हैं। कहते हैं, दाल थोड़ी पतली कर देना और चार रोटियाँ बढ़ा देना। उस समय तो साहब उन्हें चाय भी पिलाते हैं।...आप यहीं आराम से बैठो साहब, वह सब अख़बार और पत्रिकाएँ हैं, तब तक पढ़ो। मैंने दाल चढ़ा रखी है। देखूँ, नहीं तो जल जायगी।'

लेकिन प्र० महोदय का मन भूखे चूहे की तरह उछल-कूद रहा था। गालियों की एक लम्बी सिरीज़ उनके भीतर एक अन्तहीन 'कैसिट' की तरह बज रही थी। लेखक जो इस प्रसंग को कलमबन्द कर रहा है, यहाँ एक काल्पनिक हस्तक्षेप से अपने को रोक नहीं पा रहा है। आख़िर वह कितने ही कष्टों के मौक़ों पर उनके पास आता रहा है। कभी बिजली का बिल, कभी बच्चों की फ़ीस, कभी घर में चीनी-चाय का अभाव—क्या-क्या नहीं कह चुका है, इनसे। इसलिए वह बहुत आहिस्ता-आहिस्ता उनके पास जाकर बोला, 'क्या बात है, बहुत बेचैन मालूम होते हो।'

'अब क्या-क्या बताऊँ, आपसे। साले ने भुस भर दिया है। किसी तरह वश में ही नहीं आता। डाकू भी उसके सामने झख मारे। पिछले दिनों मिलने पर कहने लगा, भाई अगर इस बार कुछ लम्बा बिज़िनेस करना है तो बोहनी करो और मुझसे पाँच हज़ार झटक लाया। मैंने कई किताबें बी०ए० के पाठ्यक्रम के लिए जमा कर रखी हैं। कल पत्र मिला कि मैंने 'पूल' से अपने को अलग कर लिया है।'

'यह पूल क्या है, भाई!'

'पूल का मतलब शायद यह है कि पाठ्यक्रम में प्रकाशकों की पुस्तकें लगाने के लिए जो सामूहिक घूस इकट्ठा होगी और जो बाद में बराबर-बराबर बँटेगी, उससे श्रीमान्‌जी ने अपने को अलग कर लिया है क्योंकि मुझसे पहले जो पैसा ले चुके हैं, उसे बताना पड़ेगा। हिस्से में वह कट जायगा। इसलिए यह तय करा लिया है कि जिन अध्यापकों द्वारा सम्पादित संकलन कोर्स में लगाये जायँगे वे अपना इन्तज़ाम अलग से कर लें, यानी अलग से जो लेना चाहें वह ले लें और सामूहिक लूट में हिस्सेदार न बनें।'

'फिर इसमें आपका क्या नुकसान है?' मैंने तनिक सहानुभूति-भरे लहज़े में कहा।

'मेरी अब यही तो आप नहीं समझते! अभी कोई पाण्डुलिपि थमा देगा। किसी रिसर्चवाले से तैयार कराया होगा और तुरन्त दस हज़ार माँगेगा। फिर उसे ठीक करने के पाँच सौ आपकी जेब में जायँगे। काग़ज़, छपायी, बधाई—समझिये मैं हज़ारों के चक्कर में आ गया। वैसे तो पुस्तकें तैयार थीं, लगतीं और बेचना शुरू कर देता।'

'हाँ, यह तो आप ठीक कहते हैं।' मैंने फिर सहानुभूति प्रदर्शित की।

'इतना ही नहीं। उस पर भी रायल्टी की माँग करेगा, कम-से-कम दस प्रतिशत। रचनाएँ जिन लेखकों की होंगी, उनसे अनुमति की बात उठाते ही बोलेगा, छोड़िये भी साहब! लेखक, लेखक आप क्या चिल्लाते हैं। आधे तो मर चुके हैं, चौथाई को पता ही नहीं लगेगा और अगर एक-दो ऐसे निकल आयें तो सौ रुपये का मनीआर्डर। फिर मैं तो हई हूँ—देख लूँगा।'

'मतलब यह कि रचनाएँ लेखकों की और रायल्टी मंगीलाल को।' मैं बीच ही में बोल पड़ा क्योंकि प्र० महोदय के चेहरे पर यह सब बोलते हुए जो तनाव की रेखाएँ ताण्डव कर रही थीं, वे अब पसीने में गल-गलकर बहने लगी थीं, जिसके कारण वे धीरे-धीरे प्रकृतिहीन होते जा रहे थे। मेरा ध्यान कमरे के फ़ैन पर चला गया। मैं उठा और पंखा चलाकर लौट रहा था कि वे तनिक ज़ोर से बोले, 'श्रीमान्‌जी अभी भी आपकी समझ साफ़ नहीं हो पायी है। मैंने आपको कितनी बार समझाया कि रायल्टी बनती हैं किताब पर, वह भी बिकी हुई किताब पर, आपकी क़लमघिसाई पर नहीं।' उनका चेहरा एकदम खँडहर हो गया था।

'हाँ, हाँ, मैं समझ गया, समझ गया?' मैं जल्दी-जल्दी बोल पड़ा। असल में मुझे यह नहीं भूलना चाहिए था कि प्र० महोदय को लेखक के अधिकारों की बात मुँह चिढ़ाती है। वे डगमगा जाते हैं और कैसी भी आसन्न स्थिति हो (जैसी इस समय है), वे सब-कुछ छोड़कर पहले इसी से निपटने के लिए कमर कस लेते हैं। उनकी यह बात काफ़ी दमदार भी है कि रचना लेखक की फ़ाइलों के अँधेरे में ही दम तोड़

दे, यदि प्रकाशक उसे दिन की रोशनी दिखाने के लिए अपने श्रम और पैसों का होम न करे। इसलिए लेखक का एक नन्हा-सा अंश किताब में, उस समय फलित होता है जब किताब बिक जाय और प्रकाशक का लागत मूल्य उतर जाय! मतलब यह कि... मैं सोचता जा रहा था और वे बोलते जा रहे थे, 'भला बताइये, मुझे क्या बचेगा? यह कोई धर्मकार्य तो है नहीं। मंगीलाल या यों कहें कि वे घूसखोर अध्यापक और प्रोफ़ेसर ही चमड़ी उतारने के लिए क्या कम हैं कि आप लेखक की बात बीच में घुसेड़ रहे हैं।' मैंने देखा प्र० महोदय का चेहरा फिर दुबारा जुड़कर अपनी पुरानी शक्ल अख़्तियार कर रहा है। लेकिन जोड़ के निशान और भी विकृत हो उठे हैं। उनकी नाक, मुँह, भौंहें, बरौनियाँ, सब एक-दूसरे में गुचुड़-मुचुड़ होकर आपस में मिल गयी हैं। मैं कुछ बोलने ही जा रहा था कि दरवाज़े की घण्टी घनघना उठी और रसोई से नौकर चिल्लाया, 'आया...'

जैसा मैंने पहले कहा है, यह मेरा काल्पनिक हस्तक्षेप सिर्फ़ इसलिए था कि आप प्र० महोदय के मन की हलचल से परिचित हो सकें। इसलिए मैं रूपहीन होकर हवा में विलीन हो गया क्योंकि प्र० महोदय सचेत और आत्मस्थ हो गये थे। प्रो० मंगीलाल का सामना करने के लिए, आत्मबल जुटाने के क्रम में वे कुर्सी से ज़रा-सा उचके, बग़ल में पड़े अपने बैग की मूठ पर हाथ रखा और ठीक जेब के ऊपर सीने को सहलाया।

लेकिन कुछ ऐसा, जिसे प्र० महोदय ने कभी सोचा भी नहीं था, सहसा घटित हो गया। वैसे यह कोई सोच से परे की बात नहीं थी, न इसे दुर्घटना ही कहा जा सकता था। सिर्फ़ एक चान्स की बात थी कि जो व्यक्ति नौकर के साथ आगे-आगे आया, उसके हाथ में भी एक बैग था और वह प्र० महोदय का प्रकाशन के क्षेत्र में सबसे बड़ा प्रतिद्वन्द्वी था।

'क्यों जी, सुनाओ क्या हाल-चाल है? तुसी इधर कैसे, कुछ जमा-वमा किया है क्या? वैसे मैं बता दूँ कि मंगीलालजी इस बार 'पूल' से बाहर हैं, जानते हो, न!' आगन्तुक कुछ ऊँचाई से इस तरह बोल रहा था जैसे प्र० महोदय ने ज़िन्दगी भर कच्ची गोलियाँ ही खेली हैं। उन्होंने इस समय अपने सारे काँटे झाड़ देना ही उचित समझा और आवाज़ को और भी थकाकर बोले, 'हाँ, जी, कुछ जमा तो किया है। और मैं, जैसा तुम जानते हो, बड़े लेखकों का ही छापता हूँ जिन्हें बिना पढ़ाये कोर्स पूरा ही नहीं होता।'

'सो तो ठीक है कि तुसी बादशाहा, मगर मंगीलाल तो सबको भूसा मानता है। कहता है, कोर्स में न लगायें तो पन्त, महादेवी, प्रसाद वग़ैरह को पूछेगा कौन। पिछली बार तो यार ने हद कर दी, जब उस रामनिहोर का उपन्यास बी०ए० में लगा दिया। बड़ा हंगामा मचा तो कहने लगा, एक क्षेत्रीय लेखक को हम मान्यता नहीं देंगे तो

हिन्दी साहित्य अपनी जगह पर खड़ा-खड़ा बस जुगाली ही करता रहेगा और जानते हो, इसने प्रकाशक से लाभ में आधे की हिस्सेदारी कर ली। अभी ग़ाज़ियाबाद में उसी से मकान बना लिया।

प्र० महोदय के दिल में यह सब सुनकर प्रसन्नता की ठण्डी हवा झुरकने लगी—इसलिए नहीं कि प्रो० मंगीलाल भ्रष्ट है बल्कि इसलिए कि आगन्तुक प्रकाशक महोदय के मुँह से कुछ ऐसी बातें निकलती जा रही थीं जिनका प्रयोग अवसर आने पर उनके विरुद्ध किया जा सकता है। उन्होंने अगल-बग़ल देखा, घड़ी पर निगाह डाली और तनिक मुस्कराकर बोले, 'तुम्हारा कुछ मामला है? नही यार, मैं तो कुछ और ही सुनता था।'

'क्या सुनते थे, मुझे भी तो बताओ।'

'यही कि मंगीलाल तुम्हारी मुट्ठी में है।'

'मुट्ठी में! तुम भी क्या कहते हो भाई। वह ख़ुद ऐसी मुट्ठी है जिसे जब तक गर्म न करो, सीधे मुँह बात नहीं करता। पिछले साल मेरी सगी बहिन के फ़ोर फ़र्स्ट क्लास लड़के को एक डिग्री कालेज़ में लगाने के दस ले लिये मुझसे। लेकिन इतना ज़रूर है कि प्रोफ़ेसर बात का पक्का है और जो तय कर लेता है, उसे करके ही छोड़ता है। लड़के का तो तुमने सुना ही होगा—?'

'नहीं नहीं मैं, कैसे सुनूँगा!'

'हाईस्कूल में फेल होने के बाद प्रोफ़ेसर ने दूसरे साल उसे प्रथम श्रेणी दिलवायी। लेकिन इण्टर में फिर वह थर्ड क्लास साबित हुआ। मुझसे बोले—कोई बात नहीं, देख लूँगा। बी० ए० में मामला जम नहीं पाया, लेकिन लड़का दूसरी श्रेणी में निकल गया। एम० ए० में टाप कराया और विश्वविद्यालय में लेक्चरर बनाकर ही दम लिया। प्रोफ़ेसर नम्बर बढ़वाता ही नहीं, प्रतिभाशाली लड़कों के नम्बर कम करा देने में विश्वास रखता है। बड़ा हो-हल्ला मचा। जाँच बैठी, अख़बारबाज़ी हुई, लेकिन अन्ततः प्रोफ़ेसर विजयी रहा।' फिर एकाएक आवाज़ धीमी करके प्र० महोदय की आँखों में देखते हुए बोला, 'मेरी तरह तुम भी तो फँसे नहीं हुए हो? दस दे चुका हूँ। किताब लगने पर उस दस के ऊपर बारह प्रतिशत रायल्टी का वादा है।'

'मतलब कि दस हज़ार के बाद बारह प्रतिशत! क्या बचेगा, भाई?'

'बचेगा, बचेगा। किताब पचास हज़ार छपनी है। आधे का संस्करण असली होगा जो सिर्फ़ पन्द्रह हज़ार बिक सकेगी। आधी नक़ली छपेगी, और सब बिक जायगी। कहा जायगा, किताब नक़ली छप गयी। इस तरह किताब बिकेगी पचास हज़ार और रायल्टी बनेगी सिर्फ़ पन्द्रह हज़ार की। दूसरा चारा ही नहीं है।'

प्र० महोदय की सारी ख़ुशी काफ़ूर हो गयी। चेहरे की रेखाएँ दुबारा पसीने में बहने लगीं, जबकि इस समय पंखा भी चल रहा था। लेकिन वे कुछ बोलें कि दरवाज़े की घण्टी फिर बोल उठी। इस बार पान मुँह में दबाये, हँसते, मुसकराते प्रोफ़ेसर का सहसा प्रवेश हुआ। दोनों प्रकाशकों को, जिन पर इस बार उन्होंने हाथ रखा था, साथ-साथ बैठे देखकर जैसे उन्हें विशेष प्रसन्नता हुई हो।

'बड़ी देर हो गयी। भाई, तुम लोग माफ़ करना।' फिर एकाएक आगन्तुक प्रकाशक की ओर मुड़कर बोले, 'तुम्हारा तो हो गया, भाई। मैंने दो प्रमुख लोगों को संकलन देकर पक्का कर लिया। अब छापने-छूपने की तैयारी करो, लेकिन मीटिंग के दिन आकर ज़रूर मिल लेना।' कहने का मतलब यह था कि दस हज़ार दे जाओगे तभी अन्तिम मुहर लगेगी।

फिर प्र० महोदय की ओर देखकर बोले, 'तुम कुछ अनमने दिखते हो। तबीयत तो ठीक है?'

'एकदम जी, बस रात की यात्रा के कारण थोड़ी थकान है।'

'असल में तुम दूर पड़ जाते हो। थोड़े दिन पहले मिले होते तो तुम्हारी भी किताब अब तक तैयार हो गयी होती। लेकिन कोई बात नहीं, तुम्हारा तो अपना प्रेस भी ख़ासा है।'

'दो दिन लगेंगे जी।'

तैयार होकर आये हो?' प्रोफ़ेसर ने पूछा।

प्र० महोदय इधर-उधर झाँकने लगे, जैसे उन्हें कुछ संकोच हो रहा हो।

'अरे भाई, इसमें संकोच की क्या बात है? निकालो, अपना काम करो और झटपट लौटकर छपाई में लग जाओ। अब वक़्त ही कितना रह गया है?'

प्र० महोदय ने अपना बैग खोला और पैकेट निकालकर थमाया।

'पूरा है?' प्रोफ़ेसर ने पूछा।

'जी पूरा है।' प्र० महोदय को आगन्तुक प्रकाशक की उपस्थिति में यह सब घटित होने की क़तई आशा नहीं थी। उन्हें लग रहा था जैसे सरेआम, चौराहे पर नैतिकता नामक कन्या के साथ बलात्कार किया जा रहा हो।

प्रोफ़ेसर उठकर गया और बग़ल की आल्मारी खोलकर उसमें पैकेट फेंकते हुए एक नन्हा-सा लिफ़ाफ़ा हाथ में लिये हुए लौटा। उसे प्र० महोदय को थमाया तो वे बोल पड़े, 'और मेरी पाण्डुलिपि?'

'सब-कुछ है भाई इसमें—पाण्डुलिपि, निर्देश जो भी ज़रूरी चाहिए, सब है।' प्रोफ़ेसर खड़ा था। आगन्तुक प्रकाशक भी उठकर खड़ा हो गया लेकिन प्र० महोदय

के हाथ में वह लिफ़ाफ़ा किसी डाल से लटके सूखे पत्ते की तरह काँप रहा था। यह देखकर कि प्र० महोदय का सिर उतर चुका है, चुप नहीं रह सका। बोला, 'सब-कुछ होगा भाई उसमें, प्रो० साहब कच्चा काम नहीं करते, चलो मैं अपनी गाड़ी में तुम्हें बस स्टाप पर छोड़ दूँगा।'

प्र० महोदय उठ खड़े हुए और नमस्कार करके आगन्तुक प्रकाशक के पीछे-पीछे इस तरह चले गये जैसे पानी में डूबता हुआ कोई व्यक्ति किसी नाव के किनारे को पकड़े, बहता हुआ चला जाय।

मेरी ओर से यह कहानी यहीं ख़त्म हो गयी थी। लेकिन मैं देख रहा हूँ कि आपके मन में लिफ़ाफ़े को लेकर उत्सुकता बनी हुई है। विषय ऐसा है कि इसे आपके सोचने के लिए भी नहीं छोड़ा जा सकता। इसलिए लिफ़ाफ़ा खोलने पर प्र० महोदय को क्या मिला, यह बता देना ज़रूरी है।

लिफ़ाफ़े में किसी बच्चे की अभ्यास-पुस्तिका से फाड़े गये पन्ने पर किसी दूसरे की लिखावट में सबसे ऊपर लिखा था—

निबन्ध सौरभ

१. प्र० ना० मिश्र : दाँत

२. ह० प्र० द्विवेदी : नाखून क्यों बढ़ते हैं

३. श्री. ना० चतुर्वेदी : राजभवन की सिगरेटदानी

४. वि० नि० मिश्र : मेरे राम का मुकुट भीग रहा है

५. हरिशंकर परसाई : बेईमानी की परत

भूमिका दो दिन बाद भेज दी जायगी।

किताब छप जाने पर जमा करने ख़ुद आयें। साथ में दस हज़ार रुपये अग्रिम राशि और बारह प्रतिशत रायल्टी का अनुबन्ध लाने पर ही काम पूरा होगा।

●

अब वह हमेशा के लिए हमारी है!

इधर जब से राजन हम लोगों के साथ आ गया है, उसका मन कुछ शान्त रहता है। प्रायः जब वह भाभी...भाभी करके दौड़ता हुआ आता है और उसकी गोद में सिर डाल देता है, तो उसकी आँखें अनायास ही रुआँसी हो जाती हैं, और वह उसके बालों को सहलाते हुए काफ़ी देर तक उसे देखती रहती है। उसको नहलाने, कपड़े पहनाने, खिलाने-पिलाने में वह इतना व्यस्त रहती है कि प्रायः घर के दूसरे काम अधूरे ही रह जाते हैं। जब राजन स्कूल जाने लगता है, तो वह बाहर तक उसे छोड़ने जाती है और एक बार उसे अपने पास तक खींचकर उसके माथे पर हाथ फेरती है और देर तक उसे देखा करती है। एक भय का चिह्न कभी-कभी उसकी आँखों में उभर आता है और बहुत देर तक वह वहीं ख़ामोश खड़ी रहती है।

मैं सब समझता हूँ पर बोलता नहीं। जबान खोलने की हिम्मत नहीं पड़ती है, क्योंकि मैं जानता हूँ कि ये रेशमी धागे कितने कमज़ोर होते हैं। कभी-कभी जब राजन कहने लगता है कि 'छुट्टियाँ हो रही हैं। मैं माँ के पास जाना चाहता हूँ,' तो उसकी भौंहों में शिकन आ जाती है। एक दूर की दृष्टि, एक कठोर सत्य की आहट से उसका मन भर आता है और वह थोड़ी देर चुप रहकर कहती है, 'चले जाना, भैया,' और बात आगे बढ़ जाती है। पर यह तो साफ़ है कि जब तक इस कठोर सत्य से उसका पीछा नहीं छूटता, उसका मन उदास रहता है। माँ के उन पत्रों को जिनमें राजन को बहुत देखने की इच्छा ज़ाहिर की हुई रहती है, वह बड़ी लापरवाही से मुझे दे जाती है। मैं उसकी ममता को समझता हूँ, पर कुछ कहते नहीं बनता।

इधर बड़े दिन की छुट्टियों में राजन दो दिन के लिए कहकर घर गया और अभी तक आया नहीं। अब सात दिन हो रहे हैं। विद्या भाभी रह-रह दरवाज़े की आहट पर दौड़ पड़ती है। खाना बनाकर रोज़ ही राह देखती है। कभी-कभी मेरे साथ खाते समय रो देती है। गाड़ी आने के समय की जाँच किया करती है। 'वह आया नहीं, बीमार तो नहीं हो गया?' मैं डरते-डरते पूछता हूँ, परन्तु सोचता हूँ कहीं इसकी चिन्ता और तो नहीं बढ़ जायगी?

इन्तज़ार ही में दो दिन और गुज़र गये, पर वह नहीं आया। अब तो उसकी चिन्ता का वार-पार नही रहा।

मेरी छुट्टी थी। मैं बैठा एक मेगज़ीन में एक कहानी पढ़ रहा था। कहानी जैसे हमीं लोगों की थी। ठीक वही, जिसके इर्द-ग़िर्द हमारा सूना जीवन बेतहाशा भागा जा रहा था।

विद्या को पास बिठाकर मैं कहानी पढ़ने लगा। कहानी इस प्रकार थी—वे दोनों उसे पूनो कहते हैं क्योंकि वह शरद्-पूर्णिमा के दिन ही उनके घर में आयी थी। कार्तिक शरद्-पूर्णिमा, आज़ाद हिन्दुस्तान का पहला खँरेजी और तबाही का साल। वे दोनों भारतीय सरकार की ओर से हवाई मार्ग द्वारा बेघर-बारवाले लोगों को दिल्ली तक ले आने का काम करते थे। कितने ही निरीह बच्चे, बूढ़े, नौजवान जहाज में जगह पाने को उतावले रहते थे। सुषमा प्रायः बच्चों और औरतों की देख-भाल करती थी और अजय पुरुषों की। तीन दिन के लगातार परिश्रम ने उन्हें थका दिया था और उनका मन सुख-दुःख की परिसीमा से कुछ इतना ऊपर उठने लगा था कि उन्हें लगता था जीवन में कोई आशा-विश्वास नहीं है।

एक दिन जब वे जहाज से उतरकर शरणार्थियों की भीड़ की ओर बढ़ रहे थे, तो एक नन्हीं-सी बच्ची दौड़ती-दौड़ती आयी और अपने हाथों को फैलाये हुए उन दोनों से लिपट गयी, अनजान, अपरिचित और उद्भ्रान्त! वे पहले तो उसे देर तक देखते रहे पर जब उसके नन्हें-नन्हें पतले होंठ धीरे-धीरे बुदबुदाने लगे, 'पापा...पापा... माँ...' तो सुषमा का दिल एकाएक भर आया और उसने उस नन्हीं बच्ची को गोद में उठाकर चूम लिया। अजय ने धीरे से कहा, "शायद, इसके माँ-बाप भी हमारी ही तरह रहे होंगे।" और, उसी समय से वे दोनों बदल गये। एक दूसरी दुनिया, जिसकी कल्पना भी उन्होंने नहीं की थी, उनके जीवन के चारों ओर स्वयं बन गयी।

बच्ची बहुत सुन्दर थी, पर थकान और भूख ने उसे मलिन बना दिया था। उसके बाल इधर साफ़ न किये जाने के कारण एक-दूसरे में गुँथ गये थे और कपड़े जगह-जगह फट चले थे। पर उन दोनों के थोड़ी ही देर के साथ से बच्ची का मन हरा होने लगा। वह बड़ी ख़ुशी-ख़ुशी सुषमा की अँगुली पकड़े इधर-से-उधर और उधर-से-इधर घूमने लगी।

शाम को जब हम एकान्त में खाना खाने बैठे, तो अजय ने कहा, "इस बच्ची को ले न चलो।" पर सुषमा ने कुछ न कहा, क्योंकि अब उसकी ज़रूरत नहीं थी। उसने जल्दी-जल्दी खाना खाया और बच्ची को लेकर कैम्प की ओर बढ़ी। बच्ची का नाम पूनो ही लिखा था। वह मुस्कुराती हुई बोली, "तुमने देखा यह कितनी ख़ुश है!" और अजय ने झुककर बच्ची के नन्हें होंठों पर अँगुली फेर दी।

दोनों दिल्ली तक जहाज में ख़ामोश ही रहे। पूनो कभी-कभी पंजाबी बच्चों से कुछ धीरे-धीरे बोलती, पर उसके होंठ पूरे नहीं खुल पाते। वह बार-बार भागकर सुषमा के पैरों से लिपट जाती; थोड़ी ही देर में फिर सशंकित होकर इधर-उधर देखने लगती और सहसा उदासीनता में लिपटा एक भय उसके चेहरे को पीला और निष्प्राण बना देता।

दिल्ली पहुँचकर उन लोगों ने पूनो का नाम 'चिल्ड्रेन्स वेलफेयर कमेटी' के दफ़्तर में लिखा दिया और दबते-दबते एक कार्यकर्तृ से पूछा, "क्या मैं इस बच्ची को अपने साथ ले जा सकती हूँ?"

वह मुस्करायी और कहने लगी, "मैं आप लोगों को कभी से देख रही थी, और मैं जानती थी कि इन नौजवान संकोची चेहरों के पीछे क्या छिपा है। अच्छा है, मैं आप लोगों का नाम नोट कर लेती हूँ। जैसे ही हमारे डाइरेक्टर ने आज्ञा दी, आपको ख़त लिख दिया जायगा। इसी बीच यह जानने की कोशिश की जायगी कि उसके माँ-बाप जीवित हैं या नहीं। यदि पता न लग सका, तब तो निश्चय ही समझिये।"

उन दोनों को लाचार होकर पूनो को वहाँ छोड़ना पड़ा। लगातार दो महीने के इन्तज़ार के बाद शिविर का एक ख़त मिला। लिखा था, "आप दो ही दिन में यहाँ आकर पूनो को ले जायँ।" सुषमा की प्रसन्नता का कोई ठिकाना न रहा। वह तुरन्त बाज़ार गयी और नन्हें फरनीचर, चारपायी, झूला, और अनेक खिलौनों का अम्बार घर में लग गया। अजय भी उस दिन अत्यधिक ख़ुश था। दोनों रात में देर तक जगते रहे। सुबह अजय दिल्ली को रवाना हुआ, तो देर तक सुषमा स्टेशन पर खड़ी-खड़ी आशा की दृष्टि से उसे देखती रही। उसके जी में आता था कि वह स्टेशन ही पर रुकी रहे और जब अजय पूनो को लेकर लौटे तो दोनों घर चलें।

पूनो पंजाबी लड़की थी। उसका खाना-पीना, आचार-व्यवहार और भाषा बंगाली से बिलकुल भिन्न थी। अजय डरता था, कहीं पूनो पर हमारे रहन-सहन, भाषा इत्यादि का बुरा प्रभाव तो न पड़ेगा, क्योंकि इतने अधिक बच्चों की भीड़ में रहनेवाली बच्ची, जिसकी अपनी बातें, अपनी जिद्दें सभी कुचली जा चुकी थीं, जो विश्वास भी खो चुकी थी, वह एकाएक उस नये वातावरण में कैसे ख़ुश हो सकेगी? उसे जब भविष्य के सुख की बात बतायी जाती थी, तो वह उसे ख़ुशी-ख़ुशी स्वीकार कर लेती थी। इस तरह जब वह अजय के साथ आयी, तो लगा, जैसे उसने सब स्वीकार कर लिया है। वही उसके माँ-बाप हैं, वही उसका परिवार है।

वह प्रायः घर के बाहर नहीं जाती थी और अब बँगला भी सीखना चाहती थी, लेकिन यह बड़ा मुश्किल जान पड़ता था। वे उसकी बहुत थोड़ी-सी बातें समझ पाते थे। अब वह जानती थी कि यदि कोई डिक्शनरी मिल जाय, तो काम चले। वह प्रायः

बात करते समय डिक्शनरी भी ले आया करती थी; और शब्दों को साफ़ ज़ोर से कानों के पास कहती थी, तो लगता था, जैसे कोई बहरे से सुनाकर कुछ कह रहा हो।

समय के बीतने के साथ-साथ उन दोनों को पता चला कि पूनो के लिए एक स्वाभाविक वातावरण की ज़रूरत है, जहाँ वह अपनी तरह से रह सके, बोल सके। इसलिए वे दोनों दिल्ली चले गये और वहाँ एक छोटा-सा मकान लेकर रहने लगे। अगल-बग़ल पंजाबियों के बच्चे रहते थे। वह प्रायः बाहर उनमें खेलती रहती थी और एकाएक वहाँ से दौड़ती-गाती आकर सुषमा से लिपट जाती थी। उन दोनों को वहाँ काफ़ी सन्तोष हुआ, क्योंकि पूनो का मन वहाँ लगने लगा था।

अब वह बच्चों की तरह बिचकने, नाराज़ भी होने लगी थी। बँगला भी उसने बहुत सीख ली थी, और उन दोनों से बंगाली में बोला भी करती थी। उसे जो चीज़ें खाने में अच्छी लगतीं, उन्हें वह दूसरों को देने में हिचकती और जिद्द कर बैठती थी। वह रेडियो का मीटर स्वयं मिलाने की ज़िद्द करती। मोटर पर आगे बैठकर स्टेयरिंग ह्वील को इधर-उधर करती और जब अजय सिगरेट जलाने लगता, तो स्वयं ही लाइटर से आग निकालना चाहती।

थोड़े ही समय में उन्हें यह निश्चय हो गया कि उसे उनका प्यार मिल गया है और अब वह उनके बिना नहीं रह सकती।

पहले कलकत्ते में जब एक डॉक्टर ने उसे देखा, तो बताया कि किसी बेबी एक्सपर्ट को दिखाइये। उसने बताया कि यदि बच्ची का मौजूदा वातावरण शीघ्र न बदला, तो स्वस्थ होना बहुत मुश्किल है, क्योंकि उसकी चेतनाएँ अन्तर्मुखी होती जा रही हैं। वह जो चाहती है, कह नहीं सकती; वह जो चाहती है, खेल नहीं सकती, उसका वज़न भी बहुत कम हो गया था। धीरे-धीरे उसकी हालत सुधरी। बच्चों के साथ खेलने के बाद भी वह उन दोनों के साथ टहलने जाया करती है।

अकेले रहने में उसे अब भी भय लगता है। बच्चों के साथ के अलावा वह प्रायः सुषमा के कमरे ही में खेलती है। यदि कभी उसे अकेलापन मिला तो, वह 'माँ...माँ...' कहकर दौड़ती हुई आती है, और सुषमा के कपड़ों में अपना मुँह छिपा लेती है। उसकी साँसें तेज़ चलने लगती हैं। वे दोनों प्रायः उसे अलग नहीं रखते। रात में भी वह प्रायः किसी-न-किसी के पास ही रहती है।

'अजय और सुषमा को जो सबसे अधिक भय की बात लग रही थी, वह थी स्कूल की। वह कैसे बंगाली बच्चों के साथ बोलेगी, गायेगी, हँसेगी। पर वह समस्या भी अब नहीं रही। प्रायः उसकी गिनती अब अच्छी छात्राओं में होती है। वह स्कूल के प्रत्येक खेल-कूद में भाग लेती है। बातों-बातों में जब कभी सुषमा उसे यह कहना चाहती है कि वह लकड़ी है, उसे अभी से दबकर रहना चाहिए, तो वह बड़ी मज़बूती

से जवाब देती है कि 'लड़कियाँ लड़कों से कम नहीं हैं। उनका भी तो वही अधिकार है, जो लड़कों का है।' अजय और सुषमा सोचते हैं, शायद यह शिक्षा और स्नेह का मिला-जुला प्रभाव है जो उसे इतना स्वतन्त्र रखना चाहता है।

अब वह बड़ी समझदार हो चली है। कभी-कभी वह सोचती है, तो एकाएक उदास हो जाती है। उसे कुछ अजीब-सा लगता है। वह मन-ही-मन फुसफुसाती है, 'ईश्वर तू बहुत बड़ा है' और जब सुषमा उसे अपने सीने में छिपा लेती है, तो वह कहती है, 'माँ... माँ... मामा...!' और, दम्पति एक-दूसरे की ओर भेदभरी दृष्टि से देखने लगते हैं और उनकी आँखें छलछला उठती हैं। वे दोनों भी मन-ही-मन कहते हैं, 'सचमुच पूनो कितनी अच्छी है!'

कहानी समाप्त हुई। मैंने देखा, विद्या की आँखें छलछला आयी हैं। उन आँखों की मूक वेदना को मैं समझ सकता था। विद्या की खाली कोख राजन को पाने के लिए तड़प रही थी। राजन उसका एकमात्र सहारा था, एक खिलौना, जिसकी शरारत, शोख़ी और चुलबुलेपन ने विद्या के नारी हृदय को मोह लिया था। राजन की उपस्थिति ने उसके खाली जीवन को रस-रंग से भर दिया था। इसलिए कहानी की अन्तिम पंक्ति समाप्त होने पर उसने भारी आवाज़ में पूछा, 'राजन कब आयेगा?'

मैंने विद्या की ओर सूनी निगाहों से देखा और पत्रिका के पन्ने यों ही उलटने लगा।

●

बीते दिन

आज रात भर वह जागती रही थी। पलकों को दबाकर निर्विचार होने की वह जितनी ही चेष्टा करती, उसका मानसिक तनाव उतना ही बढ़ता जाता। जैसे कोई बहता पानी बँधी खाइयों को तोड़कर बह जाने को ऊफान मारता हो। ऊबकर उसने आँखें खोल दीं। तकिये को ठीक करके सिर के नीचे दबा लिया, पैर को पूरी तरह फैलाकर हाथों को सीधा कर लिया और कुछ देर तक छत की ओर देखती रही। बग़ल की खिड़की से चाँदनी का एक चंचल धब्बा दीवार पर पड़ रहा था, जब वह सोयी थी, अब वह भी खिसककर उसके सीने के पास पहुँच गया। उसने सिर उठाकर देखा गाउन बदन से खिसक गया था और उसका शरीर चाँदनी की रजत रश्मियों में भी गरम, उत्सुक और लालसायुक्त उदासी में डूबा था। उसके मुँह से एकाएक 'ऊँह' का शब्द निकला और तकिया बग़ल में आ गया। उसने मानसिक तन्तुओं को ढीला कर दिया। शायद नींद आ जाय— विचारों की लहर में शायद समतान आ जाय। लेकिन वह फिर विचारों में डूब गयी

'हाँ कनू! थोड़ी देर के लिए तो अपने को भूल जाओ। उसके प्राणों में नैनीताल की सुनहली शाम बस गयी। 'उत्सर्ग' की मर्यादा में तन और मन की यही ढील अर्घ्य चढ़ती है। देखो! इस झील के अनहद ख़ामोश जल की सतह की ओर देखो! जैसे कहीं एक नन्हीं-सी भी हलचल नहीं वह अपने दाहिने हाथों को उठाकर उसकी ठुड्डियों को छूने के लिए बढ़ा। वह पीछे हटी। नाव हिल पड़ी और पानी की सतह एकाएक थराथराकर काँप उठी जैसे किसी अज्ञात संवेदन से वह नाव की वादियों पर खड़ी थी। वह चिल्ला उठा, 'अब पीछे मत हटना' वह हड़बड़ाकर डर गयी और आगे को बढ़ी। फैली भुजाओं में समा गयी। जैसे देहहीन हो-स्वरहीन हो। लेकिन सब अजाने में सब अज्ञान में।

क्या इसमें भी स्वीकृति की लालसा थी, क्या इसमें भी लगाव की मन्शा थी। वह उठ बैठी। उसका शरीर पसीने से लथपथ हो गया था। मन बेचैन था—घबराया-घबराया-सा, अजीब।

लेकिन वह राजकुमार था। कैसा मनोरम हंस-किंकणी से चालित अरुण कमल पंखुड़ी का रथ था उसका और मेरा मन ...वह फिर सोचने लगी थी।

वह डरकर उठ खड़ी हुई और दरवाज़ा खोलकर कमरे से बाहर आ गयी। नीचे नदी की कोख में मल्लाहों के नन्हें-नन्हें झोंपड़े गहरी नींद में बेहोश सोये थे और बग़ल के नाले में बड़े-बड़े ढाक के पेड़ों के पत्ते कान खड़े किये जैसे किसी सतर्कता में जाग रहे थे। उसे साहस बँधा। कुछ और आगे बढ़कर वह टीले के ऊपर चढ़ने लगी। बग़ल की झाड़ी से एक लोमड़ी निकली और खुर-खुर कुछ दूर भागकर रुक गयी और उसकी ओर देखने लगी जैसे किसी दूर के पहचान के चेत से निहार रही हो। उसे तनिक और साहस बँधा—मन को ख़ुशी भी हुई। अब ऊपर का रास्ता झाड़ियों में फँसकर टूट-फूट हो गया था पर वह उसी पर चलती रही। बग़ल में घोर खड्ड दूसरी ओर तलहटी के पेट में बहता हुआ गंगा का क्षिप्र नीर, अगल-बग़ल उजले और श्याम बालुओं की बाँहें-वह तनिक और बढ़ जाय तो जल की सीमान्त रेखा उसके आगे स्पष्ट हो जायगी। लेकिन वह चौंक पड़ी। खड्ड की निचली तह से आवाज़ आ रही थी 'मुझे उसके पास पहुँचा दो...मेरा बच्चा...मेरा बच्चा।'

पहले तो वह डरी पर फिर साहस कर बढ़ने लगी किसी स्त्री की आवाज़ थी। उसने देखा नीचे शहतूत की घनी छाया में चार-पाँच स्त्री-पुरुष एक स्त्री को पकड़कर ज़मीन पर सुलाने की चेष्टा कर रहे थे। उसे और साहस मिला न जाने कहाँ से और वह यह पुकारते हुए कि 'कौन है —क्या कर रहा है, नीचे उतरने लगी। झाड़ियाँ बड़ी घनी थीं और ढलान एकदम सीधी—अब वह उतर नहीं सकती थी। स्त्री चिल्लायी, 'गुरुजी मुझे बचाइये, मेरा बच्चा-मेरा...मेरा...?

उसका साहस और बढ़ा, राह खोजने लगी। लेकिन कहीं तो नहीं है। नीचे से आवाज़ आयी, 'आप वहीं रहिये मैं आती हूँ' और पलक मारते लड़की न जाने किस तरह दौड़कर उसके पास पहुँच गयी। और उसका पैर पकड़कर फूट-फूटकर रोने लगी। वह चारों स्त्री-पुरुष भी आये उसका बाप भी पीछे-पीछे आया।

बाप ने कहा, 'गुरुजी! हज़ूर माफ़ करो। हम कई दिन स्कूल में हाज़िर हुए थे। पर पता लगा, आप सैर को बाहर पहाड़ चली गयी हैं। आप हमारी माँ हो, अब आप ही बताओ हम क्या करें। यह हमारी लड़की है। दो वर्ष पहले यह ससुराल से आयी है। जाने का नाम नहीं लेती थी पर इधर पता चला इसके हमल है। अब हम कहाँ मुँह दिखावेंगे।'

'तो तुम यह कर क्या रहे थे।' उसने पूछा

मल्लाह का सिर नीचे झुक गया। उसकी माँ रोने लगी और लड़की गुरुजी के पाँवों में सट गयी।

'अच्छा तुम लोग जाओ, यह मेरे पास रहेगी।' उसने कहा और सब लौटकर छिउल की धुँधली छायाओं में खो गये। लड़की की आँखें फूल आयी थीं। काजल के धब्बे सारे गालों पर फैल गये थे। उसने बड़े हलके हाथों उसे सहलाया और हाथ से टेक देकर उसे उठा लिया। दोनों धीरे-धीरे स्कूल की ओर उतरने लगीं। रात भी ढलान पर थी और झाड़ियों में खुरखुराहट का स्वर बढ़ने लगा था। चाँद किनारे की ओर ऊँचे टीले के एक कोर में धँसता जा रहा था।

वह सोचने लगी यह शरीर का उत्सर्ग है, मन का ढील। एक साथी के रहते हुए दूसरे की खोज। तब तक टि-टिरटिह-टि-टिर की आवाज़ आयी—गंगा के एक छोर से और दूसरे छोर से दुहरायी गयी। वह सोचने लगी सबेरा हो जायगा अब। और सुबह-सुबह बच्चे अपनी गुरुजी को बीस दिन के बाद स्कूल में पाकर बहुत तंग करेंगे। रामू-धनू-रमेश-सोमी कितने प्यारे बच्चे हैं...कितने अच्छे।

अब वह स्कूल से थोड़ी ही ऊपर रह गयी थी। लड़की के पाँव में काँटा चुभ गया। वह बैठ गयी पर उसने झुककर स्वयं काँटा निकाला और ख़ून को अपनी श्वेत साड़ी के आँचल से पोंछ दिया।

'दर्द हो रहा है' उसने पूछा।

'नहीं गुरुजी।'

'तुम्हारा बच्चा माप्लो-जैसा ही होगा न' उसने मुस्कुराकर कहा।

'गुरुजी!' लड़की चौंक पड़ी और उसकी आँखों से आँसू बहने लगे।

'पर यह तो बताओ तुम्हें इसके लिए पछतावा तो नहीं है' उसके अपने मन का चोर ढूँढ़ा।

'गुरुजी यह आप क्या कहती हैं? मैंने अपना तन-मन-जीवन सब तो दे दिया उसे। यदि नहीं रखेगा तो जहर-माहुर खाकर मर जाऊँगी पर ससुराल नहीं जाऊँगी।'

'लेकिन उसका भी तो एक साथी है' उसने कुछ गम्भीरता से कहा।

'यह भी जानती हूँ पर मैं और कुछ नहीं चाहता। यह बच्चा बच जाय। इसी के सहारे उसे पाया ही समझूँगी।' लड़की ने उसका हाथ पकड़ लिया। वह काँप उठी। उसके पाँव लड़खड़ा गये। 'यह तो कुछ और ही है, कुछ और ही' उसे बेहद कमज़ोरी मालूम होने लगी।

'देखो! दरवाज़ा खोलो और तुम मेरे ही साथ रहोगी। कहीं जाओगी नहीं।'

वह कमरे में घुसकर बिस्तर में धँस गयी। लड़की धीरे-धीरे उसके पैरों को सहलाने लगी। भोर की काँपती हुई हवा खिड़की के नीले पर्दों से दुलरा रही थी, चाँद का चंचल धब्बा थककर उदास हो चला था और बीच-बीच में मल्लाहों के उठने,

बोलने और डोंगियों के खोलने की फिर पानी में छप्-छप्...पतवार मारने की आवाज़ आने लगी थी। पीछे वाले लड़कियों के छात्रालय के पतले महीन सुरों में मनमाना गुनगुनाने की पावन ध्वनियाँ थिरकने लगी थी और छात्रावास की माताजी के सितार से अनजाने में करुण-भैरवी का कोई राग लहर उठा। वह भी अनजाने में गुनगुनाने लगी।

री मैं तो दरद दीवानी...

फिर एकाएक उठ बैठी और लड़की के हाथों को अपने हाथ से दबाकर उसी पर सिर रखकर फिर लेट गयी। लड़की ने धीरे-धीरे उसके बालों में अँगुली चलाना शुरू कर दिया। उसकी आँखें धीरे-धीरे झँपने लगीं और वह गहरी नींद में जैसे किसी के सहारे विश्वस्त होकर सो गयी।

...बच्चों की भीड़ में वह घिर गयी है। फूलों के गुच्छे से उसके दोनों हाथ भर गये हैं। एकाएक रामू का लिली और गुलाबोंवाला मिश्रित गुच्छा हाथ से छूट जाता है। वह मुँह फुलाकर पीछे हटने लगती है। पीछे वह बेला के फूलों की एक माला लिये मुँह फुलाये खड़ा है। कभी गुरुजी की ओर देखता है कभी नीचे। एकाएक उसकी निगाह पड़ जाती है। वह ज़मीन पर गिरा गुच्छा उठाकर माथे से लगा लेती है और रामू के गालों पर एक हलकी-सी चपत देती हुई वीनू के पास पहुँच जाती है पर वह कुछ नहीं बोलता। वह कहती है, 'मेरे मुन्ना...मेरे राजा...' और उसे उठाकर गोद में भर लेती है और वह माला उसके गले में पहना देता है।

"मैं नहीं बोलता। चार दिन के लिए कहकर गयी थी...माँ ने मिठाई बनायी थी...हमारे कितने अच्छे-अच्छे फूल रोज़ सूख गये...मेरी तस्वीरोंवाली किताब रानी ने फाड़ दी..." वीनू इतना नाराज़ हो गया राजा वह उसे चूमने लगी पर एकाएक ख़्याल आया वह स्कूल की प्रधान है। बच्चों को इतना सिर चढ़ा लेगी...एकाएक माधो घण्टी बजाता है। वह उसे देखते ही बिगड़ उठा। माधो अब तुम्हें कल से छुट्टी है। काम पर मत आना। वह लड़की ...वह लड़की...।

लड़की चीख पड़ी, 'गुरुजी! गुरुजी!!' वह जाग गयी। 'यह सब क्या कह रही है।' उसने दोनों हाथ ऊपर उठाये। पलकों को कई बार झपकाया और घूमकर लड़की की ओर देखने लगी। 'स्वप्न देखने लगी क्या रे। सब रात की बातें मन में थीं वही सब देख रही थीं' एकाएक बच्चों का ध्यान आ गया। वह काँप उठी। वह कैसे बच्चों से मिलेगी। कैसे उनकी आँखों में आँख डालकर ध्यान करेगी। कैसे उनके रुई-से मुलायम गालों पर अँगुलियाँ दौड़ायेगी... पर यह कोई नयी बात तो नहीं। वह कै बरस से बच्चों की सेवा कर रही है। इसी कारण वह इतने बड़े पद पर है—इतनी प्रसिद्ध

है पर यह डर क्यों? उसको रोमांच हो आया। फिर एकाएक उसे आलोक का ख़्याल हो आया। उसी के लिए तो वह वैरागिन हो गयी है—उसी के लिए। लेकिन उसे उसने क्या दिया एक अपवित्र और घिनौना शरीर...जूठा और घृणा से भरा हुआ मन और वह न जाने क्यों जान देता है पागल! और वह चाहता है मुझे कल्पना में देखना...भावों की मूर्ति बनाकर मन में रखना। पर मेरा यह लगाव कितना कोरा है। कितना निकम्मा। उसके सामने कई पुरुष शरीर आये और चले गये। ऊफ्—उसने एकाएक कहा और नैनीताल का वह नौका विहारवाला कुँवर—वह इसे भी तो पहले ही से जानती है पर उसे मानो छोड़ चुकी थी। फिर क्यों यह सब—फिर क्यों...उसने नीचे देखा अपने हर श्वास की गति में डोलते वक्षःस्थल पर निगाह डाली यह तन-यह तन वह बड़बड़ायी और लड़की के रूखे बालों पर अनमने से हाथ रखकर खुजलाने लगी।

'तू अपना बच्चा मुझे दे देगी न?'

वह तो आपका ही है गुरु जी। पर उसे देखती रहना चाहती थी।' लड़की ने एक साँस में जवाब दिया। तब तक दरवाज़े पर कुण्डी खटकी। वह उठ खड़ी हुई और दरवाज़ा खोल दिया। माधो डाक का झोला लिये खड़ा था। उसने कहा आ जाओ। माधो और चिट्ठियाँ देखने लगी।

लड़का माधो को देखते ही बाँहों में मुँह गाड़कर रोने लगा था और माधो जैसे ज़मीन के नीचे धसा जाता हो।

वह पत्र देखते-देखते रुकी। एक बड़ा-सा लिफ़ाफ़ा था। उसे खोल डाला। उसके सारे शरीर को को जैसे काठ मार गया हाथ जहाँ थे वहीं रुक गये और आँखें पथ में गड़ गयीं।

कनू!

चार दिन लगातार तुम्हारे पास गया। लेकिन तुम नहीं मिली। इससे तुम्हारा मोह कम नहीं होता, जानता हूँ और मन्दिर की देहरी भी सूनी नहीं रहती इसे अब मानने लगा हूँ।

सोचता था पाप कट भी जाता है और उसे क्षमा भी कर दिया जाता है पर अब लगता है स्त्री का शरीर पाप के धब्बे वहन नहीं कर सकता। सोचता था निष्पाप के संग स्नेह सूखता जल्दी है पर सोचता हूँ स्त्री के कलंक धुलते नहीं। इसलिए स्नेह भी मृगमरीचिका की भाँति कुछ देर हवा के झोंको पर सवार होकर वेग मारता है फिर किसी अनजान मरुभूमि में गिरकर सूख जाता है।

तुमने एक दिन काँपती हुई अँगुलियों से मेरा माथा छूकर कहा था, "जानती थी अब जीवन अकेला ही बीतेगा पर मुझे भी एक बाल स्नेही मिल गया। पति न सही मित्र ही के रूप में—शिशु ही के रूप में"

लेकिन वह स्नेह आँखों का था या मन का और अब से वह मन का ही रहेगा, आँखों का नहीं।

तुम्हारा—आलोक

पत्र उसके हाथ में काँपकर रह गया। उसने देखा एक ओर माधो और दूसरी ओर लड़की दोनों जैसे किसी कटी पतंग की तरह एक-दूसरे का सहारा लेने की चेष्टा कर रहे थे। और वह अथाह पानी में हुचकियाँ ले रही थी।

'माधो!, 'उसने धीमी आवाज़ में पुकारा' तुम्हारी नौकरी आज से खत्म होती है और लड़की! तू आज से इसका काम सम्हाल ले।'

'हज़ूर! हम लोग खाने बिना...' उसने भी यहीं से बात छीन ली। 'आख़िर यह लड़की भी तो अब तुम्हारी हुई। इसका क्या होगा' माधो का सिर झुक गया। लड़की ने गुरुजी के पाँव पकड़ लिये 'गुरुजी...' लड़की ने कहा पर वह बोल उठी, 'नहीं मैं कहती हूँ...'

लेकिन मैं... उसने अपने चारों ओर देखा हवा के अलावा और कुछ नहीं। वह तो दब जायगी, पिस जायगी उस हवा के खालीपन में। उसके मन के हाथों कुछ न लगा। और आलोक मेरा मीत...मेरा साथी...मेरा शिशु...।

●

प्रोफ़ेसर

जाड़े की सुबह थी। कुछ हलकी लाल धूप खिड़की के शीशों से छनती हुई कमरे की कक्ष के एक किनारे पड़ रही थी। देखने में वह बड़ी सुहावनी लग रही थी और जी में आता था उसे पकड़कर लिहाफ के नीचे कर लूँ पर सर्दी अधिक थी, बाहर निकलने की हिम्मत नहीं पड़ रही थी। बग़ल ही के कमरे से बर्तनों के उठाये जाने और चाय के पानी की सुनसुनाहट की आवाज़ आ रही थी। सोचने लगा अब चाय आने पर ही उठूँगा। तब तक रेखा एक हाथ में अख़बार और दूसरे में चाय का प्याला लिये कमरे में घुसी। अख़बार देकर जब वह चाय के लिए छोटी टेबुल लेने लगी तो मैंने अख़बार देखना शुरू किया। जैसी आदत थी एक सरसरी निगाह दौड़ाकर दूसरा पेज देखने लगा। नगर समाचार से कुछ विशेष आकर्षण रहता है और उसमें भी आज के कार्यक्रम तो बड़े महत्त्व के होते हैं। एक उसी के बग़ल की चिट्‌ठी पर ध्यान गया। 'हमारी लखनऊ की चिट्‌ठी' हँसी आ गयी आख़िर चिट्‌ठियों का क्या महत्त्व है और यह कैसे लिखी जाती हैं।

चाय का प्याला मुँह के पास ले ही गया था कि चिट्‌ठी की दूसरी सब हेडिंग सामने आ गयी। 'वृद्ध प्रोफ़ेसर ने शादी की'। सोचा इसे पढ़ना चाहिए और जैसे ही निगाह आगे दौड़ायी और प्रो० धावन का नाम देखा तो मेरे विस्मय का ठिकाना न रहा। मैं एकाएक चाय की प्याली छोड़कर उठ खड़ा हुआ और रेखा को पुकारकर कहने लगा 'अरे! देखा तुमने।'

'क्यों?'

वह खड़ी रही और मैं समाचार की पुष्टि के लिए बार-बार उसे पढ़ता रहा।

'कुछ कहो भी तो' और वह खीझकर चलने को हुई।

मैंने कहा, 'प्रो० रामकृष्ण धावन ने शादी कर ली।'

'अरे हटाओ भी', आज तुम्हें सवेरे-सवेरे क्या हो गया है।

सच कहता हूँ और 'नहीं मानती तो लो देखो।'

उसने पढ़ना शुरू किया—

'साठ वर्षीय प्रो० रामकृष्ण धावन ने अपनी २२ वर्षीय छात्रा रजनी से सिविल मैरेज कर ली। विवाह के शुभ अवसर पर नगर के कतिपय प्रतिष्ठित व्यक्ति, राजनीतिक कार्यकर्त्ता, कालेज और यूनिवर्सिटी के प्रोफ़ेसर तथा साहित्यकार, पत्रकार, महिलाएँ उपस्थित थीं। यह जान लेना अत्यन्त आवश्यक है कि प्रो० धावन उत्तर भारत के गिने-गिनाये विद्वानों में से हैं और ६० वर्ष का जीवन उन्होंने पूर्ण अकेलेपन में काटा है।'

समाचार को समाप्त करके उसने एक बार मेरी ओर देखा जैसे विस्मय की रेखाओं में उसकी दृष्टि बँध गयी हो और वह कुछ ठीक देख नहीं पा रही हो। मैं भी चुपचाप खड़ा था पर एकाएक जब उसने पूछा—आख़िर दादा ने यह क्या कर लिया तो मुझसे कुछ उत्तर नहीं बन पड़ा और वह बिना उत्तर की प्रतीक्षा किये ही चली गयी। और मैं सिगरेट जलाकर खिड़की के बाहर देखने लगा।

सुबह की धूप कुछ बढ़ गयी थी पर ज़्यादातर आदमियों के चेहरे अभी तक सुबह की ख़ामोशी का ही इज़हार कर रहे थे। जिसमें एक स्थित विचार, एक आस्था और एक दुर्दमनीय विश्वास था। अभी से चेहरे उद्विग्न हो जायँगे यह मैं जानता था क्योंकि काम की घड़ियाँ क़रीब लग रही थीं पर प्रोफ़ेसर का ध्यान इन बातों के ऊपर था और शायद इन चेहरों की समीक्षा, काम की घड़ियों की गति और प्रभातकालीन मनो व्यावहारिक स्थिरता इस सबका ध्यान मुझे उन्हीं के कारण हो रहा था। और रह-रहकर हँसी आ रही थी कि उसने शादी कर ली और सचमुच यह हँसने की ही बात थी। ख़ुश होने और चर्चा करने लायक चीज़ थी पर हम दोनों हँस नहीं सकते थे, न तो बहुत चर्चा ही कर सकते थे। हाँ, इतना ज़रूर हुआ कि रेखा ने खाते समय कहा, "दादा ने हम दोनों को नहीं बुलाया।"

मैंने कुछ ठीक जवाब नहीं दिया और बात वहीं समाप्त हो गयी। हम दोनों इस विषय पर हमेशा के लिए ख़ामोश हो जाना चाहते थे क्योंकि हमारे दिल एक भयानक अशंका से भरे थे। रह-रहकर उस टूटे हुए दिल की बीती कहानियाँ याद आतीं और चली जातीं। एक व्यापक अनिष्ट की यातना हमारे मन पर छायी रहती पर हम एक-दूसरे से बात नहीं करते थे क्योंकि हम लोग उसे पूरी तरह से जानते थे।

धीरे-धीरे हफ़्ते भर बीत गये पर हमने प्रोफ़ेसर से उसकी शादी के विषय में पूछताछ नहीं की। बार-बार मन में आता था दफ़्तर से एक-दो दिन की छुट्टी लेकर लखनऊ हो आऊँ पर उत्साह नहीं हुआ। आज रेखा से बातें करूँगा यही सोचकर दफ़्तर से उठा था कि जनरल मैनेजर साहब की स्लिप मिली। मुझे दफ़्तर में बुलाया।

वहाँ की बात पहले तो कुछ समझ में नहीं आयी क्योंकि दो पुलिस के सिपाही घूरकर हर आने-जानेवाले को देख रहे थे जैसे कोई जानवर अपना शिकार देखता हो।

उनकी आँखों में एक उतावलापन झलकता था जिसमें विश्वास का अभाव था। मैनेजर साहब ने कहा, 'तुम्हारा समन है।'

'कैसा' मैंने उतावली में पूछा।

अरे वही लखनऊ के प्रोफ़ेसर धावन ने आत्महत्या कर ली है और तुम्हारे नाम एक ख़त छोड़ गये हैं। वहाँ के मजिस्ट्रेट कानूनी कार्यवाही के लिए तुम्हारा बयान चाहते हैं।' उन्होंने लापरवाही से जल्दी-जल्दी कह डाला।

मेरी आँखों के आगे अँधेरा छा गया और प्रोफ़ेसर की सारी ज़िन्दगी का नक़्शा उस अँधेरे में रोशनी की तरह चमक उठा। कुछ समझ में नहीं आया पर जब पुलिस के एक सिपाही ने कहा कि 'साब आपके लिए गाड़ी लाया है ले जाना चाहता है। आपको बुलाया है।' तब ख़्याल आया और कहने लगा 'हाँ चलूँगा।'

मैनेजर साहब ने कहा 'हाँ जी! इसमें कोई ख़तरा नहीं है तुम परेशान न होओ।' तो जी में आया कि कह दूँ क्या बेकार बकते हो मैं इतना तो जानता ही हूँ पर चुपचाप वहाँ से पुलिसवालों के साथ बाहर आया और उनकी मोटर ही से घर गया। रेखा को इस नाटक के दुःखद अन्त की बात बतायी' तो वह माथा थामकर बैठ गयी। कुछ भी बोली नहीं और मैं लखनऊ चला गया।

वहाँ मुझे सीधे लखनऊ के सुपरिण्टेण्डेण्ट पुलिस के बँगले पर पहुँचाया गया। उन्होंने आदरपूर्वक मुझे बैठाया और एक खुला लिफ़ाफ़ा मेरे हाथ में रख दिया। मैंने पत्र निकाला। वह इस प्रकार था—

लल्लन मेरा अन्वेषण असमाप्त है और यह आनेवाले काल में भी ऐसा ही रहेगा। सम्भवतः यही इसका विधान हो जो मानव-मन को एक भूल ही के सहारे एक मृगमरीचिका के पीछे दौड़ाती रहे पर यह झूठा लगाव मेरे जीवन में टिक नहीं सका। मेरी आस्थाएँ जुड़ गयी थीं। अतएव मेरा जीवन मूल्यहीन हो चुका था। इधर कर्णमय दिया से मैंने पुनर्जीवित करने की चेष्टा की पर वे डाल के टूटे फूल की तरह फिर नहीं खिल सकीं। मैंने सोचा शायद मेरा रोग ही मेरा निदान हो सके और मैंने अपनी मुर्दा शरीर की शादी कर ली। तुम चौंको नहीं, मैं तो कभी का मर चुका हूँ। हाँ, उस बार यह ख़बर नहीं बन सकी थी न तो अख़बारवाले इसे छाप ही सके थे। वे तो झूठी चीज़ें छापते हैं न।

मुर्दा की शादी नहीं होती पर मेरी हुई और पढ़ी-लिखी सुशिक्षित नववधू ने घर के अनगिनत फूलों से तन और मन की सेज का कोना-कोना सजा डाला पर उन फूलों में एक इतना भयानक कीड़ा था जो मुर्दे को शीघ्र सड़ा देने को काफ़ी था और वह कीड़ा हर फूल में होता है।

एक दिन सँझलौके ही में शयन-कक्ष की बाहरी रेलिंग पर एक कीड़ा एक समवर्ती फूल से कह रहा था।

'डार्लिंग!' तुम क्यों उदास होते हो। मैं इस बूटे की मेज़ पर बसियाने के लिए नहीं आया हूँ। मैं तो फूल के माध्यम से इसके शरीर का रक्त चूसना चाहता हूँ। मैं तो तुम्हारा हूँ तुम्हारा ही बनकर जीना चाहता हूँ।

मैंने सब सुना। इधर मैं फूलों की बात की भी जानकारी रखने लगा था। मुझे धोखा नहीं हुआ है। मैंने फूल के स्वच्छन्द विकास के लिए ही अपने को हटाया है।

अब बहुत देर हो गयी है तुम्हें अफसोस नहीं करना है। बस अब चला।

और हाँ, एक बात तो भूल ही गया। पुलिस की जाँच-पड़ताल होगी तो कहना कि मैं पोटैशियम साइनाइट खाकर स्वयं मरा हूँ क्योंकि मैं जीना नहीं चाहता था और रजनी देवी तथा महिला सेवा मण्डल को हमारी सारी जायदाद और रुपयों में आधा-आधा हिस्सा दिला देना। काग़ज़ात मैंने लिख दिये हैं।

तुम्हारा

दादा

मेरी आँखें अनायास बरसने लगीं। जी आया ख़ूब रोऊँ पर पुलिस अफ़सर उठकर मेरे बालों को सहलाते हुए कहने लगा, "सचमुच यह बड़े दुःख की बात है। पर अब इस दुःख को भूलने की सोचिये और हाँ, आपको कल एक बयान देना होगा उसे चाहे आप जबानी दे दें या लिखकर दे दें। और हाँ यदि आप लिखकर दे सकें तो और अच्छा हो क्योंकि इस घटना से यहाँ का शिक्षित समाज अत्यन्त विक्षिप्त है अतएव प्रकाशन इत्यादि में सुविधा होगी।"

जब मैं वहाँ से चला तो वह बहुत दूर तक मेरे साथ आया और कहता रहा कि 'मुझे ख़ुद बड़ा ताज़्ज़ुब है कि इतना बड़ा पण्डित आदमी इतनी कोमल विचारधारा में जीता रहा है।' मैं कुछ नहीं बोला और बस चला गया। मैं अपना बयान लिखने की सोचने लगा।

आख़िर मैं क्या-क्या लिख सकूँगा, कितनी बातें कर सकूँगा। सम्भवतः सारी बातें कहने में महीनों लगें इन्हीं विचारों में पड़ा-पड़ा सोचता रहा। अन्त में लगा कि प्रोफ़ेसर के बारे में बयान के लिए कुछ भी लिख के कहना सम्भव नहीं क्योंकि उनके व्यक्तित्व का विस्तार कलम की सीमा से बाहर था अतएव कुछ लिखा भी नहीं जा सका।

•

माँ जी का मोती

टुल्लू मोती से उम्र में बड़ा है लेकिन जब कोई उसकी माँ से पूछता है कि तुम्हारा नाम क्या है तो मोती ही सबसे पहले बोल पड़ता है—'माँ जी'। पता नहीं मोती को यह नाम किसने सिखाया। टुल्लू माँ को माँ ही कहकर पुकारता है, फिर मोती ही के पास यह 'जी' कहाँ से आया—यह जान पाना इसलिए भी कठिन है कि माँ जी-जैसी दुखिया स्त्री के जीवन में कभी वह अवसर ही नहीं आया कि वह अपने बच्चे को ऐसा कुछ सिखाये। सालों से वह एक बच्चे को गोद में, दो को अगल-बग़ल लिये, घर-घर काम खोजती फिरती है। अब तो इस मुहल्ले में उसे दूर से देखकर लोग पहचान लेते हैं कि मोती की माँ है और घर में छोटे-मोटे काम के लिए उसे बुला लेते हैं। काज-परोजन पर अनाज बीनना, मसाला तैयार करना, उरद की पीठी पीसना—जैसे बहुतेरे काम अब माँ जी के नाम घरों में छूटे रहते हैं।

'माँ जी नहीं दिखी कई दिनों से'—अकसर औरतें आपस में बात करती हैं और उनमें से कोई-न-कोई यह ज़रूर बता देती है कि माँ जी कल उसके घर उरद की पीठी पीस गयी हैं। लेकिन कई लोग इस कारण परेशान होते हैं कि उसके साथ तीन बच्चे लगे रहते हैं। कहीं-कही उसे यह भी सुनना पड़ता है कि माँ जी बच्चों को बाहर ही खेलने दो। और वह नेपू को मोती के हवाले कभी बाहरी बरामदे, कभी किसी पेड़ की छाया में छोड़ देती है और ख़ुद काम करती रहती है।

नन्हें मोती में परिस्थिति की अद्भुत समझ है। जाने कैसे वह माँ के दिल की बात समझ लेता है और बिना कहे वह सब-कुछ करने लगता है, जो माँ चाहती है। 'माँ, तुम अन्दर जाकर बात कर लो, मैं नेपू को लेकर यहीं खेलूँगा।'—और वह नेपू ही नहीं, अपने बड़े भाई टुल्लू तक को यह बताता है कि 'लोग हम लोगों के कारण माँ से काम नहीं करवाते; कहते हैं, माँ जी एक भीड़ साथ लेकर चलती है। चुपचाप यहीं खेलो, मैं पेड़ की लकड़ियाँ बीनता हूँ—तुम लोग जुटाओ।' और वह माँ के काम से लौटते-लौटते घर का पूरा ईंधन इकट्ठा कर लेता है।

मोती को शायद प्रकृति ने ही इतना सयाना बनाया है या परिस्थिति का बोध उसमें इतना गहरा है कि जो माँ पर बीतती है वह उसके दिल पर भी बीतने लगती है।

इसलिए वह हर समय वे सारे काम करने को प्रस्तुत रहता है, जो माँ को राहत दे सकें। और वह चुपके-चुपके, अकेले में यह सोचा करता है कि वह बड़ा होकर माँ को दर-दर भटकनेवाले इस काम से छुट्टी दिला देगा। आसपास के बच्चों की माँएँ तो घर में रहती हैं, फिर मेरी माँ? उसका ध्यान बाप पर चला जाता है। दूसरे बच्चों के बाप कमाते हैं—मैं ही बाप बनूँगा अपने घर में, फिर देखता हूँ कि टुल्लू और नेपू कैसे स्कूल नहीं जाते—हर तरह की कड़ाई करूँगा मैं। ऐसे विचार मन में आते ही वह अपना शरीर सीधा कर लेता हैं और कल्पना में लम्बा-चौड़ा पुरुष बन जाता है। कितनी ही रात बीती हो, माँ की एक आवाज़ पर वह उठ बैठता है।

टुल्लू पास की प्राइमरी पाठशाला में पढ़ने जाने लगा। लेकिन मोती स्कूल जाने को तैयार नहीं था। वह दिन भर लकड़ी, कोयले के टुकड़े और गोबर इकट्ठा करता रहता। घर में ईंधन के अलावा इतने उपले बन जाते कि माँ जी उपले बेच लेतीं। साथ ही वह छोटे नेपू की देखभाल भी करता। उसे नहलाता, कपड़े पहनाता, खाना खिलाता और माँ जी निश्‍चिन्त होकर काम पर चली जातीं पहले कुछ दिन तो उन्हें मोती के स्कूल न जाने पर दुःख हुआ, लेकिन धीरे-धीरे यह जीवन का एक ढर्रा बन गया और वे घर लौटते हुए, मोती द्वारा इकट्ठी की हुई सड़क पर पड़ी लावारिस सामग्री की याद करती घर आतीं। मोती दिन-पर-दिन यह देखकर कि माँ उस पर भरोसा करती हैं, कुछ और मेहनत करने लगा।

एक दिन शाम को काम से लौटने पर माँ जी ने देखा कि एक बीमार मरियल-सी बछिया कोठरी के सामने बैठी है और मोती उसे घास की फुनगी खिला रहा है। माँ जी को जाने कैसा लगा कि बिना कुछ पूछे-पछोरे वह मोती पर बरस पड़ी—'अब यह क्या है रे मोती, किसकी बछिया घर लाया है? पुलिस धर-पकड़ करेगी तो तेरे साथ हम सब भी जेहल जायेंगे।'

'नहीं माँ, उठा नहीं लाया, वह सामने जो डेरीवाला ग्वाला है न, उसी ने दी है। कहा है, इसे खौरया है, लेना हो तो ले जाओ, वर्ना किसी दूसरे को दे दूँगा। मेरे दूसरे जानवरों में बीमारी फैल जायगी। तुम्हें जानता है माँ। कहता था, माँ जी के भाग्य से जी जायगी तो बड़ा दूध देगी।

'माँ जी के भाग्य में इतना ज़ोर ही होता तो...' वे जैसे बोलते-बोलते रुक गयीं। पति की बात उठाकर वे बच्चों को नाहक दुःखी नहीं करना चाहती थीं। लेकिन मोती माँ की बात समझ गया। कहने लगा, 'देख लेना माँ, यह जीकर रहेगी। मैं डाक्टर साहब से पूछ आया हूँ। कह रहे थे गरम पानी में फिटकरी भिगोकर पाव धोना और यह टिकिया खिलाना।'

मोती की बातें सुनकर माँ ज़ी की आँखों में आँसू आ गये। हे भगवान्, यह लड़का क्या होकर पैदा हुआ है! उसने मन-ही-मन कहा और आग जलाकर पानी

गरम करने लगी। टुल्लू दौड़कर दूकान से फिटकरी लाया और बछिया के खुर धोये जाने लगे। दो ही दिन की सेवा में बछिया पागुर करने लगी और उठ खड़ी हुई। माँ जी को लगा अब यह जी जायगी, तो वे ख़ुद ग्वाले के पास गयीं और उससे बछिया वापस लेने को कहने लगीं। लेकिन वह एक भी सुनने को तैयार नहीं हुआ। उल्टे कहने लगा, 'माँ जी, आप धर्मी हैं। हमें ईश्वर ने वैसे ही बहुत दिया है। आप उसे मेरा दान मानकर अपना बना लें। मैं बहुत ख़ुश होऊँगा, उसे आपके पास देखकर।'

फिर क्या था। अब मोती के पास एक और काम निकल आया। वह अपनी बछिया लेकर उसे चराता और काम भी करता। देखते-देखते मोती की बछिया का रंग बदल गया और वह तेज़ी से दौड़-भाग करने लगी। कभी-कभी तो वह भागकर अपनी माँ के पास चली जाती, लेकिन ग्वाला तत्काल अपने आदमी के हाथ उसे वापस करा देता। माँजी उसके लिए अनाज का बनावन और उरद के छिलके लातीं और टुल्लू तथा नेपू तरह-तरह की योजनाएँ बनाते।

मज़े की बात यह थी कि टुल्लू बड़ा होने पर भी मोती को भइया कहता और मोती टुल्लू तथा नेपू को बहुत प्यार करता था। सुबह माँ जी के काम पर जाने के बाद दोनों भाइयों को स्कूल भेजकर मोती अपनी बछिया खोलता और एक टोकरी तथा खुरपी लेकर दूर-दूर तक निकल जाता। साथ में चरनेवाले पशुओं का गोबर और पेड़ की लकड़ी इकट्ठा करके कहीं रखता और घास छीलकर टोकरी में भरता जाता। जब टोकरी भर जाती तो बछिया दूसरे चरवाहों के हवाले कर घास घर पर रख आता और बाद को गोबर और लकड़ी के साथ बछिया लेकर घर लौटता।

गर्मियों के दिनों में घास की कमी हो जाती है इसलिए मोती को दूसरे चरवाहों के साथ अधिक दूर तक जाना पड़ जाता था। मोती इसे बहुत पसन्द नहीं करता था और माँ जी भी उसे मना करती थीं, पर काम ऐसा था कि मोती दूसरे चरवाहों का साथ नहीं छोड़ पाता था।

ऐसे ही एक दिन मोती घर से क़रीब एक मील दूर, रेलव स्टेशन के पास पहुँच गया था और सोच रहा था कि आज गोबर और लकड़ी न पहुँचाकर सिर्फ़ घास ही घर ले चलेगा, इसलिए ट्यूबवेल की नाली के किनारे बैठकर घास छीलने लगा। इसी बीच बछिया रेल की पटरियाँ पारकर दूसरी ओर चली गयी।

जब मोती को बछिया का ध्यान आया तो वह इधर-उधर दौड़-भाग करने लगा। उसे बछिया कहीं नहीं दिखी। वह प्लेटफार्म की ओर जाकर स्टेशन के मुख्य द्वार से निकल रहा था कि उसे सीढ़ियों पर पड़ा एक पर्स दिखायी पड़ा। बालसुलभ

उत्सुकता के कारण उसने उसे उठा तो लिया लेकिन जब उसे खोला तो रुपये देखकर उसका सिर चकराने लगा। माँ की झुर्रियों भरी मुखाकृति में आँसुओं की आड़ी-तिरछी अनेक नदियों का बहाव उसने देखा था।

उसे याद आया—बेटा, कभी किसी दूसरे की चीज़ मत छूना, और वह चिल्ला पड़ा, "यह किसका रुपया है, यह किस का..." तभी पास ही खड़े एक पुलिस के सिपाही ने अपने कड़े हाथों से उसकी कमज़ोर कलाइयों को जकड़ लिया, "चिल्लाता है, चुपके से मुझे देते नहीं बना।" लेकिन तब तक दसियों लोग वहाँ इकट्ठे हो गये थे और रुपये का दबना अब किसी प्रकार सम्भव नहीं रह गया था। 'क्या बात है साहब, लड़के ने पर्स पड़ा पाया है और चिल्ला-चिल्लाकर पर्स के मालिक को बुला रहा है तो इसमें उसका क्या कसूर है?' भीड़ में से एक ने कहा।

'बहुत बड़ा जेबकट है। आप क्या-क्या समझेंगे! हम लोग तो रात-दिन यही देखते रहते हैं...' और वह मोती को बेतहाशा पीटने लगा। मोती बेहोश होकर गिर पड़ा तो उसे कई लातें मारीं और घसीटकर प्लेटफार्म के अन्दर ले गया। अपने अफ़सर के यहाँ चोरी का केस दर्ज़ कराकर उसने फिर मोती पर लात-घूँसों की वर्षा की और कहा कि—'यदि तुमने जेबकटी मानने से इनकार किया तो मार ही डालूँगा। बोल कहेगा कि नहीं?'

'कभी नहीं मानूँगा,' मोती लड़खड़ाती आवाज़ में बोला। तभी कुर्सी पर बैठा अफ़सर अपनी सीट से उछला और उस नन्हें-से मासूम बच्चे को बुरी तरह पीटने लगा।

मोती बेहोशी की हालत में पुलिस हवालात में डाल दिया गया और उस पर बाक़ायदा चोरी का इल्जाम लगाकर रपट लिखा दी गयी।

●

ग़रीबों की बस्ती

यह है कलकत्ता का वह बाज़ार, जिसके एक ओर सरकारी अफ़सरों तथा महाजनों के विशाल भवन हैं और दूसरी ओर पीछे उसी अटपट सड़क के पास मिल मज़दूरों तथा दूसरे प्रकार के श्रमजीवियों की बस्ती है।

नन्हें-नन्हें झोपड़ों तथा मकानों की बाहुल्यता के कारण सारी बस्ती एक घर-सी दिखायी पड़ती है। निस्सन्देह वह एक घर ही है जहाँ जीवन अपनी यथार्थ परिभाषा में चलता है। धर्म श्रम की छाया में विलीन है। चलना जाननेवाला बच्चा भी गृह-कार्यों में सहायक है।

नूरी उसी बस्ती की एक कन्या है। वह नित्य सन्ध्या समय अपनी एक छोटी बहन के साथ नन्हें-से काठ के ठेले को ठेल-ठेलकर मूँगफली बेचती है। आज से नहीं दस वर्ष से वह मधुर गानों से उस सड़क पर चलनेवालों से परिचित है। वह भी जीवन की गतिविधि के साथ अनुभवों का जाल बुनती जा रही है। एक ओर विशाल अट्टालिकाएँ उसकी ओर पीठ किये खड़ी हैं; दूसरी ओर वही बस्ती अपना दामन फैलाये उससे वर्षों से कह रही है "नूरी! आ तेरी मूँगफली के ग्राहक तो इस ओर बसे हैं; तू क्यों बेकार अपने मधुर संगीतों को निर्जीव दीवारों के शुष्क उर पर लुटाती है।" इस पर नूरी एक लम्बी साँस लेकर कह उठती—

"चल मरियम, अपनी बस्ती की ओर चलें। वहाँ लड़के मूँगफली खरीदेंगे" और अपनी गाड़ी को टेढ़ी-मेढ़ी गलियों की ओर घुमाकर चल देती। नूरी की तेज़ आवाज़ को सुनते ही मज़दूरों के छोटे-छोटे बच्चे, "नूरी आयी, नूरी आयी" कहकर उसे घेर लेते। थोड़े ही समय में वह अपनी झोली साफ़ कर, पैसे को अपनी फटी-पुरानी ओढ़नी के किनारे में बाँधकर, गाड़ी को खड़खड़ाती हुई घर की ओर चली आती।

नित्य जीवन की इतनी विषमता और कठोरता के बीच जीवन बितानेवाली नूरी का हृदय अनुभूतियों का घर बन गया था। उसे लगता था जैसे जीवन आवश्यकताओं से इतना जुड़ा हुआ है कि उसे अलग करना जीवन को निर्जीव बना देना है; इसी में गति है; इसी में प्रवाह है। वह सोचती, आज उसे एक सलवार और फ्राक की

बहुत आवश्यकता है। यह कितना उपहासजनक-सा ज्ञात हो रहा है कि ओढ़नी के तार-तार अलग हो गये हैं, अम्माँ तो इसे देखती है पर वही बेचारी क्या करे; पैसे तो होंगे नहीं। यही सोच रही थी कि माँ ने बाहर से पुकारा, "नूरी! जा बेटी मूँगफली बेच आ; समय हो गया है" और वह चौंक पड़ी। माँ कहती गयी, "तेरे कपड़े फट गये हैं; मैं आज गुदड़ी बाज़ार जाऊँगी, यदि मिल गया तो लेती आऊँगी। कुछ अधिक बेच लिया करो बेटी!"

नूरी और मरियम अपने कण्ठस्वरों को मिलाती हुई, गा-गाकर उसी काठ के ठेले को खड़खड़ाती फिर उसी राह चल पड़ीं। आज नूरी अधिक उत्साहित थी क्योंकि यदि वह अधिक बेचेगी तो उसे सलवार मिल जायगा। वह फिर उसी पुरानी सड़क पर अपने ठेले को बढ़ाती चली जा रही थी। गाते-गाते जब थक जाती थी तो कहीं-कहीं रुककर आनेवाले आदमियों को भी देख लिया करती थी।

कमल ने अपने भवन के ऊपरी भाग से इस कलकण्ठ को सुना और सोचने लगा—यह कौन है जो इतने मीठे शब्दों में गा रही है। ऊपर से नीचे झाँका तो एक युवती को एक छोटी-सी लड़की के साथ सिर खोले देखा। उसके बाल संन्यासियों के बालों की तरह उलझे हुए थे। कमल को छह वर्ष पहले की बात याद आ गयी। उस याद में उसने बालिका नूरी को देखा जिसमें एक समय चंचलता थी वह दौड़कर आती। "बाबू जी यह मूँगफली है," कहकर वह फिर लौटने की चेष्टा करती और तब मैं कह उठता, "पैसे तो लेती जा।" हाँ केवल मैंने एक बार उससे यह अवश्य कह दिया था, "नूरी तुम क्यों बेचती रहती हो?" कितनी सरल थी वह, कितना भोलापन था उसमें! और फिर तीक्ष्ण स्वरों के गान ने उसके विचारों को भग्न कर दिया।

कमल धीरे-धीरे नीचे उतरा तो देखते ही उसके मुख से निकल पड़ा, "नूरी! पर सहसा वह रुक गया; शायद कोई दूसरी लड़की न हो, पर नूरी ने देखकर पहचान लिया और लजाकर नीचे देखने लगी। कमल भी समझ गया कि यह वही नूरी है पर समय ने इस पर कितना रंग पोत दिया है। वह मौन खड़ा देख रहा था—"कितना बिखरा सौन्दर्य है कि यदि इसे इकट्ठा कर लिया जाय तो देवकन्याएँ भी परास्त हो जायँ। गौरवर्ण का स्वस्थ शरीर इन फटे चिथड़ों से उन्मुक्त होकर झाँक रहा है। नेत्रों में कितना माधुर्य है; कितनी शीलता है पर इस काठ की गाड़ी तथा इन फटे चिथड़ों में सब-कुछ प्रच्छन्न है।

वह सहसा इतना सब सोच गया और फिर एक बार उसने पुकारा—नूरी।

"जी बाबूजी", नूरी ने नीचे ही सिर किये कह दिया। कमल ने उसकी ओर निर्भीकता से देखते हुए कहा, "तू कहाँ रहती है?"

"मैं तो यहीं रहती हूँ, आप ही बहुत दिनों पर दिखायी दे रहे हैं", कहकर नूरी ने सिर ऊपर किया तो देखा कमल उसकी ओर देख रहा था और फिर वह सहमकर नीचे देखने लगी।

कमल जैसे इस सुप्त सौन्दर्य को परख गया हो; उसका हृदय परवश हो गया। उसने कहा, "मैं तो छह वर्ष से अपने मामा के यहाँ बम्बई में रह रहा हूँ। उनके देहावसान के बाद सारा कारोबार मेरे ही सिर पर तो आ पड़ा है।"

नूरी कुछ न बोली। थोड़ी-सी मूँगफली निकालकर मरियम के हाथों भेजवाते हुए, खड़-खड़... अपनी गाड़ी को ठेलकर वह चल पड़ी। कमल दोनों हाथों से मूँगफली लेता हुआ आज जैसे किसी के प्रेम-पाश में बँधता जा रहा था। उसने पैसे निकालकर देते हुए कहा, "ले जा, दौड़! देख नूरी गाड़ी ठेलती जा रही है और वह वहीं खड़ा-खड़ा देखता रहा कि यह भी जीवन का एक रास्ता है जिसे नूरी इस प्रकार काट रही है। संसार का क्या विधान है। वह उलझ गया सोचने में पर नूरी फिर जब तक बस्ती में नहीं चली गयी उसने अपने गीतों को नहीं गाया।

दिन बीतते गये; नूरी अपने कार्यक्रम को करती गयी पर अब वह स्वतन्त्रतापूर्वक गा-गाकर नहीं बेचती थी। उसे लगता था जैसे कोई मेरे गीतों को सुनने के लिए छिपा है। उसका संयम दिन-पर-दिन बढ़ता गया और वह नित्य प्रति अपने में खोती गयी। कमल भी अपनी उसी कोठरी में बैठा-बैठा मूँगफली पा जाता पर देर होते देख उसका हृदय विकल हो उठता था। उसे रात पहाड़-सी लगती थी।

इधर नूरी अपने परवश हृदय के ठोकरों से विचल हो उठती थी। जैसे उससे कोई कहता था, "यह बड़े-बड़े प्रासाद तेरे लिये नहीं नूरी!, यह तो रंगीन तितलियों के लिए हैं; तेरा निवास तो वही तृण कुटीर है जिसने तुझे सुखपूर्वक जिलाया है।" वह चौंक पड़ती और अपनी गाड़ी लेकर चली जाती।

सन्ध्या के विशाल वक्षःस्थल को बस्ती के नन्हें-नन्हें घरों से निकलते हुए धुओं ने अत्यधिक धूमिल कर दिया था। कही-कही दीपक अपनी क्षीण प्रभा से मुस्कराने लगे थे। इधर नूरी अपनी मूँगफली बेचकर देर हो जाने के कारण शीघ्रता से गाड़ी दौड़ाये चली जा रही थी। उस बँगले के सामने पहुँचकर उसकी गति धीमी पड़ गयी पर वह रुकी नहीं। धीरे-धीरे चलती गयी। किसी ने धीरे से पुकारा "नूरी!"

वह शब्द पहचान गयी और बोल उठी, "जी बाबूजी!"

"क्या तुम मुझे समझती हो?" कमल ने सम्हालकर कहा।

"अच्छी तरह बाबूजी और मैं आपको बहुत प्यार करती हूँ, पर बाबूजी! मैं एक मुसलमान की लड़की हूँ।" नूरी न जाने कैसे यह एक साँस में कह गयी।

कमल का हृदय उमड़ पड़ा। उसने कहा, "नूरी! धर्म हमारे प्रेम की सीमा नहीं है; हमारे हृदय का कठघरा नहीं है; वह तो स्वयं इसी हृदय से पैदा होता है। फिर मैं अपने घर का मालिक हूँ; तू इसके लिए न डर।"

नूरी ने अपनी सारी शक्ति बटोरते हुए कहा, "बाबूजी! मैं एक मज़दूरिन की लड़की हूँ और आप धनी हैं। कितनी विषमता—कितना द्रोह है। बाबूजी! आप लोग सौन्दर्य के उपासक हैं और सौन्दर्य सदा सत्य नहीं है। वह तो समय के साथ घटता-बढ़ता रहता है और इसीलिए रूप के उपासकों का प्यार भी सौन्दर्य की घटती के साथ घट जाता है। देखिये बाबूजी! वह काले-काले भौंरे फूलों से केवल पराग के लिए प्यार करते हैं और उसके प्राप्त होते ही उसका साथ छोड़कर उड़ जाते हैं।"

कमल, नूरी की भावपूर्ण वाणी में उलझ गया। उसे लग रहा था जैसे नूरी अनुपम सौन्दर्य के साथ-साथ अपार अनुभूतियों से परिपूर्ण है। वह कुछ कहने ही जा रहा था कि नूरी ने कहा—

"देर हो रही है, मैं जा रही हूँ बाबूजी! और वह बिना उत्तर पाये ही अपनी गाड़ी को ठेलती बढ़ गयी और दूसरे ही क्षण अन्धकार की काली दीवारों द्वारा कमल से अलग कर दी गयी। कमल खड़ा-खड़ा अन्तरिक्ष से आते हुए खड़-खड़... शब्द को सुनता रहा और सोचता रहा, "नूरी कितनी दृढ़ है, कितनी विचारशील है।"

× × ×

सारा बंगाल पैशाचिक नरसंहार का केन्द्र बन गया था। चारों ओर हिन्दू-मुसलमान की भावना विषैली सर्पिणी की भाँति लोगों को डस रही थी। मासूम बच्चे माताओं के आगे ही जला डाले जाते थे। माताओं के स्तन काट लिये जाते थे; कन्याओं के साथ बलात्कार किया जाता था। चारों ओर घर-घर में, हृदय-हृदय में साम्प्रदायिकता का विषम ज्वर फैल गया था पर यह बस्ती अब भी अपने आन्तरिक प्रदेश में वैसी ही थी। यद्यपि बाह्य रूप में, भीषण समाचारों द्वारा अन्तर अवश्य था। लोगों ने आना-जाना बन्द कर दिया था। नूरी भी बन्दी की भाँति अपने तृण कुटीर में पड़ी सोचा करती, यही है सम्पत्तिवालों का खिलवाड़ जो हमारी पवित्र बंगभूमि को नीच साम्प्रदायिकता की प्रचण्ड अग्नि में झोंक रहा है। वह अपने को भूल-सी जाती और कह उठती 'कमल! तुम भी तो धनिक हो; क्या तुम भी ऐसा करते होगे? शायद तुम इस जीवन पर तरस खाते होगे पर देखो! आँखें खोलकर देखो! कितना मधुर

है यह; क्योंकि इसी दरिद्रता के कारण देश में फैले हुए बहुत-से ग़रीबों का साथ हो पाता है। उनके दुःखों को मनुष्य समझ पाता है। इसीलिए मैं कहती हूँ, "रहने दो मुझे; मैं यहीं रहूँगी। मुझे यहीं जीवन मिलेगा। मैं कर्मों के बीच, संघर्षों के बीच जी लूँगी। मुझे क्षमा करो बाबूजी और यही सोचते-सोचते वह उसी कुटीर के तिनकों में अपनी दृष्टि बिखेर देती।

वह यह सब सोच ही रही थी कि माँ ने बाहर से पुकारा—"नूरी।"

नूरी उठकर दौड़ी गयी "जी अम्माँ!" कहकर उसने जब देखा तो जैसे माँ किसी सम्भावित विपत्ति के अनुमान से खिन्न हो उठी है और मरियम उसके कन्धे पर हाथ रखे खड़ी है।

माँ बोली, "तुमने नहीं सुना बेटी"!

"नहीं माँ"—नूरी ने उत्तर दिया।

"हमारी बस्ती में भीषण रक्तपात की तैयारी हो रही है। चारों ओर से लोग इसे जला डालने के लिए प्रयत्न कर रहे हैं। मैं अभी गिरती-पड़ती चली आ रही हूँ। पूछती नहीं मरियम से, लोग बस्ती को एक ओर सें घेर रहे हैं।"

"वे कौन हैं अम्माँ?"

"यह तो मैं नहीं जानती बेटी।"

मरियम ने मुँह लटकाते हुए कहा, "तुम्हारे बाबूजी भी तो गुण्डों के एक दल को ललकार रहे थे।"

"कौन? बाबूजी! मरियम", नूरी ने विस्फारित नेत्रों से काँपते हुए कहा।

"बहन! वही बाबूजी " कहकर मरियम भय से रोने लगी। नूरी काँप उठी और सर पर हाथ रखकर बैठ गयी। माँ जैसे इन बातों को सुन ही नहीं रही थी। वह सोचती जा रही थी। इतने में 'मार डालो, जला दो' के साथ रोने-चीखने के घोर रव से बस्ती गूँज उठी। माँ ने घबड़ाकर कहा, "नूरी! ओ नूरी! अब क्या हो बेटी?"

नूरी हताश हो गयी थी। उसने लम्बी साँस लेकर कहा, "क्या होगा माँ, चलो यहाँ से" और जैसे ही दोनों घर से बाहर निकलीं, गली में अपार भीड़ चीखती-चिल्लाती प्राणरक्षा के लिए भागती जा रही थी। वे भी उसी में शामिल हो गयीं। कोई गिरता था तो उसके ऊपर से हज़ारों आदमी दौड़ रहे थे और गुण्डे अपने पैशाचिक कृत्यों द्वारा अपने हाथों को निरीह जनता के रक्त से रँग रहे थे और धर्म के मुँह पर कालिख पोत रहे थे। गली लाशों से पट गयी। सारी बस्ती धू-धू करके जल रही थी; जैसे धर्म की होली जल रही थी, मानवता की अर्थी जल रही थी।

अम्माँ और मरियम का कहीं भी पता नहीं था। वे कहीं दबकर समाप्त हो गयी थीं पर नूरी अब भी कुछ लोगों के साथ दौड़ती जा रही थी। इतने में एक भीड़ ने उसे घेर लिया। लाठियाँ चलने लगीं। किसी ने बढ़कर एकं लाठी नूरी के सिर पर मार ही तो दी और नूरी मत्थे पर हाथ रखती हुई गिर पड़ी। तेज़ रक्त की धारा से उसका शरीर लथपथ हो गया। किसी ने पीछे से ललकारा, "ख़ूब किया, सलवार पहने थी।" और बढ़कर देखा तो नूरी विस्मित की ओट में अपनी सारी चेतनाओं को फैलाकर चित लेट गयी है। वही फटा सलवार और फ्राक; कमल पहचान गया और उसके सिर को अपनी गोद में लेकर बैठ गया।

"नूरी! ओ नूरी!", वह व्यथित होकर कह उठा, "मुझे क्षमा कर दो; नूरी! आँखें खोलो!" पर नूरी बेहोश ही रही। बहुत-से लोग इस नये नाटक को देखने के लिए एकत्र हो गये थे। नूरी ने एकाएक नेत्र खोल दिया और अपने को इस दशा में देखकर वह चौंक उठी। ऊपर देखा तो बाबूजी उसके सर को गोद में लिये आँसू बहा रहे हैं। आज उसके हृदय से सहानुभूति का पंछी पर फैलाकर उड़ चुका था। वह जैसे कमल की गोद में सिर खींच लेना चाहती थी।

कमल ने कहा, "नूरी! मेरी नूरी! मुझे..."

"कुछ नहीं बाबू जी। वह धर्म की परिभाषा याद कीजिये; चले जाइये, हट जाइये;—मुझे मरने दीजिये; इसमें बाधक न बनिये," कहकर नूरी ने अपने नेत्र बन्द कर दिये।

कमल पश्चात्ताप की अग्नि में जल रहा था। उसने कहा, "नूरी! तू क्या कह रही है?"

"ठीक कह रही हूँ। देखिये! देखिये! वह ग़रीबों की बस्ती, वह निरीहों की बस्ती जल रही है; निरपराध-अकारण। मेरी खिल्ली न उड़ाइये। बाबूजी देखिये..नूरी...तो उसी बस्ती... में...तड़फड़ा रही है। उसी बस्ती ...में मर... रही...है। यह तो...मोह है; आसक्ति ...है।"

वह बड़बड़ाती गयी, "क्षमा करो...बाबू...जी! इसे...न जलाओ; यहाँ...धर्म का... वही रूप ...है, जो... आपने...एक दिन... कहा था। देखो... तुम्हारी...नूरी तुमसे प्रार्थना कर...रही है। यह ग़रीबों की...बस्ती आबाद होते...हुए भी... बर्बाद है,...इसे न उजाड़ो...।" और वह अविसन्न हो गयी; मूक हो गयी। कमल ने देखा-नूरी अब उसकी नूरी नहीं रह गयी है। वह 'ग़रीबों की बस्ती' में..., वह उन्मत्त-सा, पागल-सा बकता हुआ, उसी जलती विभीषिका की ओर दौड़ पड़ा।

× × ×

कुछ दिनों बाद सुना गया कि वहीं ग़रीबों की बस्ती के उजड़े खँडहरों में एक पागल नवयुवक घूम-घूमकर कुछ ढूँढ़ता रहता है; नूरी! नुरी!...पुकारकर अपनी प्रतिध्वनि को पकड़ने के लिए दौड़ा करता है।

●

रक्तदान

'क्यों प्रकाश! तुम्हारे कला से अनुराग ने क्या तुम्हें पशु तो नहीं बना दिया है? जब देखता हूँ यही पहाड़ी टीला और झरनों का कल-कल स्वर तुम्हें आकर्षित किये रहता है। मुझे ऐसा लगता है यह नीरवता तुम्हें मनुष्यता से दूर किसी उस स्थान को ले जाना चाहती है जहाँ मानव अपनी मानवता को विस्मृति के हाथों बेच देता है। जन-कल्याण की भावना विवश विरक्ति का रूप धारण करती है।'...सत्य इतना कहकर चुप हो गया और पास ही के एक पेड़ की डाली के सहारे खड़ा होकर दूसरी ओर देखने लगा, जैसे वह मित्र की सहानुभूति चाहता हो। प्रकाश ने जब एकाएक सत्य को इस मुद्रा में देखा तो वह आकुल हो उठा और कहने लगा—'क्या हुआ भैया! मैं समझ नहीं पाया।'

सत्य ने जैसे अपना प्रभुत्व स्थापित करते हुए कहा, 'क्या तुम नहीं जानते कि तुम हैदराबाद में हो, जो भारतीय संघ से लड़ने को तैयार हो रहा है? क्या तुमने कल उस पनिहारिन की लड़की के विषय में नहीं सुना जो रजाकारों की गोली की शिकार हो गयी?'

'नहीं भैया मैंने तो नहीं सुना।'

'तुम क्यों सुनोगे; तुम तो बैठकर कहानी लिखो तुमसे इन बातों से क्या मतलब?' सत्य ने झुँझलाकर कहा।

'तुम क्या कहते हो भैया? जो हृदय कल्पना-संसार में मनुष्य को प्रकाश का दर्शन कराने में समर्थ हो सकता है, वह उसके लिए प्राण भी दे सकता है। हमारा हृदय केवल कल्पनाओं की कोठरी ही नहीं प्रत्युत लोहे की वह म्यान है जिसमें तीखी तलवारें भी हैं। मैं अभी तक नहीं जानता था, तुम मुझे कल से देखना।'—प्रकाश ने उत्तर दिया।

सत्य, प्रकाश के साथ बातें करते चल पड़ा। सारे अत्याचारों की मर्मभरी कथा सुनकर प्रकाश का भावुक हृदय उबल पड़ा। दार्शनिकता की इस सीमा पर आँखें अपने को छिपा नहीं सकतीं। फिर भी यदि मनुष्य भावुक हुआ तो उसका कण्ठ भी

अवरुद्ध हो जाता है। प्रकाश की यही हालत हुई। वह बोलने में हिचकने-सा लगा। तब तक किसी ने पीछे से उसके कन्धे पर थपकी लगाते हुए कहा, 'कहिये बहादुर साहब! इतना ही सुनकर यह हालत हो गयी।' प्रकाश ने पीछे देखा तो किरण न जाने कब से उनके पीछे-पीछे चली आ रही है। उसने कहा, 'क्यों किरण! तुम कब से पीछे लगी हो? किरण ने उदास मन से कहा, 'कभी से लगी हूँ, पर शायद अब न लगी रहूँ।' प्रकाश ने अपने को सम्हालते हुए कहा, 'कहो! क्या बात है?' 'इसीलिए कि हम सभी बहनों ने पूज्य बापूजी के कथनानुसार सतीत्व की रक्षा के लिए प्राण देने का निश्चय कर लिया है। आपको तो कहानियों से अवकाश मिलेगा ही नहीं।' यह कहते-कहते किरण फूट पड़ी। प्रकाश अप्रतिभ हो गया। इस दोहरे ठेस ने उसके हृदय को टूक-टूक कर दिया। वह चलने में असमर्थ हो गया और किरण को पकड़कर फूट-फूटकर रोने लगा।

सत्य का कठोर हृदय इसे न समझ सका। उसने कहा, 'प्रकाश यह लड़कों-सा रोना ठीक नहीं। ऐसी भावुकता के प्रवाह में बहनेवाला मनुष्य कर्त्तव्याकर्त्तव्य के ज्ञान को भूल जाता है और फिर आकर उस किनारे लगता है जहाँ पश्चात्ताप सन्ताप बनकर उसे सूर्य की भाँति डसा करता है। तुम्हें तो बहन किरण को समझाना चाहिए। आज हमारे लिये जीवन-मरण का समय है। यदि इस प्रकार आँखों के रास्ते हृदय का ख़ुमार बहाओगे तो निःसन्देह हमारी माताओं और बहनों को विष खाकर प्राण देना पड़ेगा और हमें अपने बच्चों को अपनी आँखों के सामने संगीनों के ऊपर खेलते देखना पड़ेगा। बन्द करो इस खेल को।' और इतना कहकर उसने प्रकाश की बाँहें पकड़कर खींच लिया और अपनी रूमाल से किरण की अश्रुधारा को पोंछ दिया। सब आगे बढ़े।

गाँव आ गया पर बातें न हो सकीं। निस्तब्धता ने जैसे सबके हृदय में घर कर लिया था। पर सत्य ने उसे भंग कर दिया। वह गम्भीरतापूर्वक कहने लगा, 'देखो बहन! तुम्हें आज से दुर्गा का रूप धारण करना है और बहादुरी के साथ देश-रक्षा के लिए स्त्रियों को तैयार करना है। हम लोग आज तुम्हारी सभा में आवेंगे। तुम जाओ और इधर हम लोग हथियारों के विषय में सोचें।'

चारों ओर रजाकारों का संगठन बढ़ता जा रहा है। उनके अन्याय की भी कमी नहीं। प्रकाश के गाँव के चारों ओर रजाकारों के गुप्तचर अपनी द्रुतगति से अवस्थानों पर दृष्टि गड़ाये हुए थे। बहुत-से हिन्दू भी रुपया लेकर गुप्तचर विभाग में कार्य कर रहे थे। स्वार्थ की भावनाओं से आबद्ध मानव अपने को चाँदी के टुकड़ों पर युगों से बेचता आया है और बेचता रहेगा। राष्ट्रीयता, नैतिकता की हँसी नहीं उसकी खिल्ली उड़ाने का सफल प्रयास था। इसी कारण उन्हें प्रत्यक्ष रूप से संगठन करना हमले को अपने ऊपर बुलाना था। पर अवश्यम्भावी वस्तु को टालकर सन्तोषित होकर बैठना

भी कायरता ही होती है। दोनों अपने कार्यों में लग गये। सत्य, प्रकाश का साथ देने लगा। कुछ हथियार उन्हें प्राप्त हो सके। उन्होंने उसे गाँव में लाकर सिखाने का कार्य भी आरम्भ कर दिया।

किरण ने स्त्रियों में स्वयंसेवक संगठन का कार्य बड़ी तीव्रता से प्रारम्भ कर दिया। इधर प्रकाश भी घूम-घूमकर गुप्त सभाओं में भाषण देने लगा। सत्य हथियारों को बाँटने तथा स्वयंसेवकों को सिखाने में जुट गया। अनवरत कार्य की धुन के कारण बहुत ही अच्छा संगठन हो गया। अलग-अलग स्त्रियों के निवास का प्रबन्ध तथा उनके रक्षक भी नियुक्त हो गये, जहाँ स्त्रियाँ रात्रि में जाकर सोती थीं। एक बड़ी सेना भी बनायी गयी जो पुलिस तथा सेना के आक्रमण को सम्हालने तथा उस पर विजय प्राप्त कर उसके हथियार छीनने का कार्य करने लगी। सत्य उसका प्रधान बन गया। प्रकाश ने सभी स्त्री-निवासों की रक्षा का भार लिया।

इधर रजाकारों के अत्याचारों की पराकाष्ठा हो गयी। वे स्त्रियों के साथ बलात्कार, धर्म-परिवर्तन तथा बच्चों की हत्या खुलेआम करने लगे। इस तीव्रगति को अवरुद्ध करने के लिए सत्य ने सोचा कि थानों पर अधिकार करना चाहिए और सारे स्वयंसेवकों को इसका आदेश देकर वह प्रकाश से विदाई लेने चला। प्रकाश उस समय अहाते में महिलाओं के बीच भाषण दे रहा था। सत्य एकाएक न खुलकर सुनने लगा। प्रकाश गरज-गरजकर कह रहा था, 'बहनो आज जन्मभूमि रक्त चाहती है। उसे प्यास है; वह देखना चाहती है तुम्हारे त्याग की—शक्ति को। सभा चिल्ला उठी, 'हम हैं तैयार, रक्तदान को।'

सत्य सुनकर भड़क उठा और धीरे-धीरे अन्दर घुसा जैसे उसका सीना आज दूना हो गया था। उसका हृदय आज आँसुओं से भरा है—वह बाहर दृढ़ता के बाँध को तोड़कर निकल पड़ना चाहते थे। पर वह दृढ़ था, सम्हल गया।

किरण ने बढ़कर सत्य का स्वागत किया पर आज वह मुस्कान न थी। गम्भीरता बाह्य जगत् को आन्तरिक अनुभूति का परिचय देती है, उसे किरण समझती थी पर आज उसे देखकर उसका हृदय डर गया। पश्चिम में आकाश जैसे रक्त से स्नान कर पवित्र रक्तदान को चरितार्थ कर रहा था। वह उसी में उलझ गया और एक दृष्टि से उसे देखता-देखता भूल गया कि प्रकाश भी आगे खड़ा है। प्रकाश ने कहा, 'क्यों भैया?'

वह चौंक पड़ा। कहने लगा, 'हम लोग अपने कार्य पर जा रहे हैं, तुम यहाँ देखना।' वह चल पड़ा पर जैसे उसका कुछ भूल गया हो। चिड़ियों का चूँ-चूँ करके घर लौटना जैसे उसके लिए ईर्ष्याजनक लगने लगा पर वह सत्कार्य पर जा रहा है—युद्ध पर जा रहा है, इस विचारधारा ने उसे शक्ति दिया और वह बढ़ता गया। किरण

तथा प्रकाश ने देखा सत्य, उनका सत्य—उनके हृदय का सत्य चला जा रहा है उन्हें छोड़कर। प्रकाश हार मान गया; किरण प्रच्छन्न हो गयी क्योंकि अन्धकार की रेखाओं ने उन्हें सत्य से अलग कर दिया।

आज की रजनी अपनी कालिमा से प्रकाश की प्रतिमा को हर चुकी थी। वह निस्सहाय-सा समझ पड़ रहा था। वह मानवीय प्रकृति है जो ममत्व की प्रतिभा से निष्प्राण होने पर तड़प उठती है उसी प्रकार जैसे जल के बाहर मछली। प्रकाश कुछ भी न सोच सका और वहीं उसी घर के अहाते में बैठ गया। किरण भी वहीं बैठी रही। रात्रि के क्षण अपनी शीघ्रतम गति से बढ़ते गये पर वे दोनों आज भोजन भी न कर सके। किरण प्रकाश की अकेली बहन थी, वही उसे भोजन बनाकर खिलाती थी।

किरण वहीं बैठे-बैठे चारपायी पर लुढ़क गयी और भावना संसार के कठोर प्रहार से मुक्त हो गयी पर प्रकाश न हो सका। इतने में आदमियों की बोलचाल ने उसे चौंका दिया। किरण को जगाकर उसने अपनी रायफल सम्हाली और कारतूस की टोकरी लेकर दोनों मकान के छत पर चढ़ गये। देखा तो बहुत-से रजाकार सैनिकों ने घर घेर लिया है। उनके हाथ में मशाल और रायफल के साथ-साथ तलवार भी चमक रही थी। प्रकाश सचेत हो गया। सारी उदासीनता कर्त्तव्य परायणता के ठेस से अविसन्न हो गयी। उसने फायर करना प्रारम्भ कर दिया। किरण भी दूसरी ओर अपनी बन्दूक से सन्-सन् गोलियाँ फेंक रही थी। सारी सेना में हलचल मच गयी। थोड़ी ही देर में बहुत-से रजाकार धराशायी हो गये। पर अधिक देर तक यह फायर गुप्त न रह सका। और दूसरी ओर से भी गोलियाँ चलने लगीं। पर दोनों की बन्दूकें दीवारों की ओर से गोलियाँ उगलती रहीं। उधर सत्य ने बिना प्रयास ही के थाने पर आधिपत्य जमा लिया। पर उसकी चिन्ता यह जानकर बढ़ गयी कि सैनिक किसी गाँव को लूटने गये हैं। उसने थाने को अच्छी तरह सम्हालकर उस पर एक आदमी नियुक्त कर दिया। एक टुकड़ी सेना को छोड़कर वह वहाँ से चल पड़ा।

इधर टोकरी का कारतूस समाप्त हो जाने के कारण प्रकाश प्रस्तर की मूर्ति की भाँति निश्चल हो गया। ऊपर से गोलियों का आना बन्द समझकर रजाकारों ने किवाड़ों को तोड़ना प्रारम्भ कर दिया और सफलता प्राप्त होने के कारण कुछ अन्दर भी घुस आये। जीने का किवाड़ बन्द था। उस पर भी उनके प्रहार पड़ने लगे।

किरण कहने लगी, 'भैया! तुम्हारा कर्त्तव्य...गाँव की और नारियाँ—भैया सत्य—क्या आप भूल रहे हैं।' वह चिल्ला पड़ी, 'लीजिये मेरी बन्दूक में अभी दो कारतूस बचे हैं। प्रकाश सचेत हो उठा। उसने अपने हाथों से बन्दूक थाम ली और मुस्कराकर बोला, 'क्या किरण तेरा रक्तदान?' 'हाँ भैया मेरा सौभाग्य...' कहते-कहते धाँय की आवाज़ से वातावरण गूँज उठा। किरण मुस्करा उठी। रक्त की एक तेज़ धार उसकी छाती से निकलकर फ़ौव्वारे की भाँति फूट पड़ी। प्रकाश ने उसके रक्त का एक

टीका लगाया और छत से दूसरी ओर कूदकर, अपने कर्त्तव्य की ओर, अपनी जन्मभूमि की ओर, उसकी पुकार पर भाग चला। सोचता था, कायरता तो नहीं कर रहा हूँ? नहीं, यह कायरता नहीं, धर्म है। मुझे सभी को देखना है।

दूसरे ही क्षण प्रकाश अपनी सारी सेना को बुलाकर रजाकारों के ऊपर टूट पड़ा। घोर युद्ध होने लगा। लाशों से ज़मीन पट गयी। प्रकाश बढ़ता गया। इतने में सत्य भी अपनी टुकड़ियों के साथ आ धमका। अपनी सेना को आगे बढ़ाकर, क्षणभर में रक्त के भूखों ने, मातृभूमि के सेवकों ने तथा राष्ट्र के रक्षकों ने शत्रुओं का सफ़ाया कर दिया।

लड़ाई समाप्त हुई। विजय हुई पर सत्य जैसे उलझा-सा था; उसकी आँखें किसी को ढूँढ़ रही थीं। उसने पूछा, 'किरण कहाँ है प्रकाश।'

प्रकाश ने शिशु दिवाकर के रक्तमय प्रभात में मुस्कराते हुए कहा, 'उसका तो भैया रक्तदान हो गया।'

सत्य अवाक् प्रकाश की तरफ़ देखता रह गया...

●

खोया स्वर्ग

"कितना घोर अन्धकार है—कितनी सूनी रात है? सारी मानवता अपने बिस्तर के सहारे निद्रा के वशीभूत है, पर यह क्या... बादलों का मौन गर्जन। मैं क्या सुन रहा हूँ? कौन! कौन! मुझे बुलाती हो; नहीं, मैं तो नितान्त नीरवता में विलीन हूँ—मैं अस्तिविहीन हूँ। यह देखो मेरा पाँव—मेरा पाँव-फिसला जा रहा है। मुझे कोई बलपूर्वक झोंक रहा है। कह रहा है यह तेरा स्थान नहीं। यहाँ तो शान्ति और स्वच्छता का स्थान है। यहाँ बैठनेवालों को भूख नहीं लगती; यहाँ बैठनेवालों को प्यास नहीं लगती; यहाँ संघर्ष नहीं होता। यहाँ बच्चे दूध नहीं पीते; वे बीमार भी नहीं होते। ले जा—चला जा।"

"कहाँ जाऊँ आशा।"

"वहीं जा जहाँ मानवता पशुता के रूप में नृत्य करती है—जहाँ दाने-दाने के लिए तरसकर, माँ अपने बच्चे को छाती से लगाये अपने जीवन चिराग़ को बुझा देती है। जहाँ तेल से नहीं रक्त से चिराग़ जलाये जाते हैं। जहाँ प्रतिहिंसा तथा द्वेष ठहाके मारकर हास्य करते हैं, और रोगग्रस्त बच्चे...

"हाँ-हाँ आशा!" दाताराम एकाएक पूछ उठा।

नीरवता भंग हो गयी। पास बैठे बेचूराम ने पूछा, "क्या कहा भैया!"

"कुछ नहीं बेचू!, रोगग्रस्त बच्चे...।"

'हाँ-हाँ' कहो न भैया!"

"बिस्तरे पर बिना दवा के मर जाते हैं।"

"यह क्या कहते हो भैया," बेचूराम ने मुँह बनाते हुए कहा।

"क्यों न कहूँ बेचू—जीवन का कितना हिस्सा बीत गया—यही कष्ट न मिट सका और यही मज़दूर कालोनी, बेचू और क्या—यह देखो यही धुएँ से काली की हुई छत जिसके ऊपर विपत्तियों के घुमड़ते हुए बादल। वह देखो। सतीश की माँ, आज जैसे बार-बार अपनी शीला और मीनू को माँग रही है। मुझे डर लगता है भैया! मुझे सम्हालो नहीं तो मुझे कोई बलपूर्वक उठाये ले जा रहा है।" कहते-कहते दाताराम

रुग्ण सतीश की चारपायी पर गिरपड़ा पर बेचूराम ने उसे उठाकर अपने जाँघों पर सम्हाल लिया और सहानुभूति के शब्दों से उसे परितोष देने की चेष्टा में लग गया।

"तुम भी क्या कहते हो बेचू! यह हमारी हड्डी इसीलिए बनी है। हमारा रक्त इसीलिए बना है कि उसके सहारे दूसरों को जीवन-शक्ति मिले। दूसरों के बच्चों का पालन-पोषण हो। हम तो पापी प्राणी हैं, न जाने क्यों जीते हैं।"

"घबराओ नहीं भैया! सतीश अच्छा हो जायगा। अब तुम्हीं पर इसकी दवादारू का भार है, यदि इस तरह जी छोटा करोगे तो कैसे काम चलेगा।"

"अब क्या जी छोटा करूँगा बेचू! जी की कहते हो, यह तो सतीश की माँ ...और उस...अभा...गी कन्या शीला के गृह-परित्याग के साथ इतना कठोर हो गया है कि अब इसमें चाह नहीं, जिज्ञासा नहीं।" उसने फिर आवाज़ तोड़ते हुए कहा, "बेचू, यह संसार बड़ा अन्धा है; देखो! वह भाई का भ्रातृत्व और मित्र की मित्रता कितनी ओछी हो चली है। मुझे उस शाहजहाँ बादशाह का ध्यान आ रहा है जिसकी बेटी जहाँआरा उसके मरते दम तक... पर क्या कह रहा हूँ—वही-वही स्वर्ग का स्वप्न, वही महल—वही बादशाह और शाहजादी, इसीलिए वह अभागी शीला..स्वर्ग में जाना चाहती है। नहीं जानती वहाँ वे ख़ूँख़ार भेड़िये रहते हैं जो मनुष्य के ख़ून पर जीवन यापन करते हैं। बेचू! सतीश जब नहीं... बचेगा। अरे यह तो सुनो, मिल का भोंपू हमारे दुःख के ऊपर गरज रहा है। कितनी बलशाली आवाज़ है बेचू। चलो चलें।

दाताराम ने घर में ताला लगाया। सतीश को उसने पहले ही सुला दिया था। नित्य की भाँति वह बेचू के साथ काम पर चला। अकेले घर में बाप का अकेला लड़का क्या इसी तरह रहता है? पर काम बन्द कर देने का अर्थ होता है दाने-को-दाने को मुँहताज बनना और भूख की ज्वाला में जलना।

अन्धकार में लेटा हुआ क्षीण सतीश अपनी कराह को उन्हीं काली प्राचीरों में खोता गया। वहाँ उसे बटोरनेवाला भी कोई न था। केवल झींगुरों के तीक्ष्ण स्वर उसकी व्यथाओं को आच्छादित किये उस ईंट, पत्थर में गूँज रहे थे।

दाताराम निस्तब्ध-सा, मशीन-सा मिल की ओर बढ़ता गया। उसे यह ध्यान नहीं था कि बेचूराम भी उसके साथ चल रहा है। पर एकाएक मिल के फाटक पर जब चपरासी ने ज़ोर से कहा, "हाथ ऊपर करो तो नवाब से बढ़े जाते हो," उसका ध्यान टूट गया। देखा बिजली की रोशनी से प्रकाशमान् विशाल कारख़ाने में न जाने कितनी आँखें चमक रही थीं। बेचू हतप्रभ-सा बढ़ता गया और अपने कार्य में संलग्न हो गया।

वह कार्य कर रहा था पर उसे लगता था जैसे शीला की माँ, शीला का हाथ उसके हाथ में दे रही है और कह रही है, "तो इसे, सम्हालकर रखना।" वह चौंक उठता और साँचे का सूत जोड़कर फिर अपनी भावनाओं के सूत्र जोड़ने लगता,

"कितनी बिडम्बना है; कितना अन्धकार है मनुष्य के आगे। वह कैसे पहचाने कौन अपना है कौन पराया...शीला स्वर्ग का स्वप्न देखती थी और उस पापी...लम्पट मैनेजर के लड़के के साथ सुख के लिए—वैभव और गुमान के लिए हा... कितना बड़ा अत्याचार, काश मैं धनी होता तो तू न जाती शीला...मेरी प्यारी बच्ची तू बड़ी अभागी है। तूने उस हृदय का परित्याग किया है; उस संसार का परित्याग किया है जहाँ मानवता का सर्जन और जनन होता है—तेरा स्वप्न अवश्य टूटेगा। वह नृशंस विलास जिसे दूर से तूने छूने का प्रयत्न किया है अत्यन्त उष्ण है।" तब तक खातामास्टर ने डाँटा, "देखता नहीं सूत टूटा जा रहा है; सारी तलब कट जायगी।" दाताराम होश में आ गया। देखा तो बाहर चिड़ियाँ मुक्ति का सन्देश दे रही हैं। वह सतीश की चिन्ता में मग्न हो गया। अब उसके हृदय को शान्ति नहीं मिल रही थी।

दाताराम कारख़ाने से अवकाश पाते ही द्रुतगति से अपने प्यारे बच्चे की ओर चल पड़ा। काले शरीरवाले बदसूरत और गन्दे मज़दूरों की टोली में जैसे वही सबसे उद्विग्न हो। वह बढ़ता जा रहा था; इधर क्षीण आभा अन्धकार को खदेड़ती जा रही थी। उसे डर लगा कहीं यह विश्व भर का अन्धकार भागकर मेरे ही घर में शरण न ले पर चिड़ियों का स्वच्छन्द चूँ-चूँ गान उसे स्वतन्त्रता की याद दिला रहा था। उसने ताला खोला; देखा पीछे उसका सुहृद बेचू खड़ा है और दोनों घर में घुस गये। दाता ने पुकारा, "बेटा सतीश" पर रोज़ का तत्पर उत्तर 'बाबूजी' आज उसे न मिला। उसने देखा ...पर सतीश न था—उस घर में सदैव को अन्धकार कर गया था। वह कुछ न बोला, न हिला जैसे वही काली दीवार उसका एक अंग बन गयी हो।

•

घी के दीये

शाम ही से बुझा-सा रहता है।
दिल है गोया चिराग़ मुफ़लिस का।।

मुफ़लिस के चिराग़ की रोशनी ही कब निकलती है, जब वह शाम से ही बुझा रहता है और सारी सिसकती रात के दारुण अँधेरे में अपनी काली कहानी बिखेरकर लीपापोती किया करता है। वह प्रकाश नहीं देता; जलता नहीं; वह भूखा जो रहता है और उसका मालिक भी तो भूखा रहता है। एक के पेट में रोटी का अभाव, तो दूसरे के पेट में तेल का। ठीक यही मायूसी मीर साहब के दिल में बस गयी है जिन्होंने उपर्युक्त शेर लिख मारने की तकलीफ गवारा की और आज उसी की छाया से सुनील की दीपावली का सारा जश्न उस खिसियायी बिल्ली की भाँति लग रहा है जो अनेक बार उछल-कूदकर भी अपने खाद्य को न पा सकने के कारण धूल में लोट-पोट हो रही है।

"दुनिया।"—सुनील सिगरेट के कश-पर-कश लेकर अपने बरामदे में टहलते हुए सोच रहा है, 'अपने हुस्न व जहूर की रंगीनियों में सजकर अपनी भीतरी सड़ाँध को विस्मृति के कक्ष में... नहीं नहीं शायद स्मृति के प्रकाश में क्योंकि यदि वह सजकर परिलिप्त आकांक्षाओं के वशीभूत न होती तो हीनता और दीनता ही कैसे लक्षित होती? कैसे जान पड़ता कि भोग और वैभव-उन्माद ने दुनिया के सुख को, संसार की अमारत को, जबरन अपने हिस्से कर लिया है।'

सुनील के विचार-तन्तु विशृंखल मनोभावों की भाँति उड़ते ही गये और उसे यह भी सुधि न रही कि कब दिन अपने प्रकाश को समेटकर धरती को फलक के सारे सितारे देता गया। उसने निगाह फेरी तो झीने भूरे वस्त्र में सजी हुई सन्ध्या अपनी सुनहली साड़ी में दीयों की गोट लगा चुकी है और अब बीच-बीच में मणियाँ पिरोयी जा रही हैं। एक भीना मधुर रव जिसमें गान, वाद्य, नृत्य और आनन्दोल्लास का सम्मिश्रण हो सारे वायुमण्डल में व्याप्त हो रहा है।

उसने सोचा, आज वह अँधेरे में ही रहेगा। वह विद्यार्थी है; एक किराये की कोठरी में रहता है। वह जहाँ है, वहाँ अकेला है; अपरिचित है। कमरे में बिजली की

रोशनी है पर वह जलाये ही क्यों? इस ओछी प्रसन्नता में अपने दिल को प्रसन्न ही क्यों होने दे? वह इनसान ही तो बनना चाहता है और जो समृद्धि के दीये से इनसानियत को चकाचौंध कर अपनी अहमन्यता के आकाश-दीप को उच्चतर बनाना चाहता है, वह इनसान नहीं हो सकता। आज असंख्य सूखे दीपकों में उसका भी एक दीपक होगा। और एक अकृत्रिम उग्रता से उसका हृदय भर गया। वह वहीं बरामदे की सीढ़ियों पर बैठकर सिगरेट के कश खींचने लगा।

अब रोशनी की सजावट पूरी हो चुकी थी। लगता था, अलकापुरी आज के दिन पृथ्वी पर उतर आयी है। रात्रि की काली वेणी में गुँथे हुए ये मणिमय दीप प्रसन्नता की मधुर हिल्लोरों में झिलमिल-झिलमिल हँस रहे थे और बच्चों की किलकारी और खेलकूद में सारा नगर प्रसन्न-आवेश में उमगा पड़ता था पर सुनील अब भी बैठा ही रहा। सहसा उसके कानों में एक खँजड़ी की डिम...डिम आवाज़ आयी जो कमरे के निकट आती जान पड़ी। कोई वृद्धा जान पड़ती थी। स्वर में शिथिलता और क्षीणता के लक्षण थे और गाने में तो जैसे बेहद दर्द छिपा हुआ था। गीत धीरे-धीरे सुन पड़ने लगा—

धै देत्यो राम—हमारे मन धिरजा।
सब के महलिया रामा दियना बरतु हैं
हरि लेत्यो राम—हमारो अँधेरा। हमारे०।

सुनील एकदम उठ खड़ा हुआ। उसे जान पड़ा—एक सचेष्ट मन अपने अन्धकार को दूर करना चाहता है, पर वह है निस्सहाय और विफल। वह अस्वस्थ जान पड़ता है हीन जान पड़ता है और लगता है वह इनसान की ग़ैरत का एक नमूना है। उसने बढ़कर सड़क पर देखा, तो एक अधेड़ स्त्री अपनी बच्ची के साथ खँजड़ी बजाकर गा रही है। जीर्ण-शीर्ण चीथड़ों में उसका धूमिल मटिहा रंग जैसे विपत्ति और हीनता का द्योतक बन गया है। गाने के लहज़े में साँस के आने-जाने से गले की नसें रह-रहकर तनती जा रही हैं। जिसके गालों की उभरी हड्डियाँ अनायास और भी उभरी पड़ती हैं। बच्ची उस सड़े-गले चीथड़े को पकड़कर ऐसी लटकी है मानो उसके पैरों में दम ही न हो। वे अटपट पड़ रहे हैं और होंठों की अतीव शुष्कता ने दाँतों को बाहर ला दिया है। लगता है वह बहुत प्यासी हैं। उसने सुनील को देखते ही हाथ पसार दिया। जान पड़ता था जैसे वह मशीन की भाँति बाहरी चालक द्वारा चालित हो। माँ खड़ी होकर गाने लगी—

सब के महलियाँ रामा जेवना बनतु हैं।
हरि लेत्यो हमरो भूख। हमारे०।।
सब के महलिया रामा सेजिया लगतु हैं।

हमरो हरि लेत्यो नींद। हमारे० ।।

धै देत्यो राम—हमारे मन धिरजा।।

गीत पूरा हो गया और सुनील उसके एक-एक शब्द के विन्यास में लग गया। उस माँ के करुण क्रन्दन से फूटकर निकलनेवाले इस गीत का हम समय पर गाया जाना जैसे संसार को एक चुनौती हो। सुनील के मन में आया—वह इस दुनिया को नष्ट-भ्रष्ट करके इस कृत्रिम व्योहार और पापात्मक सामाजिक व्यवस्था का नाश कर दे। साथ-साथ समाज को ऐसा बना दे। जिससे सबके घर में दीये जल सकें, सबके घर में जेवनार बन सके और सबके घर में सेज लग सके। उसने अपने हाथों को अपने मस्तक पर रखते हुए अनजान में बक डाला—'ओह...यह दीवाली-दुनिया का कितना वीभत्स परिहास है।'

भिखारिन डर गयी। उसने सोचा, बाबू क्या बक रहा है! कहीं पागल तो नहीं हो गया और वह धीरे-धीरे फिर अपने रास्ते पर बढ़ने लगी।

सुनील एकाएक होश में आया और उसने पुकारा—'माँ'!

पर भिखारिन रुकी नहीं।

उसने दौड़ते हुए फिर पुकारा—'माँ!!!'

फिर भी वह नहीं रुकी।

सुनील ने दौड़कर पुकारा—'माँ! माँ! माँ!' और उनके आगे जाकर खड़ा हो गया।

'तुम्हें क्या तकलीफ़ है?'

'मुझे?' माँ ने विस्मय से पूछा।

तब तक बच्ची ने हाथ फैलाते हुए कहा—'एक पैसे, दो पैसे बाबूजी!'

सुनील ने जेब से निकालकर पाँच रुपये का नोट बच्ची को थमा दिया।

'काग़ज़ क्या होगा बाबूजी!' और उसने नोट फेंक दिया। माँ की दृष्टि रुपयों पर लग गयी थी।। उसने कहा—ले लो बेटी! बहुत-से रुपये हैं।

लड़की ने नोट उठा लिया और दोनों चलने को हुईं; पर सुनील रास्ते में खड़ा ही रहा। अगल-बग़ल से न जाने कितने लोग उन पर निगाहें डालते हुए गुज़र रहे थे और बच्चे मिठाइयाँ खाते किलकारी भरते चले जा रहे थे पर सुनील को लगता था, जैसे चारों ओर शान्ति है; कहीं कुछ नहीं हो रहा है।

तब तक बच्ची ने कहा—'बाबूजी! मिठाई।

पर भिखारिन ने आँख तरेरते हुए उसे हाथ से दबा दिया।

उसने कहा, 'बाबू जी! हम ग़रीब हैं; हमारे दुःख भी अनगिनत हैं।

'माँ! क्या तुम मुझे कुछ भी नहीं कहोगी?'

भिखारिन का हृदय अब पसीज गया था। उसे अपने पुराने जीवन की घटनाएँ और स्नेहसिक्त बातें याद आने लगी थीं।

वह कहने लगी—'मुझे आज बड़ा तेज़ बुखार है; खड़ा नहीं रहा जाता। आज चार रोज़ से बच्ची के और मेरे मुँह में कुछ नहीं गया। सोचती थी अब मृत्यु हो ही जायगी पर एकाएक दीवाली आ गयी।

'मैंने समझा नहीं'—सुनील बोला उठा।

'यही कि आज ही के दिन इसके पिता एक अंग्रेज़ के द्वारा गोली से मार दिये गये थे और उनकी समाधि पर आज मुझे घी का दीया जलाना है।

उसकी आँखों से आँसू बहने लगे थे और बच्ची भी सिसक-सिसक रोने लगी थी।

उसने कहना जारी रखा—'घी के लिए दर-दर की ख़ाक छान डाली पर माँगने पर लोग हँसी उड़ाते हैं। आप उन्हीं रुपयों में से क्या थोड़ा घी ला सकते हैं?'

सुनील ने रुपया नहीं लिया और दौड़कर बाज़ार से घी, दीया, बत्ती और बच्ची के लिए मिठाइयाँ ले आया।

जूला जालइ म्योंनी निथि बठयन
महाराज यिये छट शिकारि क्येथ
जूला जालइ सरि सुइ कशी रि
महाराज यिये माहरनि हथेथ

'मैं झेलम के किनारों पर दीप-माला जलाऊँगी, बनरा छोटे-से शिकरे में लौटेगा, मैं काश्मीर-भर में दीप-माला जलाऊँगी; (दुलहा-दुलही) बनरा-बनरी के साथ लौटेगा।'

एक काश्मीरी स्त्री बड़े मनोरंजक शब्दों में गा रही थी और न जाने कितने आदमी चारों ओर से उसे घेरे हुए थे।

सुनील वहाँ से चलने ही वाला था कि उसने दूसरा गीत प्रारम्भ कर दिया—

वेश्या बुनि म्याँनि व्यथि वलो वलो
जूला जालह नावन चानीं लोलइ वलो वलो
व्यथि कंजि लोल आव सगवुम गासो,
वलो-वलो!

'आ मेरे चरवाहे आ! अपनी भेड़ों को पानी पिलाने मेरी झेलम पर आ! आ! आ! मैं तेरे स्वागत में नौकाओं में दीप जलाऊँगी।'

सुनील को गीत बेहद पसन्द आ रहे थे पर जब वह उसके बग़ल में बैठे मोटे आदमी की वासना स्थित मुस्कराहट देखता था तो उसका मन व्यथा से भर उठता था। अन्त में ऊबकर वह वहाँ से चला गया।

सुनील आगे बढ़ गया था। चहल-पहल भी अब कुछ धीमी पड़ गयी थी पर उसके बग़ल के मन्दिर का उड़िया पुजारी अब भी गा रहा था—

सरि लगा दीप दीप-तेल
कि परि दीप जालि बी। महाप्रभु से।
तेल आगी वावु जाओ हे राम
से तेल दीप-रे ठालि बी। महाप्रभु से।
सुना-सुना दीप रे चन्दन तेल
सी ताया दीप जालछी। महाप्रभु से।।
दीप जाली जाली-सीं ताया
मा घर कथा माल छी। महाप्रभु से।।

'मैं दीप कैसे जलाऊँ? हे राम! तुम जाओ और तेल लाओ। उसी तेल को मैं दीपक में डालूँगी। सोने का दीपक है और चन्दन का तेल। जिससे सीता दीप जला रही है, दीया जलाते-जलाते सीता को अपने माँ के घर की कथा याद आने लगती है।'

सुनील उस उड़िया पुजारी को जानता है और आज उसके इस लोक गीत को सुनकर वह बहुत प्रसन्न हुआ। वह सोचने लगा-कभी अवध की महारानी सीता भी तेल के अभाव में थीं। पर उनका दीया तो सोने का था और उन्हें चाहिए था चन्दन तेल।

वह धीरे-धीरे अपने कमरे के सामने पहुँचा और फाटक खोलकर बिना बत्ती जलाये ही उस निविड़ अन्धकार में प्रवेश कर गया। बहुत देर तक उसके आगे समाधि के सम्मुख बैठी उस माँ का ध्यानावस्थित चित्र और सामने जलते हुए घी के दीये दीखते रहे।

•

चार दिन

श्री मार्कण्डेय : श्री ओमप्रकाश श्रीवास्तव

(गर्मी की छुट्टियों के बाद यूनिवर्सिटी की पथरीली विशाल इमारतों ने फिर से साँस ली और जीवन शत-शत धाराओं में मुखर हो उठा। रमेश, प्रतिमा, शर्मा, सिन्हा और रेखा इस धारा की कुछ बूँदें हैं जिनके जीवन में एक तूफ़ानी ड्रामा आया और चार ही दिनों में चरम सीमा पर पहुँचकर उनके भावी जीवन की रेखाएँ निश्चित कर गया। यूनिवर्सिटी की पथरीली गगनचुम्बी इमारतें फिर ख़ामोश रही क्योंकि यह ड्रामा उनके लिए नया न था...

प्रस्तुत क़था-प्रसंग को एक नये ढंग से दो लेखकों ने प्रस्तुत किया है। चार दिनों की सूत्रबद्ध कहानी को एक-एक करके लिखा गया है। सोमवार और बुधवार की कहानी श्री मार्कण्डेय ने लिखी है तथा मंगलवार और बृहस्पतिवार के कथाकार हैं श्री ओमप्रकाश श्रीवास्तव।)

सोमवार

प्रतिमा, रमेश को अपनी आँखों पर यकीन नहीं हुआ। मन के भीतरी तहों में लिपटी हुई कई तसवीरें द्रुतगति से नज़रों में आयीं और चली गयीं। पर सामने की जीती-जागती तसवीर 'लेन' की कोमल छाया से धीरे-धीरे आगे बढ़ती रही।

छरहरा गठा हुआ शरीर, उभरी हुई ज़ोरदार जवानी का हल्का गुलाबी रंग-जैसे सबेरे की ताज़ी खिली हुई कली से निचोड़ लिया गया हो। कानों के पास तक खिंची हुई गहरी काली आँखें और उनके अगल-बग़ल तक लहराते हुए काले अटपटे उलझे बाल। सफ़ेद गरारे और कुरते के ऊपर लहराती हुई हलके लाल रंग की ओढ़नी। और सबसे बढ़कर दिशाओं की तरफ़ से बेफ़िक्री और लापरवाही। रमेश की आँखें चौंधियाँ गयीं और पलकें टँफ गयीं। साथी आगे बढ़ गये, रिक्शे आये और चले गये। बायसिकिलों की घण्टियाँ बजीं और लोग 'उफ' करके बग़ल हो लिये, पर वह देखता रहा और तसवीर धीरे-धीरे आगे बढ़ती रही। भारी 'मैगनेट' की शिला की ओर अनजाने में खिंचता हुआ लोहे का टुकड़ा जिसे अपना भारीपन भी याद नहीं रहता और हलके-

से-हलके तिनके भी उसकी ओर देखकर हँसते हैं—'अजी ज़नाब! ज़रा रास्ता छोड़कर खड़े होइये।'

'आह! वेरी सारी' और रमेश जग जाता है। क्लासरूम के सामने का बरामदा साइकिलों से भर गया है और अभी-अभी की सरगर्मी, देह से देह का छिलना, शोरगुल सभी समाप्त हो गये हैं। उसे ख़्याल आता है तो वह धीरे-धीरे 'क्लास' की ओर चला आता है और बिना कुछ बोले पीछे की बेंच पर बैठ जाता है। प्रोफ़ेसर हाज़िरी ले रहा है। श्री प्रेमचन्द सिन्हा—यस सर...यस सर...यस सर...सुशीला...आवाज़ डूबती जाती है और विचार उभड़ते आते हैं। आधे बाँह का साधारण कुर्ता, कई दिन का पहना शलवार और अस्त-व्यस्त बाल। वह दौड़ती हुई...बेतहाशा दौड़ती हुई आ रही है। चेहरा लाल हो गया है। नथुने फूल और सिकुड़ रहे हैं, पर वह दौड़ती जा रही है। कमज़ोर लचीला शरीर कुछ लाल हो गया है, आँखें बन्द होती जा रही हैं। 'आख़िर रहने भी दोगी?'

प्रतिमा रुक जाती है। वह उसे खींचकर पास ले आता है और उसकी ठुड्डी को पकड़कर ऊँचा कर देता है। 'आख़िर कब तक दौड़ती रहोगी?'

'तुम्हीं ने तो कहा था।'

श्री रमेश वर्मा...श्री रमेश वर्मा...प्रोफ़ेसर आगे बढ़ जाता है। रमेश हकबकाकर रह जाता है। बग़लवाला शर्मा कहता है—'अमाँ किस दुनिया में रहते हो।' रमेश तनिक मुस्कराकर टालना चाहता है, पर शर्मा फुसफुसाता जाता है—'भाई क्या बात है इस साल तो परसालवाली बोनस का भी रिकार्ड टूट गया। एक ऐसी 'चीज़' आयी है कि अगर उसे न देखा तो कुछ भी न देखा। लाइनें लग गयी थीं, लाइनें। जिसकी आँख में देखो बस वही है। सुना बनारस से आयी है...।'

बनारस...शाम...दशाश्वमेध घाट...चाची (प्रतिमा की माँ)...'अच्छा तो तुम दोनों घूमकर लौटना, मैं चल रही हूँ।'

'माँ तो गयीं। चलो आज नाव पर चलें...' 'कहाँ?' 'उस पार, उस चिकनी मुलायम रेत पर घूमेंगे, खेलेंगे—तब लौटेंगे।'

'अँधेरा'

'अँधेरा-वँधेरा कुछ नहीं। मैं तो जाऊँगी। चाहे तुम जाओ, चाहे रहो।'

''परमार्थी प्रेम ही जायसी का अभीष्ट है। उसी को ग्रहण करने के लिए लौकिक प्रेम ग्रहण किया गया है। उनके प्रेम का प्रसार सार्वभौमिक है। उन्होंने...।

''मैं कह रहा हूँ प्रतिमा मान जाओ...मान जाओ...नहीं! तो अच्छा करो अपने मन की...।' 'बाबू मन की सौख मिटा लेने दो...' 'नाव टेढ़ी हो रही है प्रतिमा...' 'साहब अब गड़बड़ हो जायगा।'...वह उठकर आ गयी। थकी है। हाथों को मल रही

है। उसके बाल उसके गोरे पतले चेहरे की सुन्दर चिकनाई से खेल रहे हैं।... 'देखे हाथ,...पड़ गये न छाले...यह नाज़ुक हाथ डाँड़ चलाने...।'

'प्रेम के पथ में काम, क्रोध, मद, मोह और तृष्णा सब बाधक होते हैं। नवों छेद तिनकर दिशि द्वारा, खर मूसहि निशि की उजियारा। जायसी के प्रेम का पन्थ योग की साधना का पन्थ है। जीवन का उत्सर्ग है...।

'क्या खा रही हो...' 'सेब...' 'खाओगे?...' 'लाओ ज़रा हमें चाकू दो...' 'क्या करोगे...' 'वैसे ही...अच्छा ज़रा हाथ भी बढ़ाओ...ख़ून निकालेंगे...' 'हाय! बाप...' 'कायर कहीं की...अच्छा तो लो तुम्हीं निकालो...फिर भी डरती हो...न तो ख़ून दे सकती हो, न ले सकती हो...यह देखो...(उँगली काट देता है) 'हाय! तुमने यह क्या कर लिया...' वह उँगली मुँह में डाल लेती है और अपनी कोमल पतली उँगलियों से हथेली को सहलाने लगती है। सशंकित आँखों से आँसुओं की बूँदें ढुलक-ढुलककर नीचे फ़र्श पर गिरने लगती हैं...

रमेश सिहर उठता है...

'जायसी के प्रेम में विरह का क्या स्थान है!' शर्मा प्रश्न कर देता है। प्रोफ़ेसर जवाब देता है—

'विरह प्रेम का अनिवार्य अंग है। विरह से ही प्रेम की परितुष्टि होती है—जग में अधिक खड्ग की धारा, तेहि ते अधिक विरह की झारा।'

विरह!...रमेश की चेतना डूबती जाती है...डूबती जाती है। पंखा घूमता रहता है। उसके सफ़ेद बड़े-बड़े तीन डैने जैसे मिलकर एक गोला चक्र बना लेते हैं और उस पर कहीं-कहीं काली, पतली टेढ़ी-मेढ़ी लकीरें गोलाई में दौड़ती नज़र आती हैं। पर प्रोफ़ेसर पढ़ाता रहता है। लड़के अपनी कापियों पर झुके लिखते रहते हैं जैसे कोई ग़रीब किसी लूट में जल्दी-जल्दी पैसे लूटकर अपनी झोली में रखता जाता हो। पर रमेश के चारों ओर है एक खाली शून्य—निस्पन्द और स्थिर वातावरण।

'...चाची मैं जा रहा हूँ'...'जा रहे हो बेटा। पर कभी-कभी आते रहना। हम सबों को...।' 'देखो चाची कोशिश करेंगे पर कौन जाने पिताजी की बदली फिर कहाँ हो जाय?' '...प्रतिमा...अरी ओ प्रतिमा...कहाँ चली गयी...नहीं मिलती...क्या जाते समय तुमसे भेंट नहीं हो सकेगी।' 'भेंट हो ही जायगी चाची...।' बाहर लान के भी आगे दरवाज़े के खम्भों की चमेलीवाली लतर के नीचे...'अरे! तू यहाँ पगली!...रो रही है...,' और कमर में हाथ डालकर अपनी बग़ल में खींच लेता है। 'जाऊँ न!' और वह एक गुलाब का फूल, और एक लिफ़ाफ़ा देकर भाग जाती है।

रमेश,

यह विलगाव जीवन का विलगाव नहीं है; जानती हूँ पर जी कहता है आख़िर यह आया ही क्यों और इसीलिए डरती हूँ कि आने की ही तरह वह रुक भी तो सकता है? तुम जाओ, मैं बाधा नहीं बनूँगी। पर इस बाधा और विलगाव को यदि हम तुम याद रख सकें तो वह पावन स्मृति रोशनी बनकर हमारे रास्तों को मिला देगी...मिला देगी...।

—प्रतिमा

रमेश मुस्करा उठा। पीरियड ख़तम हो चुका था। शर्मा ने कहा—'चलोगे भी। तुम तो यार जैसे मुहब्बत की तीसरी स्टेज़ पर पहुँच गये हो!' रमेश कुछ झिझका पर उत्तर नहीं दे सका। चलने लगा। सूखी निश्चल दीवारों की ख़ामोशी ने न जाने कितनी चलती-फिरती आकृतियाँ उगल दीं और सड़कें भर गयीं। आस्थाहीन खोखली हँसी, बनावटी बातें और अस्थिर विश्वास की क्रिया-प्रतिक्रिया; वह सब जानता है पर वह कुछ भी नहीं जानता। वह तो आज इसके भी परे...इन मानव-आकृतियों से भी ऊपर कुछ ऐसा देख रहा था जिससे उसके जीवन का दार्शनिक सम्बन्ध था।

वह डाकख़ाने और प्राक्टर-कोर्ट के बीच से गुज़रकर इतिहास विभाग के उत्तरी बरामदे और पेड़ों के बीच से चलने लगा था। प्रतिमा कक्षा से बाहर निकलकर बाहरी खम्भों के समानान्तर ही चल रही थी। रमेश ने उसे देखा और उसने रमेश को। उसके पैर रुके पर रमेश बढ़ गया। उसकी आँखें झँप गयीं। उसके आगे अँधेरा छा गया। प्रतिमा का व्यक्तित्व, उसकी शान-शौकत, उसकी रहन-सहन कितनी ऊँची है? रमेश ने अपनी ओर देखा अपने कपड़ों पर दृष्टि डाली, अपनी चाल को आजमाया और अपनी मानसिक स्थिति का ठीक निरीक्षण किया तो उसे निराशा हुई। पर प्रतिमा रुकी क्यों? उसने देखा तो उसकी आँखें खिंच क्यों गयीं, वह थक क्यों गयी, उसकी चाल क्यों स्थिर पड़ गयी आदि प्रश्न उसके मन में एक साथ उठे। फिर वह सोचने लगा—उसे स्वयं पहले उससे बोलना था। उसने ग़लती की और धीरे-धीरे 'सीनेट हॉल' की ओर मुड़ा। प्रतिमा ने रमेश को देखा तो उसके जी में आया कि वह दौड़कर उसके सीने से लग जाय, पर वह रुकी, ठिठकी; वे बोले क्यों नही। आख़िर वह मुझसे बड़े हैं न। फिर उसे याद आने लगा कि यदि कभी वह गम्भीर भी हो जाती थी तो रमेश बेचैन हो जाता था और जब तक हँसने नहीं लगती थी वह चैन से बैठता भी न था। पर ऐसा क्यों, क्या उन्होंने शादी तो नहीं कर ली, क्या वे किसी दूसरी लड़की से मुहब्बत तो नहीं करते! नहीं...नहीं ऐसा नहीं हो सकता। वह बड़बड़ायी। रेखा ने कहा—'क्या बात है प्रतिमा।'

'कुछ नहीं बहन! अरे हाँ, फीस भी तो देनी है। चलो ज़रा आफ़िस हो लें।'

दोनों इंगलिश डिपार्टमेण्ट के उत्तरवाले प्याऊ से रजिस्ट्रार आफ़िस की ओर मुड़ीं! दोनों ख़ामोश बढ़ रही थीं कि एक लड़के ने सीटी बजायी। उसका ध्यान टूट

गया और उसने देखा कि रमेश आ रहा है। वह ऐसा देख रहा था जैसे पहचानने की चेष्टा कर रहा हो। प्रतिमा उसकी ओर देखती रही पर फिर दोनों अगल-बग़ल से निकल गये और बातें न हो सकीं। प्रतिमा को विश्वास हो गया कि रमेश उसे पहचान नहीं रहा है। मुझे उसे स्वयं रोककर बता देना चाहिए।

वह आफ़िस में घुसी तो रमेश ने उसे देखा और बाहर खिड़की पर खड़ा रहा। भीड़ नहीं थी। बाबू खाली बैठा था। प्रतिमा जाकर खड़ी ही हुई थी कि उसने कहा—'कहिये'।

'फीस देनी है।' और वह अपने हैण्डबैग में से रुपया निकालते-निकालते कनखियों से रमेश को देखती रही। रमेश ने देखा वह देखती है और उसे याद आ गया उसके माथे पर का वह निशान जो दीपावली के दिन फुलझड़ी के गरम तारों से बन गया था। उसे हँसी आयी। उसने मुस्कुरा दिया। तब तक क्लर्क ने कहा—'लाइये भी साहब।'

प्रतिमा ने रुपया बढ़ाया, रसीद लिया और बाहर निकलने को हुई। पर उसके पाँव जैसे उसे आगे बढ़ने ही नहीं देना चाहते थे। एक अव्यक्त भय जिसमें उसके मन का उत्सर्ग और रमेश के मन का विश्वास दोनों डूब-उतरा रहे थे उसके चारों ओर छा गया। कौन जाने रमेश फाटक तक न आये और वहीं उसका इन्तज़ार करे। पर नहीं वह स्वयं ही जायगी, मिलेगी, बातें करेगी और रमेश को कल हॉस्टल बुलायेगी। फिर वे दोनों रोज़ शाम को मिलेंगे, हँसेंगे, खेलेंगे और पुरानी बातों की चर्चा करके आनन्द से समय बितायेंगे। ओह! मैं आज कितनी ख़ुश हूँ और वह जल्दी-जल्दी आगे बढ़ी। सामने से आते हुए आदमी से धक्का लग गया पर उसने उसे कुछ भी नहीं कहा। हँसी और आगे बढ़ गयी। एक चपरासी बैठा ऊँघ रहा था। दूसरा उसे फाइल लिये चिढ़ाने में लगा था। उसने एक सींक उसके कान में डाली। वह चौंक पड़ा। प्रतिमा हँसने लगी। उसकी सहेली ने धीरे से हाथ दबाया और दोनों दरवाज़े पर पहुँच गयीं। प्रतिमा एकाएक रुक गयी। क्षण भर के लिए उसके चारों ओर की हवा तक में घुटन होने लगी। वह क्या करे, क्या न करे। उसे रमेश के ऊपर चिढ़ हुई, तब तक रेखा ने कहा—'क्यों रुक गयी!'

'कोई बात नहीं' और वह मुड़कर धीरे-धीरे हॉस्टल की ओर बढ़ने लगी। रमेश देर तक किंकर्त्तव्यविमूढ़-सा खड़ा रहा। फिर अपने को कोसता हुआ बाहर निकला, दृष्टि दौड़ायी, पर प्रतिमा दूर जा चुकी थी। अब वह उससे आज नहीं मिल सकता।

दिन के चार बज गये थे। 'सीनेट हाउस' की घड़ी ने पहले तो आवाज़ के चढ़ाव-उतार में कुछ स्वर बजाये फिर एक निश्चित टन्कार से चार आवाज़ें कीं। रमेश ने पश्चिम की ओर देखा और अपनी घड़ी पर दृष्टि डाली, सूरज थककर चूर हो गया

था और किरणें कुछ नम और पीली हो चली थीं। उसके अगल-बग़ल हार, थकान, उदासीनता और क्षोभ के सिवा कुछ न था।

मंगलवार

सुबह जब रमेश की आँख खुली कल के अवसाद और घुटन का एक अंश भी उस पर न था! वह काफ़ी ख़ुश था। अभी उसकी आँखें खुल भी न पायी थीं कि वह मुस्करा पड़ा! वह कोई बहुत ही मधुर स्वप्न देख रहा था क्या? वह उसे भूल गया था। पर उसकी ख़ुशी और एक पुलक उसके अस्तित्व भर में वर्तमान थी। उसने दरवाज़ा खोला और बरामदे में रेलिंग के सहारे खड़ा हो गया। गर्मियों की चमकदार, सुहावनी और अलसायी सुबह उसके सामने थी! सूरज की किरणों ने कोमलता के सामने विशाल नीम के पेड़ की फुनगियों को चूमना शुरू कर दिया था! सामने क्यारियों में लगे गुलाब और दूसरे पौधों के पेड़ काफ़ी ताज़े और सजग दिखायी दे रहे थे। हॉस्टल के लम्बे बरामदे में छिटपुट, दूर-दूर कहीं एक-आध चारपाइयाँ पड़ी दिखायी दे जाती थीं जिन पर दो-एक साहब अब भी सुबह की मीठी नींद के मज़े ले रहे थे! जल्द ही इन बरामदों में चारपाइयों की लगातार लम्बी कतार लगने लगेगी और एक बार फिर इस सहमें ख़ामोश वातावरण में ज़िन्दगी का यौवन उभार पर आ जायगा—कहकहों से बरामदे गूँजेंगे, नौकरों को पुकारने की आवाज़ें, तेज़-तेज़ दौड़ते नौकर, गपशप, टिप्पणियाँ, खेलकूद...।

और रमेश के रोएँ-रोएँ में एक ऐसी सजगता बस उठी जैसे उसके भी उदास और सूने जीवन पर जल्द ही ख़ुशी के बादल मँडराकर बरसेंगे और उसे सराबोर कर देंगे। "आख़िर इस ख़ुशी की वजह"—उहँ—सामने से एक पुराना दोस्त आकर रमेश से लिपट गया—एक मिनट तक वे मुक्त हँसी में हँसते रहे और सिन्हा बोला, "कह बे यार फिलासफर, क्या हालचाल है! तूने तो साले एक ख़त भी तमाम छुट्टियों में नहीं लिखा। हमसे इतनी बेवफ़ाई बेटा—क्यों कहीं नज़र तो नहीं लड़ गयी थी।...

वे ज़ोर-ज़ोर से बातें करते रहे, हँसते रहे। कोई एक क्षण के लिए भी बोलना बन्द करने को तैयार न था! कभी-कभी तो दोनों साथ-ही-साथ बोलने लग जाते और सिन्हा उसे घसीटकर अपने कमरे की ओर ले चला बरामदे में उसके कमरे के पास बाहर से भी स्टोव जलने की आवाज़ आ रही थी!

पर पता नहीं क्यों खाना खाने और यूनिवर्सिटी के लिए चलने तक उसकी ख़ुशी पुलक सब ग़ायब हो गयी। सिन्हा के कमरे से आकर वह शेव करना और नहाना चाहता था पर वह चुपचाप कुर्सी पर बैठा सिगरेट फूँकता रहा! नौकर खाना पूछने आया और उसने "हाँ" कह दिया। खाना खाकर और फ़ाइल उठाकर यूनिवर्सिटी की

तरफ़ चल दिया। अपने क्लास के सामने आकर ठहरा। प्रोफ़ेसर क्लास नहीं ले रहे थे और इसीलिए क्लास में कुछ छात्राएँ और उन्हें घेरकर लड़कों का एक गिरोह खड़ा था! इम्तहान के दिनों में और सेशन शुरू होने पर सेक्स का अन्तर कुछ कम हो जाता है। कम-से-कम हर छात्र किसी भी क्लास की छात्रा से उसके परसेण्टेज के बारे में तो पूछ ही सकता है। नकली बधाइयाँ भी दे दी जाती हैं, लड़कों के चेहरे पर एक अजीब-सी सौम्यता का आवरण पड़ा था जैसे दुनिया में जो कुछ भी सभ्य है अच्छा है सबको उन्होंने अपने व्यक्तित्व में समेट लिया हो। शर्मा भी उन्हीं में खड़ा हकला-सा रहा था। वह कान्ती से उसके परसेण्ट के बारे में बातें कर रहा था। उसके चेहरे पर कुछ वैसा ही भाव व्यक्त हो रहा था जैसे किसी भूखे मनुष्य को रसगुल्ला देखने पर। मिस कान्ती नाज़ के साथ अपने ख़ूबसूरत दाँतों को अधिकाधिक अदर्शनी के लिए उत्सुक बार-बार अकारण ही मुस्करा उठती थी। 'शर्मा' उसने पुकारा—शर्मा ने पीछे मुड़कर देखा! मिस मेहरोत्रा तब तक दरवाज़े से अन्दर घुसीं—उनका चेहरा छुट्टियों के बाद कुछ अधिक गदरा उठा था और नयी तिरंगी साड़ी और चाकलेट कलर के ब्लाउज़ में लिपटी बिना रिम के चश्मे लगाये बढ़ रही थीं—उसके क़रीब से गुज़रते हुए वह रुकी और बोली 'Congratulations' मिस्टर रमेश...रमेश ने एक उचटती नज़र उठाकर उनके सुन्दर चेहरे और पाउडर के नीचे से भी झाँकती मूँछों की तरह के बालों पर दृष्टि डाली और मुड़ गया बिना जवाब दिये—तब तक मिस्टर बागला ने जो उसी जगह से गुज़र रहे थे उन्होंने महरोत्रा के Congratulations को लोक लिया (जो रमेश की तरफ़ उछाला गया था) बोले, 'धन्यवाद धन्यवाद, मिस महरोत्रा, Congratulation to you also कहिये आपके मार्क कितने परसेण्ट रहे।' मिस महरोत्रा कुछ खिसिया-सी उठी थीं फिर भी बागला से बातें करने लगीं।

धीरे-धीरे छात्राएँ खिसकने लगीं और क्लास सूना हो गया, शर्मा उसके साथ चल पड़ा। यह पीरियड तो घूमकर ही काटना था। मुड़कर दोनों रजिस्ट्रार आफ़िस के बग़ल से होकर K. P. U. C. हॉस्टल की तरफ़ पान के दूकान के लिए जा रहे थे। शर्मा ख़ूब बक-बक करता चला जा रहा था। बातचीत उसकी विशेषतः लड़कियों पर थी। क्योंकि साधारण विद्यार्थियों के पास दो ही विषय बात के रहते हैं। लाइट मूड होंने पर लड़कियाँ और सीरियस होने पर प्रोफ़ेसर की बेवकूफियाँ! सहसा शर्मा को जैसे शारीरिक धक्का-सा लगा। बोला, 'बायीं तरफ़ देखो' इंगलिश डिपार्टमेण्ट के पीछे की सड़क पर दो लड़कियाँ धीरे-धीरे आगे बढ़ी आ रही थीं! एक साँवली-सी लड़की फूलदार सलवार और दुपट्टे में और दूसरी प्रतिमा जिसने एक उजली साड़ी पहन रखी थी! उसका चेहरा कुछ उदास-सा था जो उसके भोले चेहरे को चार चाँद लगा रहा था—उसका छरहरा बदन एक नियमित गति के साथ जैसे हवा में तैरता हुआ सलवारवाली लड़की के बग़ल में धीरे-धीरे बढ़ रहा था! शर्मा कहे जा रहा था "है

तो सचमुच वीनिस—क्या grace है। भाई बनारस ऐसे धार्मिक स्थान में इस हुस्न का खरीदार कौन मिलता। जभी तो हमारी यूनिवर्सिटी आपके क़दमों से पाक हुई।

रमेश तिलमिला उठा। उसकी भौंहें तन गयीं। और अपने पर से सारा काबू छूट-सा गया। डपटकर बोला, 'शट अप यू फूल—और उसकी आग उगलती नज़रें शर्मा के घृणित चेहरे को छूकर रास्ते के तरफ़ मुड़ी और उनमें एकाएक पानी की कोमलता छलक उठी।

शर्मा एक क्षण के लिए हतप्रभ-सा हो गया। पर दूसरे ही क्षण उसकी ज़बान में ज़हर घुल गया, 'वाह यार मान न मान मैं तेरा मेहमान—बड़ा दर्द हो उठा! पर मेरे भाई यूनिवर्सिटी की लड़कियों और वेश्याओं पर Monopoly नहीं चलने की। वे तो...'

और दूसरे क्षण रमेश का भरपूर झापड़ शर्मा के पिचके गालों पर तड़ से बोला! 'सुअर कहीं का, कमीना' 'रमेश गरज पड़ा! प्रतिमा और उसके साथ वे लड़कियाँ भी चौंक पड़ी थीं। और कुछ बेकार टहलते छात्र भी उनकी तरफ़ तमाशा देखने की गरज से बढ़ रहे थे। एक क्षण में रमेश को जैसे साँप सूँघ गया। शर्मा का हाथ पकड़कर उसे घसीटते हुए कमज़ोर स्वरों में बोला, "I am sorry but she is my cousin."

यह तमाम घटना इतनी शीघ्रता से हुई थी कि शर्मा बुत-सा बना रह गया था! वह बहुत कमज़ोर-सा दुबला-पतला युवक था। रमेश के झापड़ से सन्न हो गया। मूढ़ की भाँति वह दो-एक क़दम उसके साथ चला! दोनों को मालूम हो रहा था जैसे दम घुट रहा हो! आख़िर रमेश ही रुँधे स्वर में बोला, "शर्मा मुझे बड़ा अफ़सोस है—असल में मेरी कमज़ोरी..."

शर्मा से तो किसी तरह माफ़ी इत्यादि माँगकर और उसकी ख़ुशामदें करके उसे सान्त्वना दे दी। पर उसका मूड बुरी तरह उखड़ गया था! दूसरा क्लास था। फिर भी शर्मा को क्लास तक छोड़कर भी वह क्लास न गया; आवारों की तरह यूनिवर्सिटी की रबिशों का चक्कर काटता रहा! "आख़िर मुझे हो क्या गया था।" कितना बड़ा गधा हूँ मैं भी वह सोच रहा था! "पर यह प्रतिमा...प्रतिमा...चाची बनारस...एक दुबली पतली शर्मीली लड़की...शर्मा, झापड़, और यह प्रतिमा—हवा में तैरती हुई-सी"—उसके विचार एक चक्कर में घूमकर रह जाते थे। फिर उसने हिन्दी डिपार्टमेण्ट के बग़लवाली लेन पार कर इंगलिश डिपार्टमेण्ट की तरफ़ क़दम बढ़ाया ही था। और सहसा वह सन्न रह गया। प्रतिमा उसके ठीक रास्ते के सामने आकर खड़ी है! उसका भोला निर्दोष चेहरा, तैरती चाल, बड़ी-बड़ी तरल प्रकाश की उत्सुक आँखें—सब में जैसे एक ठहराव आ गया है। जड़ निर्जीव मूर्ति-पत्थर की कटी हुई! वह सोचता रह

गया क्या करें...पर क़दम बढ़ते गये वह बग़ल हटकर निकल जाना चाहता था। क्योंकि इस पत्थर की मूर्ति की तरफ़ देखने से ही उसके हवाश फाख़्ता हो रहे थे—और तभी एक लोहे पर लोहा बजने की-सी ठनकार—और भरभराया हुआ कड़ा स्वर 'सुनिये'

उसके पैर ज़मीन में गड़-से गये। और उन साँप की-सी काली आँखों का आकर्षण उस पर छा गया! और वह प्रतिमा का कातर स्वर सुन रहा था, "आख़िर मैंने आपका क्या बिगाड़ा था, जो आप मुझे इस तरह ज़लील करने पर तुल गये! और वाक्य खत्म होते-होते स्वर डूब-सा गया। फिर उसकी बड़ी-बड़ी आँखों में आँसू छलछला उठे। और एक ओस की बूँद उसकी घनी काली बरौनियों में उलझ गयी!

रमेश पर आसमान टूट पड़ा! हतबुद्धि-सा फुसफुसाया—'ज़लील'।

"और क्या" प्रतिमा भड़क उठी। आपने क्या किया आज! जानते हैं। क्या ख़बर उड़ेगी कि मेरे लिये दो लड़कों में मारा-पीटी हो गयी।"

रमेश को ऐसा मालूम हुआ कि जिस जगह वह खड़ा था, सहसा उसमें एक बड़ी खलील खुल गयी है और वह अब धँसा और धँसा।

'प्रतिमा' उसके मुँह से निकला और उसकी कातर आँखें प्रतिमा के छलछलाये नेत्रों में समा गयीं। दो सेकेण्ड बाद वह धीरे से बोला, "पर वह तुम्हारे बारे में गन्दी बातें कर रहा था।"

और प्रतिमा के सारे शरीर में एक मधुर संगीत बज उठा। नसें तनीं और उनमें ख़ून का प्रवाह द्रुतगति से नाच उठा। हृदय से एक हिलोर-सी उठी और दूसरे ही क्षण उस बढ़ती हिलोर ने उसके सारे व्यक्तित्व को ज्वार की तरह ढक लिया। पत्थर की ठोस मूर्ति में उषा के प्राण समा गये। दस सेकेण्ड तक वे उसी तरह खड़े रहे। और फिर अनजाने एक मुस्कान उसके होंठों पर फूटी और रमेश के चेहरे पर चमक उठी—उसके सामने प्रतिमा थी प्रतिमा...उसकी घनी बरौनियोंवाली पलकों ने उसकी आँखों को छिपा लिया था और वह एकटक ज़मीन की तरफ़ देख रही थी। धीरे से कमज़ोर आवाज़ में बोली 'मुँह कौन पकड़ सकता है। इसलिए सोच-समझकर...'

"ईश्वर करे मुझमें ऐसा सोचने-समझने की शक्ति कदापि कभी न आये" रमेश तेज़ी से बोला!

और बिना जाने हुए ही दोनों के क़दम साथ-साथ इंगलिश डिपार्टमेण्ट की तरफ़ उठ गये! वह देख रहा था कि यह तो वही शर्मीली छरहरी-सी लड़की प्रतिमा है जो उसकी बात को सबसे ऊपर मानती है। और उसने देखा कि समय की राख से ठण्डी स्मृतियों को खोदा जा रहा है अगर आग भड़क उठी हो...

"आपके लिए तो मैं शायद बिलकुल ही मर गयी थी न" प्रतिमा कह रही थी।

"बात यह है कि ...वह आगे कह रहा था पर नहीं जानता था कि क्या कहेगा!

ज्याग्राफी डिपार्टमेंण्ट से निकलकर वह सड़क पर आ गये थे और विमेन्स हॉस्टल की तरफ़ बढ़ रहे थे।

अप्राकृतिक बाँध टूट गया और नदी का पानी दुगने वेग से हरहराता हुआ अपने रास्ते पर बह रहा था।

"आप फिर आयेंगे न" प्रतिमा के नेत्रों में याचना थी।

'नहीं' वह रोब से बोला। और दूसरे ही क्षण उसकी आँखों में झाँककर मुस्करा पड़ा! दो सफेद हाथ जुड़कर ऊपर उठे और उषा की देवी उसे नमस्कार कर रही थी—उसने हाथों को ज़रा-सा जोड़ा—पर यह अजीब-सा लगा! धीरे-धीरे एक छोटा हलका सफ़ेद बादल तैरता हुआ रबिशों से होकर ग़ायब हो गया!

रमेश हॉस्टल लौटा। 'शाम हो चुकी थी! नीम के पेड़ की ऊपरी पत्तियों पर पिघला सोना बरस चुका था। हवा में गर्मी थी पर जीवनदायिनी—वह कमरे में घुसा, दो क्षण गुनगुनाता हुआ टहलता रहा—दो-चार किताबें उलटीं—पर उसके पैर एक क्षण भी स्थिर न हो पाते थे...।

× × ×

रमेश 'पैलेस हाल' से बाहर निकला। पर उसे एक शब्द भी याद न था कि उसने क्या देखा—सिनेमा की रीलों से अधिक आकर्षक चित्र उसके मस्तिष्क में चल रहे थे। कुछ कर न सकता था इसलिए सिनेमा में आकर बैठ गया था—और कम-से-कम स्थिर बैठा तो रहा! वैसे तो उसमें इतना उत्साह, बेचैनी भर उठी थी कि वह चाहता था गति-गति...करते रहना—दौड़ते रहना—विश्राम नहीं—रुकाव नहीं। कुछ भी...नहीं।

वह सड़क पार करने ही वाला था सहसा पीछे स्वर सुनकर चौंक उठा 'रमेश बाबू' और प्रतिमा उसके पीछे खड़ी मुस्करा रही थी 'अरे तुम भी पिक्चर में थी...वह बोला! फौरन उसे महसूस हुआ कि उसने पिक्चर को ख़ूब enjoy किया है उसी हाल में प्रतिमा भी थी।

'तबीयत लगी नहीं। इसलिए चली आयी' उसने सफ़ाई-सी दी!

'धीरे-धीरे लगेगी' वह गम्भीरता से बोला! 'चलो' वह बोला 'तुम्हें पहुँचा दूँ न।' प्रतिमा ने एक बार उसकी ओर देखा और चुप रही।

एक रिक्शे पर वे चल पड़े। थोड़ी देर तक सवारियों का हडवेंग साथ रहा फिर सड़क शान्त होने लगी! सड़क की बिज़ली के बत्तियों की ज्योति फीकी-सी थी। चाँदनी ख़ूब दिन की तरह बिखरी हुई थी और रिक्शा तेज़ी से भाग रहा था। हवा सनसनाती हुई उन्हें स्पर्श कर रही थी—पेड़ों के साये चाँदनी में आँखमिचौली खेल रहे थे—उसने प्रतिमा पर दृष्टि डाली। वह जैसे चाँदी की तरल मूर्ति-सी लग रही थी। उसकी पलकों का साया जो उसके गालों पर पड़ रहा था...चुप्पी...सन्नाटा... 'प्रतिमा'।

वह जैसे स्वप्न से चौंक पड़ी। 'ऐ' एक बार उसने आकाश के चाँद को देखा—फिर दरख़्तों की सायाओं को...फिर अधखुली दृष्टि से रमेश को...फिर एक लम्बी साँस ली।

उसका हाथ रमेश के हाथों में था! 'क्या बात है' उसका स्वर उसे स्वयं अजीब-सा लगा!"

प्रतिमा ने फिर आकाश के चाँद को देखा, दरख़्तों की साया को—बल खाती चाँदी की तरह चमकती कलछई सड़क को—बिजली के धुँधले दीपों को...और फिर रमेश को न देख सकी...पलकें झुकी रह गयीं धीरे से फुसफसायी 'कितना सुन्दर'

एक झटका—रिक्शे का पहिया सड़क से नीचे उतर गया था और प्रतिमा लुढ़क-सी पड़ी...रमेश के बाजुओं ने उसे अपनी सुरक्षापाश में ले लिया था। उसका मुँह प्रतिमा के सिर पर आ चुका था...उसकी नाक में प्रतिमा के कुँवारे बालों की महक तेज़ी से घुस रही थी।

बुधवार

"हूँ : तो स्त्री प्यार के लिए जीती है। स्नेह के रोशन चिराग़ के नीचे उसके जीवन की लालसाएँ, अरमान और प्रवृत्तियाँ बनती हैं और जब स्नेह का दीपक बुझ जाता है तो वह भयानक अँधेरे में अपने जीवन की सम्पूर्ण कामनाएँ बिखेरकर सन्तोष पा लेती है। स्त्री उत्सर्ग का ही दूसरा नाम है, स्त्री सन्तोष का ही दूसरा रूप है और स्त्री जीवन की सम्पूर्णता की माध्यम है। बस इतना ही कहना है न।" सिन्हा खूँख़ार हँसी में हँसा और कहता रहा, "स्त्री संकोच है, स्त्री सन्देह है और स्त्री कायर है। वह जिसे प्यार करती है उसे कभी नहीं पाती, वह जिसे पाती है उससे कभी प्यार नहीं करती और वह जो सोचती है कभी नहीं कहती। वह तो मनुष्य की वासना-पूर्ति का ज़रिया है और इसीलिए वह भेड़ है भेड़। जिस भेड़िये ने कान पकड़ा उसके साथ चलने लगी चाहें वह पैसेवाला भेड़िया हो चाहे शक्तिवाला, चाहे रूपवाला। और तुम-जैसे गीदड़ तो झूठी आस्था के पुजारी होते हैं, जो जूठन से ही गुजारा करते हैं, क्या करें कुछ खाना तो चाहिए ही, और कई भयावने चेहरे जिनमें किसी के मुँह पर सींगें, किसी के बड़े-बड़े दाँत, नाखून और बाल हैं; एक भयानक अट्ठहास कर उठे। रमेश चौंककर उठ बैठा। इधर-उधर नज़र दौड़ायी, पर कहीं कुछ नही। एक हलका प्रकाश मिश्रित अँधेरा ज़िन्दगी का स्वर लिये ख़ामोशी से आनेवाले राही का पैगाम और नये सिर से नये दिन के शुरुआत का संकेत मिल रहा था पर उसे कुछ अच्छा नहीं लगा। क्योंकि रात में वह बहुत देर से सोया था और नींद पूरी भी नहीं हो पायी थी कि यह स्वप्न देखकर उठ बैठा।

उसने बहुत कोशिशें कीं कि नींद फिर आ जाय पर कुछ नतीजा न निकला क्योंकि बार-बार सिन्हा की स्वप्नवाली बात 'स्त्री भेड़ है भेड़। जिस भेड़िये ने कान पकड़ा उसके साथ चलने लगी चाहे वह पैसेवाला भेड़िया हो चाहे रूपवाला' उसके दिमाग़ में चक्कर काटने लगी और रात की सारी बातें उसे एक-एक कर याद आने लगीं।

क्या सचमुच प्रतिमा रात में मेरे साथ थी। रिक्शा सड़क से लुढ़क पड़ा था और उसका कल दिनवाला रूप जिसकी कल्पना भी उसके लिए दुस्तर हो गयी थी उसके बाजुओं में खेल उठा था? वह मन-ही-मन मुस्कुराया। सचमुच उसके सुर्ख़ गालों पर उसकी टेढ़ी लटों की छाया कितनी सुन्दर लग रही थी। उसकी आँखें जो दिन में स्थिर और गम्भीर लगती थीं रात को कितनी मोहक और शरारतपूर्ण हो गयी थीं। और सबसे बढ़कर तो उसके बदन से निकलती हुई महक थी जिसमें एक अजीब-सी मादकता थी। मालूम होता था यह शरीर में लग जाने पर कभी नहीं छूटेगी और लोग आसानी से जान जायँगे कि वह किसी नवजवान स्त्री के पास बैठा था। पर यूनिवर्सिटी रोड पर रिक्शा छोड़कर जब वह चाय खरीदने गयी तो मैं दूकान से बाहर ही क्यों खड़ा रहा? चाहिए तो यह था कि मैं स्वयं चाय खरीदता पैसे देता पर जेब में कुल बारह एक आने ही तो पैसे थे। आख़िर उसने क्या सोचा होगा और जब मैं सिगरेट लेना चाहता था तो उसने वह पूरा-का-पूरा गोल्ड फ्लैक का टीन ही क्यों खरीद लिया। क्या वह पैसे का रोब दिखाकर मुझे छोटा तो नहीं दिखाना चाहती। उसका मन भिन्नाया और वह चारपायी से उठ खड़ा हुआ, बत्ती जलायी और कमरे से बाहर चला गया। आसमान के एक कोने से हलके भूरे प्रकाश के फैलाव का आभास-सा हो रहा था। सामनेवाली नीम पर कुछ चिड़ियाँ चूँ-चूँ करने लगी थीं पर उनका संगीत अभी लय नहीं पकड़ पाया था। लगता था, अभी उन पर भी नींद की खुमारी बाक़ी है।

रमेश ने सोचा चाय बनायें पर एकाएक याद आया चीनी तो है ही नहीं और उसने जब देखना शुरू किया तो चाय का भी पैकेट खाली था और डिब्बे के पेंदे से सटे हुए कण्डेन्स मिल्क में चीटियाँ भर गयी थीं। दूसरा दिन होता तो वह सिन्हा के कमरे से सारी चीज़ें बेझिझक उठा ले आता पर आज न जाने क्यों उसे यह अच्छा नहीं लगा। एक चिढ़ उसके दिमाग़ पर छा गयी। उसने कमरे पर दृष्टि दौड़ायी। एक ओर नंगा बाँस का टेबुल जिस पर जूठी थाली, नीचे बाटा का एक टूटा चप्पल और क्रेपसोल का दूसरा फुल शू, कुछ अस्त-व्यस्त कपड़े, गन्दा बिस्तर और मटमैली फ़र्श पर पड़ी हुई सिगरेट की नन्हीं-नन्हीं टुकड़ियाँ। वह पढ़ने की टेबुल तक गया तो कुल चार किताबें जिनमें गुलिया का 'स्प्रिङ्ग टाइम इन सेकेन', आस्कर वाइल्ड का 'ऐन आइडियल हसबैण्ड' और दो हिन्दी के दूसरे उपन्यास, कुछ अस्त-व्यस्त पेपर्स, रद्दी चिटें और ख़त। उसने एक-एक को उलटना शुरू किया पर एक लिफ़ाफ़ा देखकर एकाएक रुक गया। वह उसे पढ़ चुका था, फिर न जाने क्यों उसे देखने लगा।

भैया,

अब माँ की तबीयत ख़राब रहती है। घर की जो हालत है उसे तो जानते ही हो; अब उनकी दवा-दारू के लिए भी कुछ पैसा नहीं रह गया है। पिताजी के मरने के बाद तुमसे छिपा-छिपाकर उन्होंने अपने सारे जेवर तुम्हारी पढ़ाई के लिए बेच डाले थे और घर के बग़लवाली दो बीघे ज़मीन भी चौधरी रामप्रसाद के यहाँ रेहन कर दी थी। कुछ उधार-बाढ़ी के रुपये थे वे उससे अदा हो गये। पर अब भी वे तुम्हें इन बातों को जानने देना नहीं चाहतीं। दो दिन पहले जब तुम्हारा ख़त मिला तो रुपयों के लिए वे फिर कई लोगों के पास गयीं। कइयों ने तो साफ़ जवाब दे दिये। किसी तरह मँगरू साव ने ५०रुपये दिये हैं। वे भेज रही हूँ। पर आगे क्या होगा इसे तुम स्वयं सोचो।

हाँ, गाँव के लोग अब माँ के पीठ पीछे बड़ी-बड़ी बातें करते हैं। तरह-तरह से खिल्लियाँ उड़ाते हैं। परसों मैं पण्डित के घर से आ रही थी कि सोमारी की माँ ने अपनी देवरानी से कहना शुरू किया 'जब बाप कमाता था तो इन तीनों के पैर ही ज़मीन पर नहीं पड़ते थे। इसकी माँ कहती थी देहात में तो हम रह ही नहीं सकतीं पर देखो समय है कि पिसौनी करने की नौबत आ गयी है। भाई इसी से तो कहा है कि ग़रूर नहीं करना चाहिए।' मैंने माँ से बताया तो उन्होंने टाल दिया पर भैया अब कोई चारा नहीं रहा। यह सब उनसे छिपाकर लिख रही हूँ। उन्होंने तो अपनी बीमारी का समाचार भी देने से रोका है। कहती हैं बच्चा घबरा जायगा। अब कोई उपाय सोचो तो अच्छा हो।

तुम्हारी—मीना

रमेश पत्र पढ़कर काँप उठा और टेबुल के सहारे सिर टेककर बैठ गया। उसका अपना निजी अभाव जैसे क्षण भर में उड़ गया और उसकी समस्त मानसिक शक्तियाँ क्षण भर के लिए निस्पन्द हो गयीं। वह कुछ भी सोच पाता तो उसका जी हलका हो सकता था पर वह तो एक भारी पत्थर की चट्टान के नीचे पिसा जा रहा था जिसे दूर कर वेने की शक्ति उसमें नहीं थी।

दिन चढ़ आया। हॉस्टल के बरामदों में ब्लाक के नौकरों और बाबुओं की चहलक़दमी भी शुरू हो गयी पर वह वैसे ही बैठा रहा। इसी बीच सिन्हा कमरे में घुसा और रमेश को ऐसे बैठा देखकर हँसते हुए कहने लगा, 'क्यों बे सुना है यूनिवर्सिटी में लड़कियों का सारा ठेका तुम्हीं ने ले रखा है। बेटा यह तरीक़ा बहुत ग़लत है। किसका-किसका मुँह पकड़ोगे। फिर तुम होते ही कौन हो! कल उस चूतिया शर्मा से लड़कर तुमने बहुत बुरा किया।

'बुरा क्यों किया!' रमेश ने स्थिरता से पूछा।

'इसीलिए कि आजकल यहाँ डिसिप्लिन की बात को लेकर बड़ी सख़्ती हो रही है और वह साला कुछ लफंगों के कहने से अब रिपोर्ट करना चाहता है। कल तो मुझसे मिला था। मैंने कसकर डाँटा और कह भी दिया कि 'बेटा अगर ऐसी ग़लती की तो यहाँ रहना दूभर हो जायगा!'

'तब उसने क्या कहा!' रमेश ने वैसे ही पूछा। 'क्या कहता? लगा हें-हें करने। और हाँ, आज तो यूनिवर्सिटी बन्द ही है। चलो मार्कसिस्ट-क्लब की मीटिंग ही अटेण्ड कर आवें। क्या मुर्दों जैसे पड़े हो।'

और सिन्हा रमेश के न चाहने पर भी उसे हिस्ट्री डिपार्टमेण्ट के लार्ज लेक्चर थियेटर तक घसीट ले गया। लड़कों-लड़कियों की काफ़ी भीड़ थी। हॉल खचाखच भरा हुआ था। प्रोफ़ेसर मित्तल 'डाइलेक्टिकल मैटिरियलिज़्म' पर बोलने को थे पर इस गम्भीर विषय के तात्त्विक विवेचन पर गौर फरमानेवाली सूरतें कम थीं। प्रायः चेहरों से एक अजीब नफासत टपक रही थी जिसमें कुछ भी वास्तविक न था। हाँ, कुछ न्यूकमर लड़कियों की ख़ूबसूरती को यूनिवर्सिटी स्केल पर ठीक नाप लेने की कोशिशें जगह-जगह हो रही थीं। रमेश हाल में घुसा तो सामने ही प्रतिमा और रेखा बैठी थीं। उसकी निगाह एकाएक वहाँ पहुँची और थमते-थमते फिसल गयी। वह एक किनारे से निकलकर पीछे की ओर बढ़ गया।

प्रतिमा ने रमेश को देखा तो एकाएक अलर्ट होकर बैठ गयी। वह सोचती थी यदि वह बाहर चलता तो वह उससे मिलती और रात को हॉस्टल लौटने पर जो बातें हुई थीं उसे बताती पर रमेश की उदासीनता और रेखा की हाज़िरी ने उसे फिर उसी जगह रोक दिया और वह सीट में दबी रही।

रमेश जब पीछेवाली एक बेंच पर बैठ गया तो उसके और प्रतिमा के बीच न जाने कितने सिर, आँखें, नाक, बाल, साड़ियाँ और न जाने क्या-क्या व्यवधान के रूप में आ पड़े। पहले तो रमेश सोचता था शायद इनसे प्रतिमा को ठीक देखने में बाधा हो पर इन अनेक माध्यमों से होकर गुज़रती हुई प्रतिमा की तेज़ आँखें उसके पास तक पहुँचने लगीं। केवल एक आँख, भौह का आधा हिस्सा और नाक का ऊपरी पतला ढलाऊ भाग। और सचमुच आमने-सामने के देखने और बात करने की अपेक्षा इस प्रकार देखने में एक विशेष चीज़ जुड़ जाती है वह है खोज और चेष्टा। प्यार क्षेत्र में इन दोनों के स्थान निर्धारण के बाद कोई भद्दी-से-भद्दी शकल भी तिलोत्तमा के आगे हो जाती है वह तो ठहरी प्रतिमा। रमेश एक शीतल दृष्टि किरण के सहारे अपने मन की समस्त चिन्ताओं को भूलने की कोशिश करने लगा। इसी बीच प्रोफ़ेसर आया। लड़के उठे और बैठने में कुछ ऐसी गड़बड़ी हुई कि रमेश को रोशनी की ओर ले जानेवाली किरण कट गयी। वह फिर रातवाले स्वप्न, मीना के पत्र और अपनी अनेक उलझी समस्याओं में डूब गया। और अन्त तक उसी अँधेरी गली में बिना किसी

प्रकाश, बिना किसी निर्देशन के चक्कर काटता रहा।

भाषण समाप्त हुआ। लोग उठे और बाहर निकलने लगे पर प्रतिमा बाहर नहीं गयी बल्कि जिस रास्ते से लड़के निकल रहे थे वहीं जाकर रुक गयी। रमेश के मन में एक अजीब संघर्ष था। वह कुछ भी तय नहीं कर पा रहा था। एक बार सोचता उसे प्रतिमा से कोई सम्बन्ध नहीं रखना चाहिए पर दूसरे ही क्षण उसकी आकृति उसकी नज़रों में काँपकर रह जाती और वह उसकी ओर अबाध गति से बढ़ने लगता। इस बार भी ऐसा ही हुआ। रमेश बहुत पीछे था अतएव धीरे-धीरे निकलते-निकलते सारा हॉल खाली हो गया। वह दरवाज़े पर पहुँचा प्रतिमा ने नमस्ते किया और कहने लगी।

'सुनिये! आपसे कुछ बातें करनी हैं।'

'कहिये' और रमेश रुक गया। उसे यह भी साहस न हुआ कि वह उसकी ओर देख सके।

'आख़िर यह आपको फिर क्या हो गया?'

'मुझे!' रमेश ने एक बनावटी हँसी हँस दी।

'और क्या मुझे' प्रतिमा ने स्नेहभरी नाराज़गी ज़ाहिर की। फिर एकाएक दूर पर खड़ी लड़कियों से बात करती हुई रेखा को देखकर वह गम्भीर हो गयी और यह कहकर कि 'शाम को हॉस्टल ज़रूर आइये' लड़कियों की ओर मुड़ी और जल्दी-जल्दी जाकर उनमें मिल गयी।

जुलाई का सूरज सर पर चढ़कर चमकने लगा था और एक अजीब-सी उमस थी। आसमान में छिटपुट भूरे बादलों के टुकड़े दिखलायी पड़ जाते थे जो धूप से दहशत खाकर इधर-उधर भागने और पनाह खोजने के चक्कर में थे। प्रतिमा ने एक बार आसमान के विस्तार पर नज़र डाली तो उसे लगा जैसे उसकी सारी सीमाएँ बँध गयी हैं और वह एक दायरे में दबी साँस लेने को उकता रही है। वह सोचने लगी यह सीमाएँ कितनी बेदर्द हैं और ये नन्हें-नन्हें शिशु बादल कितने मासूम। पर नहीं यह सीमाएँ भी नपेंगी, सिकुड़ेंगी और ये संघर्ष के सन्देशी टुकड़े अपार घन-गर्जन के साथ उस पर छा जायँगे। उसके मन में सन्तोष की लहर दौड़ गयी। उसने बग़ल चलती आशा की बनावटी गम्भीरता, हार और घुटन को एक हलकी नज़र ही में पहचान लिया फिर उसके जी में आया वह उसका साथ छोड़कर उन शिशु बादलों की टोली में जा मिले जहाँ जीवन के लिए संघर्ष है, आशा है और एक अखण्ड विश्वास। पर दोनों ख़ामोश बढ़ती गयीं।

रमेश शाम को देर से उठा तो उसकी थकान बहुत-कुछ मिट चुकी थी, परेशानियाँ हट चुकी थीं। उसे प्रतिमा से मिलना ही था अतएव वह धीरे-धीरे वीमेन्स हॉस्टल की ओर चलने लगा। प्रतिमा कभी से उसका इन्तज़ार कर रही थी और उसने लोकल

गार्जियन के यहाँ जाने की छुट्टी भी ले ली थी। दोनों ने ख़ामोशी, लगन और मज़बूती से एक-दूसरे को देखा फिर धीरे-धीरे हॉस्टल से बाहर होकर मोतीलाल नेहरू रोड से हरिजन आश्रम की ओर बढ़ने लगे।

'कहाँ चलेंगे?' रमेश ने एकाएक पूछा।

प्रतिमा तिलमिला उठी। उसे लगा रमेश उसकी अवहेलना कर रहा है।

'हॉस्टल लौट जाऊँ क्या?' उसने व्यंग्य भरे गुस्से में कहा और उस अँधेरे में उसकी आँखें चमक उठीं। रमेश ने उसकी ओर देखा फिर दूर पर एक बत्ती को सिर पर टाँगे लोहे के काले खम्भे की ओर और एकाएक प्रतिमा के हाथों को मज़बूती से अपने हाथों में बाँध लिया और तब तक प्रेस करता रहा जब तक प्रतिमा ने अपने होंठों को दाँतों से दबाकर सी नहीं कर दिया।

'बस इतने ही में', रमेश ने कहा और देखा तो वह मुस्करा रही है। दोनों बहुत देर तक घूमते-घूमते लौटे तो रात को दस बज गये थे। ऊँचे-ऊँचे चिलबिल और इमली के दरख़्तों की घनी छाया में से छनी हुई निहायत पतली चाँदनी ज़मीन तक पहुँच रही थी और मिट्टी के ज़र्रे-ज़र्रे उसे पी जाने को उतावले हो रहे थे। वे दोनों एकाएक रुक गये क्योंकि हॉस्टल आ गया था।

प्रतिमा ने पूछा, 'कल आओगे?'

'हाँ।'

'और यदि मैंने मिलने से इनकार कर दिया?'

'तो फिर जब मिलोगी पकड़कर गला दबा दूँगा' और उसने प्रतिमा को खींचकर पास कर लिया।

प्रतिमा ने रमेश को देखा और रमेश ने प्रतिमा को फिर क्षण भर के लिए दोनों की आँखें एक-दूसरे में डूब गयीं।

बृहस्पतिवार

दरवाज़े की चिटखिनी खुली और सिन्हा ने कमरे में क़दम रखा। रमेश की पीठ उसके सामने थी। वह फिर कुर्सी पर जा बैठा था और धुएँ के गुब्बार ने उसे छिपा-सा लिया था। कमरे में एक दृष्टि डालते ही सिन्हा अवाक् रह गया। दरिद्रतम अवस्था में भी सधवा और विधवा में अन्तर किया जा सकता है। कमरे में बहुत सामान तो कभी न था पर आज का सूनापन—जैसे रमेश के कमरे के प्राण निकल गये हों। ज़रा ग़ौर से दृष्टि डाली—आलमारी पर का 'शेव' का सामान, शीशा, चीनी का डिब्बा, नीचे खाने में स्टोव और दो टूटे प्याले कुछ भी तो न था। सिर्फ़ रमेश की कुर्सी के

क़रीब थी ढेर-सारी राख और दियासलाइयों और सिगरेट के जले टुकड़े। और उसी समय उसने बग़ल में रखे सन्दूक और बिस्तरे को देखा।

'कहीं जा रहे हो!' सिन्हा बोला।

रमेश उसी तरह बुत बना बैठा रहा। सिन्हा उसके क़रीब पहुँचा और उसके कन्धों पर हाथ रखकर बोला—'रमेश, क्या हुआ आख़िर।'

रमेश ने अपना मुँह उसकी तरफ़ घुमाया। सिन्हा ने देखा एक ही दिन में जैसे वह कई साल बूढ़ा हो गया हो। चेहरा कमज़ोर और अधिक पतला, आँखों के गिर्द स्याह हलके...सूखी भरभरायी हुई आँखें और मुँह पर तैरना छोड़कर अपने को धारा की दया पर छोड़ देनेवाला भाव! रमेश ने सिन्हा के हाथों के दबाव को अपने कन्धों पर महसूस किया। एक अस्वस्थ-सी भरभरायी आवाज़ उसके मुँह से निकली और दो मिनट बाद सूखी भारी आवाज़ में बोला,—"हाँ, सिन्हा अपने तो चल दिये।"

"कब लौटोगे" सिन्हा बोला।

एक छोटी करुण मुसकान उसके ओंठों पर उभरी और ज़रा झटके से बोला—"लौटना...नहीं सिन्हा...दरों दीवार पर...क्या शेर है भाई! याद नहीं आता।" और रमेश ने अपनी हसरतभरी नज़र अभी से ही श्मशान हो रहे सूने कमरे पर चारों तरफ़ दौड़ायी।

वह कमरा, जिसके साथ उसने जीवन के इतने सुख-दुःख के क्षणों को बाँटा है। कितना ही निराश, थका और झुँझलाया होने पर भी इस कमरे की गोद सदैव उसके लिए खुली रहती थी। एक, आठ और दस फुट का कमरा—सिर्फ़ कमरा ही नहीं, गढ़ भी था उसके लिए! ख़ुशी से झूमते हुए रमेश, ज़ोश में भरे रमेश, निराश और ढीले रमेश, गुनगुनाता हुआ रमेश और बड़बड़ाता हुआ रमेश—ख़ामोश और चीख़ता हुआ रमेश, स्वप्नों में तैरता रमेश और ठोस ज़मीन पर खड़ा रमेश—इस कमरे के छोटे शून्य में उसकी कितनी आकृतियाँ अंकित थीं। कितने आश्चर्य की बात है कि अब यह कमरा रमेश को कभी न देख सकेगा—कम-से-कम रमेश विद्यार्थी को! रमेश ने एक बड़ी लम्बी साँस खींची।

अब सिन्हा का सब्र सीमा पार कर चुका था। बिगड़कर बोला, "दिमाग़ ख़राब हो गया है क्या? आख़िर बताते क्यों नहीं क्या है।"

रमेश ने यन्त्र की भाँति अपने जेब से एक चार पर्तों में मुड़ा काग़ज़ निकालकर मेज़ पर रख दिया। सिन्हा ने उसे खोला और एक नज़र डाली। वह एक तार था।

"Mother expired, come soon."

"Meena"

'ओह' एकदम गिरे चेहरे से सिन्हा बोला—"माफ़ करना मुझे बड़ा अफसोस है।"

और उसके बाद एकाएक रमेश मुखर हो उठा—"सब खत्म है सिन्हा—ख़त्म!—तुम जानते हो न।" फिर हाथों को मलता हुआ बोला—"सिन्हा यकीन मानो मेरी ज़िन्दगी का नक़्शा बन चुका है—ऐसा मालूम होता है जैसे अब तक मैं ज्वालामुखियों के दहाने पर बेख़बर सो रहा था। यह नींद कितनी मीठी थी और इसमें तैरते हुए स्वप्न! रमेश ने एक बड़ा-सा कश छोड़ा और धुआँ उसके सारे व्यक्तित्व पर छाता-सा मालूम हुआ—"पर हर नींद ख़त्म होती है।" रमेश ने एक ठण्डी साँस ली और उसका सिर झुक गया।

सिन्हा क्या करे कुछ समझ में न आ रहा था। सान्त्वना के घिसे-पिटे शब्दों को दुहराते हुए उसे सदैव डर लगा करता था। इसकी उसे परवाह न थी कि चाहे कोई उसे हृदयहीन ही क्यों न समझे। पर कुछ कहना बहुत ज़रूरी था इसलिए बोला—"गाड़ी तो छह पर जाती है न।"

रमेश ने सिर हिला दिया। उसके हाथ दियासलाई की तीलियों को चुनने में व्यस्त थे जिसे अभी उसने बिखरा दिया था।

सिन्हा बोला—"मैं समझता हूँ बीस-पचीस दिन तो तुम्हें लौटने में लग ही जायँगे।"

रमेश एक कड़वी हँसी हँस पड़ा। "अपने को बहलाना मुझे भी अच्छा लगता है भाई! पर फायदा-सिन्हा, मैं यूनिवर्सिटी—इलाहाबाद—सब छोड़कर जा रहा हूँ। अब मेरे ऊपर मीना का भी भार है। माँ कुछ भी न सही पर एक आड़ थी।" फिर एक क्षण चुप रहकर बोला—"ऐसा जान पड़ता है जैसे मेरे सीने पर सैकड़ों मन शीशों का बोझ है, जिसके नीचे दबा मैं हतबुद्धि हो रहा हूँ।—इन सबको आसानी से छोड़ देना...पर मैं क्या करूँ सिन्हा—मैं नहीं जानता। कितना अच्छा होता यदि मेरा दिमाग़ ख़राब हो जाता। कम-से-कम यह नर्क की यन्त्रणा—जिसमें अपने सारे अरमानों और अभिलाषाओं को दफ़न करने के लिए मुझे ही मिट्टी भी खोदनी पड़ रही है।"

सिन्हा का स्वर कड़ा हो गया। रमेश के कन्धे पर हाथ रखकर उसने ज़ोर से झकझोरा—"आदमी बनो रमेश—एक जवान आदमी के लिए कायरता सबसे बड़ा पाप है। जीवन में ऐसे क्षण आते हैं भाई—जब मौत से भी अधिक यन्त्रणा होती है, पर उसके आगे घुटने टेकने से कुछ नहीं हो सकता। सोचो मीना का तुम्हारी शक्तियों पर कितना विश्वास होगा और प्रतिमा..."

रमेश सहसा कुर्सी से उछल पड़ा और एक तीव्र भेदती हुई दृष्टि सिन्हा पर डाली। सिन्हा की नज़रें कुछ नीचे झुक गयीं—"माफ़ करना रमेश—मैं अच्छा आदमी नहीं। एक बार तुम्हारी डायरी पढ़ ली थी। फिर भी मेरी नीचता मुझे यह कहने से नहीं रोक सकती है कि यदि तुम ऐसे ही मिट्टी के लोंदे थे तुमने क्यों प्रतिमा को और अपने को धोखे में डाला। वह प्रतिमा जो शायद ईमानदारी से तुम्हें सच समझती होगी।"

रमेश का मस्तिष्क झनझना उठा। सारे शरीर में वह झनझनाहट व्याप्त हो गयी और साथ ही प्रतिमा का चित्र नेत्रों में उभर उठा। जब रिक्शे में चलते हुए उसने प्रतिमा को अपनी बाहुओं में जकड़ लिया था। प्रतिमा को वे हाथ कितने मज़बूत लगे होंगे—जब उसने उनके सामने समर्पण कर दिया था। उन हाथों की अदम्य शक्ति पर क्या उसने एक क्षण भी अविश्वास किया होगा। पर क्या, उसे मालूम था कि ये हाथ जो उसे घेरे में बाँध रहे हैं, कच्ची मिट्टी के हाथ होंगे। पर दूसरे ही क्षण उसकी नज़र तार पर पड़ी। और जैसे गरम उबलते दूध में कोई पानी डाल दे। घर के नाम पर एक टूटा-फूटा उजड़ा मकान...कर्ज़ों से सिर तक शराबोर—एक जवान बहन का भार...समाज की मान्यताएँ,—ऊँगलियाँ, —ज़िन्दगी का बहाव जो वजनी-से वजनी पत्थर को पीसकर चूर्ण कर देने में समर्थ है। और उसके पैरों के नीचे से ज़मीन छूट गयी है और वह असहाय बहाव के प्रति हाथ-पैर मारता रहा है—मार रहा है—और आज मालूम होता है कि उसके पैरों के नीचे कभी ज़मीन थी ही नहीं...वह तो माँ का बनाया हुआ एक भ्रम था—जिनके आधार ये स्वप्न थे कि एम० ए० पास करते ही बेटा उन सबका भार सम्हाल लेगा। उसके बाद उन्हें ज़रूरत ही क्या है? पर क्या वह पागल था। क्या उसकी आँखें फूट गयी थीं। जो देखता हुआ भी न देख सका।

जब उसके लिए ७०-८० रुपये के मनीआर्डर आते रहे, माँ-बहन के हृदय का ख़ून बूँद-बूँद करके निचुड़ता रहा—उनके चेहरे कमज़ोर पीले पड़ते रहे—माँ के हाथों में मोटे काम करने से फफोले उभरते रहे। बहन के अरमानों का दम घुटता रहा। घर भर में सबसे बेकार मनुष्य और घर भर की आय का शोषक सबसे अच्छा खाता और पहनता रहा...उसकी बहन का भी क्या उतना ही अधिकार न था। क्या उसे उच्च शिक्षा नहीं चाहिए थी—उसे अच्छे कपड़ों को पहनने की साध न रही होगी और अन्धा रमेश—अन्धा—।

'नहीं, नहीं!' रमेश ने दाँत पीस लिये और मेज़ पर एक मुक्का दे मारा। सिन्हा चौंक उठा। रमेश आहनी स्वरों में बोला—'प्रेम, त्याग, उत्सर्ग सब ढोंग है। धोखा है। यह मानसिक विलासिता है और इसे वहीं कर सकते हैं जिसके पास पैसे हैं—पैसे।

सिन्हा की आँखें सिकुड़कर रमेश के चेहरे पर केन्द्रित हो उठीं। उन आँखों में झाँककर सहसा वह काँप उठा। और जल्दी से बोला—"कुछ नहीं हो सकता सिन्हा। ख़ैर मैं प्रतिमा को एक नोट लिखकर दिये देता हूँ। तुम उसे दे देना। थर्ड पीरियड बाद वह हिस्ट्री डिपार्टमेण्ट के पास मिलेगी। पर याद रखो मेरे जाने के बाद—पहले नहीं।

और जल्दी में उसने एक काग़ज़ पर दो लाइनें घसीट दीं।

'माँ की मृत्यु हो गयी है। मैं हमेशा के लिए जा रहा हूँ। अगर तुमने मुझे मिट्टी के पैरोंवाले इनसान के अलावा कुछ और समझा हो तो उसे हृदय से निकाल दो। इन चार दिनों को जी से कोसने की इच्छा होती है। क्या इतनी प्रताड़ना, विडम्बना के बिना न चलता। आख़िर इतने दिनों की ठण्डी राख में चिनगारी ठूँठ निकालने से विधाता का क्या तात्पर्य था। मैं नहीं जानता। क्यों हम फिर मिले—?

× × ×

पुलिन्दे पर पैर रखे रमेश ताँगे में बैठा था और ताँगा आगे बढ़ रहा था। आसमान छोटे-छोटे उदास रेंगते बादलों से भरा था। रोशनी बहुत कम थी—अभी पानी पड़ चुका था और जगह-जगह सड़क पर पानी चमक उठता था। छींटों से बचने के लिए राहगीर हटकर और बग़ल हो जाते थे। इस उदास तरल सन्ध्या में गुड़मुड़ाया-सा बैठा एकटक अपने नीचे से भागती भीगी सड़क को ही देख रहा था।...

यूनिवर्सिटी के पास गुज़रा—दो-एक हॉस्टल नज़र पड़े—रमेश ने कुछ खुली खिड़कियों पर दृष्टि डाली जैसे वह चोरी कर रहा हो। कुछ लड़कों की टोलियाँ पास से निकलीं और उनके कहकहे उड़ते हुए रमेश की छाती पर जमते हुए-से प्रतीत हुए। वह अब बाहरी आदमी था। उनसे अलग—जिसे उस जीवन की सिर्फ़ झलक ही मिल सकती है।

स्टेशन आ गया। रमेश ने सामान उतरवाया। और टिकट लेकर प्लेटफार्म पर पहुँचा। स्टेशन यात्रियों, खोमचेवालों, कुलियों से खचाखच भरा था। अख़बार लिये लड़के इधर-उधर दौड़ रहे थे। स्टेशन का रश ज़ोरों पर था। गाड़ी छूटने ही वाली थी। रमेश भी एक डिब्बे में सवार हो गया और अन्तिम बार गेट से बाहर शहर पर नज़र डालने की चेष्टा की। और सहसा वह चौंक पड़ा। सर से पैर तक अस्त-व्यस्त एक नारी मूर्ति झपटती हुई तूफ़ान की तरह प्लेटफार्म पर आती दिखायी दी। उसके बाल अस्त-व्यस्त होकर हवा में उड़ रहे थे और वह एक सिरे से दूसरे सिरे तक प्लेटफार्म पर अपनी नज़रें दौड़ा रही थी। एक बार रमेश का जी चाहा कि छिप जाय पर हृदय ने साथ न दिया। हाथों को हिलाता हुआ पटरी पर से चिल्ला उठा—'प्रतिमा इधर...'

प्रतिमा को एक झटका-सा लगा और दूसरे ही क्षण वह भागती हुई रमेश के पास आ पहुँची। प्रतिमा ज़ोरों से हाँफ रही थी। उसका चेहरा तेज़ दौड़ने से सुर्ख़ हो उठा था और आँखें भरभरायी हुई थीं। उसने एक हाथ रमेश की हथेलियों पर रखकर कस लिया। रमेश को ऐसा जान पड़ा जैसे यह कोमल, नरम हाथ उसकी कलाइयों को तोड़कर उसके रेशे-रेशे में समा जायगा।

साँस कुछ धीमी पड़ने पर उखड़े स्वरों में रुक-रुक वह बोल रही थी। और उसकी अश्रुपूर्ण आँखें अंगारों की तरह दहक रही थीं।

"रमेश आख़िर तुमने मुझे समझा क्या है? मुझे क्या इतनी तुच्छ और हलकी समझते रहे—उफ् रमेश! इस तरह मैं मर भी न सकूँगी। क्या तुमने भी एक क्षण को भी मेरा विश्वास किया है। ठीक बता दो रमेश—मुझे छूकर कहो।"

रमेश की आँखों में प्रतिमा के तमतमाये चेहरे से एक नयी ज्योति-सी जाग उठी। उसके छोटे प्यारे चेहरे को उसने समेट लेना चाहा। फिर धीरे-से बोला—"अपने पर अविश्वास है प्रतिमा तुम पर नहीं।"

प्रतिमा गम्भीरता से मुस्करायी—"रमेश, परिस्थितियों के आगे घुटने टेकने से नहीं, उनसे लड़ने से मनुष्यता की परख होती है।"

और रमेश को सहसा ऐसा महसूस हुआ कि उसके बाज़ुओं में सारे संसार की शक्ति सिमट आयी है—ये वही बाज़ू हैं जिससे उसने प्रतिमा को एक बार अपने सुरक्षा-पाश में बाँधा था। उसे लगा जैसे वह सब कर सकता है। प्रतिमा उसके सामने थी। उसका शरीर, तमतमाता चेहरा—गर्म साँसें—मज़बूत हाथ की पकड़—रमेश क्या नहीं कर सकता है।

रमेश के चेहरे पर आहनी अज़्म झलक उठा।

"मैं हारूँगा नहीं प्रतिमा। तुम्हें धन्यवाद! तुमने मुझे मनुष्यता दी है—फिर मिलेंगे प्रतिमा।"

और गार्ड सीटी दे रहा था।

प्रतिमा उसका हाथ पकड़े कह रही थी—"मैं सदैव तुम्हारा इन्तज़ार करूँगी। क़यामत तक—इस पर एक मिनट के लिए भी अविश्वास न करना...।"

गाड़ी आगे बढ़ी! रमेश ने प्रतिमा के हाथ को उठाकर अपने होंठों से लगा लिया! गाड़ी आगे बढ़ती रही—प्रतिमा का रूमाल हिलता रहा। रमेश भी एकटक उसको आधा धड़ निकाले देख रहा था। गाड़ी के निकल जाते ही प्रतिमा मुश्किल से ज़ब्त किये हुए आँसुओं को अधिक न रोक सकी! दो शबनमी बूँदें उसकी बरौनियों से उलझती हुई प्लेटफार्म के ठण्डे कठोर पत्थरों पर चू पड़ीं। अब भी दूर बहुत दूर—

पटरियों पर धुआँ-सा आगे भागता दिखायी दे रहा था! पर जल्द ही वह सहारा भी घुलकर हवा में मिल गया और उसके सामने एक विराट् शून्य था। 'रमेश' जाग उठा है' वह सोच रही थी मैंने उसे आवश्यक उत्साह और कर्मशीलता दे दी है, पर अब इस विराट् शून्य में मेरा सम्बल क्या होगा! समय की इस तूफ़ानी धारा में जमकर खड़े रहने की क्या मुझमें शक्ति है...कौन जाने...।

●